（く、悔しいでござるっ。悔しいでござるっっ。
言われっぱなしで悔しいでござるっ。
拙者たち○貞だ
弄ばれていたブ
れて
〜
『おじさん、
本番はこれからでござるよぉ〜（泣

「私さ、おしゃぶりも上手なんだよ？」
『暁の光』森エルフの魔術師
シャノア・フォレティア・シャフラティン
「ごりごり掻き回してくださいませ♡♡」
副ギルド長専属秘書
アマンテ・トリアスタージュ

タナカ・サトシ
カナタ・ヴィレッジストーン
「お、犯されたいだなんて……っ」
トリアスタージュ領領主の愛人
ナナ・ウィル・アイスバーグ
「それじゃ、いきますよー。ずーりずりっ」
ギルド受付嬢
アンナ・ミラージュ

じゃーねー」
「●ん●んの形だけは、合格だったかなー。早すぎだったけど。きゃは」
「おい、いつまで遊んでいる。行くぞ」

木林林太郎

ill.トモゼロ

ギルド受付職員兼パートタイム冒険者な僕のえっちな日常

Guildduketsukesyokuin ken parttimeboukensya na bokuno ecchi na nichijou

一迅社ノベルス

CONTENTS

Guilduketsukesyokuin
ken parttimeboukensya
na bokuno ecchi na nichijou

プロローグ　ギルド受付職員兼パートタイム冒険者な僕のえっちな日常

『フラグポップロリポップミルクキャンディー』を舐《な》めたら、エルフの幼女が僕の前に現れた。

もう夜更けでおよそ冒険者たちもねぐらに帰っている時刻、閑散としたギルドのホール片隅のベンチに座る僕と幼女のほかに人影はない。

「ねえ、おじさん、ギルドの人？」

「そうだけど、君は何？　ギルドに用事？」

「うーん、そうじゃないんだけど……。ひまつぶしかなぁ。まぁ、おじさんで良いかな……。なんか冴《さ》えない感じだけど」

「な、なにかな」

「んー。くたびれた感じの冴えないおじさんに、ちょっと良いことしてあげようと思って」

すぐ隣りに座る彼女から、甘い香りが漂ってくる。

至近距離で美少女と言葉を交わすことなんて、ついぞしたことがない僕は緊張しながら彼女としどろもどろになりながらも会話を続けていくが、あまりにも緊張しすぎて自分で何を話したかも覚えていない。

だが、

「あのね。私さ、おしゃぶりも上手なんだよ？　エルフって、長いの舌だけじゃないんだよねー。指とかも長めだし。エルフの男なんかは、ちんぽも長いんだよね。まー、エルフの男って耐久力ないから、モノが長いだけですぐ射精《で》ちゃってつまんないんだけどねー」

　そして、少女は僕の手を取り、僕の指を舐めあげている。

　れろん
　れろんれろん
「ねえ、期待しちゃってるでしょ。使い道のないおじさんのウインナー、ぱっくんして欲しいって♡」

「そ、そんなこと」

「思ってないって？　うそだー」

　少女は嘲笑交じりに、僕の言葉を否定する。

「もし、おじさんが自分でズボン下ろしてちんちん出したら、私、ぱっくんしちゃうかもねー。私、おしゃぶり上手なんだよねー」

　そんなことは求めていないと断って、なけなしのプライドを守るか。プライドも何もかも捨てて、ズボンを下ろすか。

　僕は選択を迫られていた。

　この選択も、昨日、年に一度の新年式で僕が固有スキルを手に入れたところに端を発するのだろう。

固有スキルは一人、一つまで。

固有スキルを手に入れるチャンスは五年ごとに訪れる。満年齢五歳の新年式、十歳の新年式、十五歳の新年式、二十歳の新年式、以下五年ごとにチャンスがある。

ただし、九割の者は五歳の新年式で固有スキルを授かることができる。

そして残った一割のうちの九割は十歳で固有スキルを授かり、更に残った者のうち九割は十五歳で固有スキルを手に入れることができると言われている。

つまり、固有スキルを持っていない者は五年毎《ごと》に十分の一に減っていくわけだ。十歳で固有スキルを授からない者は百人に一人で、三十歳でも固有スキルを授からない者は百万人に一人という計算だ。

ただし、スキルを授かるのが遅い者ほどレアリティの高い固有スキルを手に入れやすいと言われている。

例えば、五歳でA級の固有スキルを手に入れられる者は一万人に一人程度だと言われているが、十歳であれば三千人に一人程度、十五歳であれば千人に一人程度まで上がると言われている。

国の歴代の記録で、もっとも歳を取ってから固有スキルを授かったのは二百年以上昔の記録になるのだが、五十五歳のときにパン職人の老爺《ろうや》がA級スキル『剣聖』を授かったというものがある。しかし、せっかく授かったA級スキルであるが、年齢のせいでその老爺は誰もが羨む『剣聖』スキルを活用することができずに生涯を終えたとされている。もし若いうちに『剣聖』を手に入れることができていたなら、国に仕官して出世だって思いのままのはずであったろうから、なんとも勿体《もったい》ない話だ。

また、スキルの等級はレアリティのみによる評価で、等級が高いことがすなわち有用なスキルとは言えない。

例えば、冒険者志望の者に人気の固有スキルに、魔法系ステータスを低下させる反面で身体系のステータスを全体的に向上させる『戦士』だとか、逆に身体系ステータスの低下を代償に魔法系ステータスを向上させる『魔法師』という固有スキルがあるが、これはどちらもありふれたE級スキルだが、どちらも有用な当たりスキルとみなされている。

またA級のスキルだが『癒やし手』という固有スキルが存在する。これは、自身や他人の病気や怪我《けが》を癒やすことができるというスキルで、手足の欠損さえも軽々と癒やしてしまうという一般的な回復魔法などとは一線を画する力を持つスキルなのだが、このスキルの行使にはＭＰが不要である代わりに自身の寿命を代償に捧《ささ》げなければならない。『癒やし手』の固有スキルを得てしまった者の多くは、権力者に囲われて道具とされ、早逝してしまうことが多いのだという。有名な不人気スキルである。

そういうわけで、一般的にはバランスの良いところで十歳か十五歳のときに固有スキルを授かることができるのがもっとも幸運だと言われている。

それくらいがレアリティが高めで有用な固有スキルを手に入れられる可能性が高く、また授かった固有スキルのスキルレベルを伸ばす時間も取れて、活用しやすいと言われている。

逆に二十歳や二十五歳になってA級やB級の高位スキルを手に入れるくらいなら、五歳のときに最底辺のF級スキルを手に入れた方がずっとましだと考えられている。それも仕方がないことだろう。この世界では明確な成人年齢が決められているわけではないが、だいたいの者は十五歳くらいまでには自分の進む道を決めて働き始めている。例えば、二十五歳の職人が今更、冒険者に有用な戦闘系の固有スキルを手に入れても困ってしまうだろう。それでも歳を取ってから強力な固有スキルを得て転身する者がまったくいないというわけでもないのだが。

「ねえ、先輩、先輩。周りは見事に子供ばっかかッスねー」

そう言って、僕の袖を引くのは、職場である冒険者ギルドの後輩のアンナである。

満年齢二十歳になったというのが信じられない低身長のロリフェイスなのに、たわわな巨乳の持ち主で、目立つような美人顔というわけではないのだが、ギルドの受付嬢の中でも冒険者たちからの人気はかなり高い。

アンナも九九・九％の確率を掻《か》い潜《くぐ》り、十五歳まで固有スキルを手に入れることができていなかった。今年こそは固有スキルが入手できていないか確認するために、教会の新年式を訪れているのだ。

「まあ、そりゃそうだ。新年式だからな」

固有スキルを手に入れるチャンスは五歳ごとで、九割の人間は五歳でスキルを手に入れることができるのだから、教会に集まったのは大半は五歳児で、一割弱の十歳児、十五歳がぱらぱらいる程度で、二十歳はアンナ一人だけか他にいてももう一人か二人だろう。

かくいう僕は、なんと満年齢三十歳。歴史に残るほどではないにしろ、十万分の一の確率で二十五歳の新年式までで固有スキルを手に入れることができていなかった。この場ではぶっちぎりの最年長だ。子供ばかりの中で仕事を抜け出してきたギルドの制服姿の僕とアンナだけが大人だ。なんというか、場違い感が半端ない。

子供たちは、一人一人壇上に上がり、順番に鑑定持ちの神父様に授かった固有スキル名を教えてもらう。

珍しいスキルだった場合は、その場で神父様が固有スキルの効果や使い方を説明するフレーバーテキストを教えてくださるのだが、一般的に知られた固有スキルの場合はスキル名だけ教えてもらって、詳細は手伝いのシスターからフレーバーテキストの説明を受けるのが流れだ。たくさんの子供たちが集まっているのだから、そうしなければ時間が掛かってしまう。

特に順番が決まっているわけではないのだが、子供たちを押しのけて、良い年をした僕たちが先に鑑定を受けるというのは気が引ける。毎年、自然と年齢順で、五歳児、十歳児と年齢順に列ができる。

五歳児だと授かる固有スキルはだいたいが最下位のF級で、二割ほどE級が交じり、ごく稀《まれ》にD級が入ってくる。

「うわぁ、羨ましいッスねえ。あの子、D級の『魔剣士』を授かったそうッスよ。今から鍛えていけば、いずれは黄金級、ひょっとしたらミスリル級の冒険者だって夢じゃないかもしれませんよ」

五歳の時点でD級の使える固有スキルを授かるような幸運に恵まれた子は、人生の成功が約束されたようなものだ。

「まあなあ。でも、なんかおとなしそうな雰囲気の女の子だぞ。冒険者になりたいってタイプの子には見えないんだが。D級スキルだって、喜んでいるようには見えないし」

スキルというのは、スキルに見合った努力をして行動するからこそスキルレベルが上がり、合わせて効果も強くなっていく。

ただ持っていれば良いというわけではないのだ。

「そうッスねえ。どちらかというと、花屋さんになりたいとか、お嫁さんになりたいとか言いそうな子に見えますよね。先にスキルを授かった友達っぽい男の子がすごく羨ましそうにしてますけど」

「望んだ子に、望んだスキルがいくわけではないのが困りものなんだよなあ」

などと、小声で無駄口を交わしながら僕たちは順番を待つ。やがて五歳の列が終わり、十歳の子たちが鑑定されていく。

こうなってくると、もうあと少しだ。

「やったっ、C級スキルだっ！」

当たりを引いた十歳の少年があげた歓喜の声が届く。年齢は高い方がレアリティの高いスキルを得やすいが、それでも十歳ではE級やF級が中心である。C級スキルというのはかなりの当たりだ。

「あー、もう少しで自分たちの出番ッスね。私もC級とは言わないですけど、せめてD級が欲しいッス」

アンナはそう言うが、二十歳であれば五割以上の確率でC級以上のスキルが手に入ると言われている。D級以上であれば、九割だ。F級を引く可能性は一％以下になる。アンナの希望が叶《かな》わない可能性はゼロではないが、控えめなその希望が叶う可能性は低くはない。

その後、待っている間に、別の十歳の少年と十五歳の少女でB級スキルを引いた子が出た。

例年で言うと、この街だとB級を引けるのは期待値一人という程度で、C級が一番上のこともあるので、今年はまあ当たり年だろう。

あと十五歳の子の中で二人ほど固有スキルを授からなかった子たちがいたので、彼らが次の五年後の最年長候補だ。まさか、今年も僕はスキルを引けずに五年後も最年長ということはさすがにあるまい。そう信じたい。

二十歳はアンナの他にもう一人いて、その男はD級スキルを引いた。

そしていよいよアンナの番になる。

神父様はアンナに厳かに掌《てのひら》を向け、厳かにボソボソと聖句を唱える。

神父様の掌の先にほのかな光が生じ、アンナの体に吸い込まれていく。

実のところ、神父様のこの動作はハッタリなのだそうだ。新年式における『スキル授与』などの『神事』には、Ｂ級スキル『聖職者』かＡ級の『聖人』『聖女』が必要になるのだが、このスキルさえ持っていれば何の動作も聖句も不要で、ただそうと考えるだけで良いのである。そうギルドの資料にあった。要するに、教会の威厳を演出するために、神父様はポーズをつけて聖句を唱えていらっしゃるのだ。

なお、神父様の掌から発生した光も、そうした見た目ばかりの演出が得意な固有スキルを持つアシスタントの修道女がこっそり仕掛けているだけである。

「アンナ・ミラージュさん、あなたが授かったのはＣ級スキル『収納倉庫』です。おめでとう。スキルについての説明は必要ですかな？」

「えっ、うっそ。『収納倉庫』？」

そうアンナが驚きの声をあげたのは、手に入れた固有スキルが望外に恵まれたものであったからだ。

彼女が授かったスキルは、魔力で作った異次元空間に物品を収納できるという特に冒険者パーティには絶大な人気を誇る固有スキルだ。ＭＰによって容量に制限があるとはいえ、冒険に出るときいくらでも多く物資を持ち込めるわけだし、さらには冒険で手に入れた素材やアイテムを持ち帰るのにも利用できる。Ｂ級、いや下手なＡ級スキルよりも人気のあるスキルなのだ。

「あ、できた」

アンナが手にしていた書類入れが、消えた。

いや、消えたのではく、『収納倉庫』を使ったのだ。そして、僕がそれを理解した次の瞬間には、アンナの手に書類入れが戻っている。『収納倉庫』に収めた書類入れを再び取り出したのだ。

「あ、いいえ、説明はいりません。よく知ってます。ど、どど、どうしましょう、先輩。わ、私、受付嬢から冒険者に転身ですか！」

興奮したアンナは僕にしがみついてくる。気持ちは分からないではないのだけれども、神父様が苦笑いして見ているのにも気付いて欲しい。

「はは、それはまたゆっくり考えよう。それより、次は僕の番だからね」

「え、あ、そ、そうでした。すみません、テンパってて」

アンナが僕に道を譲る。

そしていよいよ僕の番だ。大トリである。数十分前までは子供たちと、離れて彼ら彼女らを見守っていた保護者たちで賑《にぎ》わっていた教会も、ほとんどの子供たちは保護者とともに帰り、儀式を終えていないのは僕一人だ。といっても、十年前も五年前も大トリで、今年で三回続けて大トリなのだけど。

新年式の鑑定の儀式は、五歳から数えてもう六回目の大ベテランだが、それでも毎回この瞬間は緊張させられる。ここで授かるスキル次第で人生が大きく変わりかねないのだから仕方がない。過去の統計的に、三十歳だと五割以上でB級以上の固有スキルが授けられるはずなのだが、もう贅沢《ぜいたく》は言わないからC級やD級で良いから役に立つ固有スキルを授けてほしいと僕は願っていた。

「あなたは……」

前回二十五歳のときにも固有スキルを手に入れることができなかった僕は相当珍しかったようで、神父様も僕の顔を覚えていてくださっていたようだ。

そして、神父様が僕に向けて掌を翳《かざ》し、

「え」

驚きの顔で固まる。

「どうかされましたか？」

まさかまた固有スキルを授からなかったのだろうかと、僕は不審に思い神父様に問いかける。

「あ、いえ、少し驚いただけですよ……。では、改めまして」

僕にもこれまでの子供たちやアンナのときと同じ演出が行われ、

「タナカ・サトシさん。あなたに授けられた固有スキルは、S級スキル『欲望の匣《はこ》』です。固有スキルの最上位はA級であると言われ、歴史的にもS級固有スキルなどというものの記録はなかったはずです。当然、私も初めて経験します。前代未聞の固有スキルですからフレーバーテキストの説明が必要ですね……」

「え、あ、はい」

僕も混乱し、それしか口にすることができない。

「ええと、それでは読み上げます。『MPと経験値を消費し、欲望を叶える有象無象の万物を作り出すちぃとスキル。作り出される存在の稀少性は対価として消費したMPと経験値の量に依存する。己の欲望を御せ』とあります。ふむ、ちぃとスキルというのはどういう意味なのでしょう……？」

「あの、ＭＰと経験値を消費してというのはどういう……？」

「私にも分かりません。固有スキルは、スキルホルダーがスキル名とフレーバーテキストを把握すれば、自然と使い方が理解されるというのが摂理のはずなのですが……？」

神父様はこちらこそがそれを訊《き》きたいという顔を僕に向ける。

「ちょ、ちょ、ちょっと待ってくださいっ。おかしいですよっ、そもそも、先輩はタナカなんとかなんていう変な名前じゃないですしっ」

横からアンナが言った。

そう。

僕の名前は、カナタ・ヴィレッジストーン。

タナカ・サトシというのは、秘密にしてある僕の前世の名前だ。

◇

(カナタ氏《うじ》ではなく、拙者にスキルが授かるとはおどろ木ももの木さんしょの木、あっと驚く為五郎でござるなあ)

そう脳内で呟《つぶや》くのは、僕の前世の人格であるタナカだ。

彼は僕の前世であり、肉体を共有する同居人であり、今僕がここにこうしていられる恩人でもある。

タナカはこの世界とは別の世界のニッポンで生まれ育ったヲタクエリートなのだそうだ。

ニッポンではこの世界よりはるかに文明、文化が発達し、誰もが高い教育を受け、アニメ、漫画、インターネット、エロゲなどの教養を与えられて育つのだそうだ。

今生の僕は、貧しい農村で農家の五男坊として生まれた。

タナカがいなかったなら、僕は口減らしに丁稚奉公《でっちぼうこう》に出され、大人になっても下働きとして底辺のまま一生を終えていただろう。いや、大人になるまで命を繋《つな》いでいられなかった可能性も高い。

けれども、タナカは僕の脳内で学ぶことの大切さを繰り返し説き、いろいろなことを教えてくれた。タナカにとっても未知の言語であるこの国の言葉を学び、計算だとか、科学だとか、それから礼儀を守ることの大切さだとか、人との接し方であるとか、ほんとうにありとあらゆることを教えてもらった。固有スキルの一つも持たない僕が、冒険者ギルドの職員という安定した仕事を得ることができたのもタナカのおかげだ。

(そんなに褒められると、拙者、照れるでござる。でゅふふ)

タナカは異世界で育ったせいか、一人称や笑い方がとても独特だ。

独特なのだが、タナカの言葉は僕にしか聞くことが出来ない。

「先輩の名前は、カナタ・ヴィレッジストーンですっ」

タナカの言葉を聞くことのできないアンナが、神父様に向けて言う。

神父様はアンナの言葉に、改めて僕に掌を向ける。

「あれ、本当ですね。先程のはなんだったのでしょう……。私の『聖職者』のスキルが誤作動するとは思えないのですが……。いえ、ともかくも正しいスキルをお伝えしましょう」

神父様は怪訝《けげん》な様子ではあったが、改めて僕に向き直る。

「カナタ・ヴィレッジストーンさん、あなたに授けられたのは『献身』、B級スキルです。こちらもレアリティの高いスキルですね。フレーバーテキストの説明は必要でしょうか？」

「いいえ、大丈夫です」

他のスキルを授かりにきた五歳や十歳の子供であればB級固有スキルの効果やフレーバーテキストなんて知らないだろうが、僕は良い年をした大人で、冒険者ギルドの職員として普通の人以上に知識を持っている。B級はもとより、A級だって大半のスキルについての知識があった。

新年式は、街の人々にとっても、ちょっとしたお祭りみたいなもので、多くの商店などは休みになったり、またその一方で普段とは違う露店が立ったりもする。だが、冒険者ギルドは新年式の日も案外、忙しい。平時とは異なる依頼も多いが、そちらは通常の討伐依頼などの消化が控えめになるので処理しなければならない業務の総量自体は、平時とそう変わらない。しかし、新年式に合わせて多くの職員が休みを取ろうとするため、人手が足りなくなるのだ。特に、僕やアンナのような未婚組は休みが取りにくい。

僕とアンナが固有スキルを未習得だったので、新年式のある午前中だけは特別に最優先で半休を貰《もら》えたが、午後には業務が待っている。

僕たちはスキルを入手後すぐに午後の仕事に入り、結局ギルドでの業務は夜半まで続いた。

「ふぅ」

一日の業務を終えた僕は、手ずから淹《い》れたコーヒーを飲みつつ、嘆息した。

冒険者ギルドは二十四時間営業だが、僕の業務はとりあえずこれで終わりだ。ちなみに、アンナは夕方頃には先に帰している。彼女は年頃の女性であるし、未婚ではあるけれど家には家族が待ってる。独り身の僕とは違うのだ。

まあ、彼女ももう年頃で実家からは早く相手を見つけて独り立ちするように促されていて肩身が狭いそうだ。ニッポンでは二十歳過ぎても結婚しない女性は珍しくもなかったそうだが、こっちの世界でははっきり言ってやや行き遅れの部類だ。ただスキルレスだったこともあって良い縁談がなかった彼女であるが、『収納倉庫』という人気スキルを手に入れたことによって事情も変わるだろう。『収納倉庫』は冒険者にも人気だが、行商などを営む商家などでも人気のスキルだ。

冒険者に転身するのか、あるいはどこかの商家に嫁ぐのか、それは彼女と彼女の家族の選択次第であるが、おそらくアンナは遠からず冒険者ギルドの職員も辞めることになるだろう。

(今日も一日お疲れさまでござる)

脳内でタナカが労《いたわ》りの声をくれる。

(うん、タナカもお疲れ。いつも助かってるよ)

基本、僕の肉体の操作権は僕自身にある。ただし、いざというときはタナカも僕の体を使うことができるし、業務中もタナカは脳内でちょっとした計算だとか、何かと業務を手伝ってくれている。書類仕事なんかはいつもタナカがミスがないかなどのチェックを請け負ってくれるおかげで、ギルド内でも僕はとりわけ仕事が早くて正確だと評判だ。

まあ、それくらいでなければ、コネも仕事に有用なスキルも持たない僕のような貧農上がりが、冒険者ギルド職員なんていう安定職を手に入れることはできはしない。ああ、女性受付嬢なんかは冒険者相手の人気商売のところもあるから、比較的低い能力でも人柄と愛嬌《あいきょう》、見た目が優れていれば就くこともできるんだけど。アンナなんかは、彼女の母親も元受付嬢だったというコネもあったようだけど、典型的なその部類だ。

アンナは可愛《かわい》いのだ。

(カナタ氏、拙者そろそろ、取得したスキルを試したいでござるよ)

(うん、そうだね。マイステータス、オープン)

カナタ・ヴィレッジストーン／タナカ・サトシ
ヒューマン　３０歳
レベル　６（２３４／７００）
ＨＰ　２４９／５５０
ＭＰ　８９０／８９０
物攻　７　物防　１１
魔攻　２１　魔防　１０

　俊敏　１９　移動　５
属性傾向
　火Ｄ　土Ｃ　水Ｂ　天Ｃ
スキル
　固有Ｂ『献身』
　固有Ｓ『欲望の匣』
魔法
　生活魔法レベル４

　自分自身のステータスを知るステータス魔法は、ヒトが誰しも生まれながらに持つ基本的な魔法だ。

　スキルの項目を除いて、およそ見慣れた数字が並んでいる。

　こうして見てみると、僕自身のステータスはレベルの割を考えると平凡の域を出ないものの、悪くはない。ヒューマンの場合、ＨＰやＭＰはレベル×１００程度が平均的であるから、若干ＨＰが低めである反面ＭＰがかなり高い。その他のステータスもややもやし気味だが、僕自身が事務職であることを考えるとまあそんなものだろう。

　生活魔法はもともと得意な方だ。魔法レベル４までいっているというのは、僕の年齢からしてみればなかなかのものだ。僕と同じ年齢で生活魔法をレベル４より上を持っているのは、魔法系統の固有スキルを持っている者だけだろう。

平凡の枠を超えて特筆すべきなのは二点。

僕の名前とタナカの名前が並列表記されていることと、スキル欄に固有スキルが二つも記されていることだろう。

ふつう固有スキルは一人につき一つまでと決まっている。それが二つ。それも一つはレアリティSという、前代未聞のスキルである。もちろん、スキルのレアリティとはあくまでも稀少性《きしょう》でしかなく、スキルの有用性とイコールではない。だが、レアリティが高いスキルに強力なスキルが多いことも事実なのだ。

例えば、冒険者ギルドに登録している冒険者は各国の総計で一億人あまりだと言われている。そのうち、冒険者の最高峰のアダマンタイト級の冒険者はわずかに二十人なのだが、そのうち過半数に及ぶ十二人はA級の固有スキルを持っているのだそうだ。

現在登録されている冒険者で、A級の固有スキルを持つ者は六千人程度しかいないことを考えると、A級のスキルというのは絶対的ではないものの、大きな有利になりえることを示している。

固有スキル『献身』の効果は、他人、とくに身近にいる人に対し、献身的な行動を取ることで経験値を取得できるというスキルで、より詳しい発動条件などは特に考えることなく自然と理解される。しかし、『欲望の匣』の方については、教会で神父様から説明してもらった以上のことは理解できない。これは、『欲望の匣』が僕カナタではなく、タナカの固有スキルだからなのだろう。

本来ありえない二つ目の固有スキル、それも前代未聞のＳ級スキルだ。

固有スキルというのは最上位がＡ級で、それより上はないというのが常識だ。どんな高ランクの冒険者でもＳ級の固有スキルを持っているなんて聞いたことがない。あるいは隠し持っている者が存在する可能性は否定しきれないが、ギルド職員として一般人よりはスキルに精通しているはずの僕が聞いたことがないのだ。

これはもうとんでもないことになるのではないか、そんな期待が身を焦がす。

ひょっとしたら、「ブラック企業でござる。この世界に労基はないでござるか！　改正労働基準法をぶちかますでござるよ！」とタナカに評されるギルドで働くのも、もう終わりになるかもしれない。

貧農の生まれである僕にとってはギルドの仕事が得られただけでも幸運だというのは重々承知であるが、僕は生まれが理由で他の職員よりもだいぶ待遇が悪い。休みは少ないし、薄給なのだ。薄給だけれども、その少ない収入も仕事が忙しすぎて消費する時間がないため、それなりに蓄財できているのは良いことなのか悪いことなのか。

『献身』のスキルは直接戦闘に向いたスキルではないが、『欲望の匣』が強力なスキルであるのなら、ギルドの職員から冒険者に華麗な転身というのもありだろう。

（それで、『欲望の匣』って具体的にはどういうスキルなの？）

（うみゅ。『欲望の匣』は、拙者が前世でぷれいしたエロゲに登場したさまざまな物を作り出すスキルでござるな。普通のゲームからは無理のようでござるな）

（えろげ？　げぇむ？）

（エロゲは、パソコンを用いてえっちなおにゃのこたちと、あはぁんなこととか、うふぅんなことをして楽しむことのできるヘンタイ大国ニッポンが作り出した文明の極致ともいうべき人類叡《えい》智《ち》の集大成でござる。拙者、前世では紳士の嗜《たしな》みとして陵辱系から泣きゲーまで、大手ブランドから同人まで、広く深く嗜んでおったでござるよ。拙者の知らぬタイトルはなく、よしんば糞《くそ》ゲーと名高い作品であっても、拙者、かならず完全攻略してきたでござる。でゅふ。商業作品のすべて、同人作品でも主だったところは網羅したと豪語できるでござる。拙者、前世の死因は覚えておらぬでござるが、抜きすぎによる腎不全であったとしても不思議ではなかろうっ）

（……。説明が難しくて、良く分からないんだけど、なんかすごいものなんだね。ええと、それでげぇむというのは？）

（ゲームとは本番行為のないエロゲのことでござるな。かわいいおにゃのこたちが宝の持ち腐れでござるよ。カナタ氏にも分かりやすく言うなら、ゲームはエロゲの劣化版でござる。拙者はソシャゲを無課金の範囲で、いくつかのタイトルを軽く試したくらいでござる。『欲望の匣』というのは、玉手箱的な意味での『匣』とエロゲ専用機的な意味での欲望にまみれた『匣』という意味のダブルミーニングなのでござろうなあ）

ふむ。

よく分からないのだが、げぇむがえろげの劣化版であるのなら、えろげだけで十分なんじゃないだろうか。

（その通りでござるな、カナタ氏。エロゲがあればゲームなんていらないでござるよっ！　偉い人にはそれが分からんのでござるよ！　とにもかくにも、使ってみた方が説明するより早いでござる。ねぇ、いいよね、使っちゃって。拙者もう辛抱たまらんでござる）

（うん、分かったよ。使って）

（しからばっ、固有スキル『欲望の匣』起動でござるっ）

僕の目の前に、輝く『匣』が現れる。おそらく、スキル使用者であるタナカと僕以外には見えていないのであろう『匣』だ。

（およよ、拙者が前世で使っていたゲーミングパソコンの筐体《きょうたい》にクリソツでござるよ。まさしく、『匣』でござるなっ）

タナカが宙空に浮かぶ仄《ほの》かな燐光《りんこう》を放つ奇怪な『匣』を見て言った。

（げーみん……、何？）

（ゲーミングパソコンでござる。大容量ＳＤＤに、グラフィックボードも最上級のものを二枚挿しのエロゲをやるにはオーバースペックすぎると、自作ＰＣ晒《さら》しスレにおいては同好者たちからは妬まれた最強のエロゲ専用機でござるっ）

タナカが言っていることが、何一つとして分からない。

（そして、余剰の経験値２３４ポイント、ＭＰを同じく２３４ポイント消費して、『電脳アラベスク』の近未来兵器っ、『原子分解銃』を『欲望の匣』から取り出すでござるっっ！）

（えっ、経験値を消費？）

どこからともなくドラムロールが響き、まばゆい光に『匣』の姿が霞《かす》む。

光の中で『匣』が、開いていく姿が僅かに見える。

（おおっ、まるでガチャの演出でござる。ゲーミングパソコンは無駄に光るのが様式美でござるが、光りすぎでござる。筐体もそういうふうに開くものではないでござるが、スキルの意味不明な演出にツッコミを入れても不毛でござるなっ）

（え、がちゃって何？　それに経験値って？）

（『欲望の匣』を使うには、手持ちの経験値とMPを代償にしなければならないでござるよ。拙者たちのレベルは6で、7レベルに上がるのに必要な経験値700のうち234ポイントが貯《た》まっていたでござる。故にレベルが下がらない範囲で、最大限使うことのできる234ポイントを代償にしたでござるよ。これ以上多くのポイントを使うと、レベルが下がってしまう故、拙者、自重したでござる）

（え、えっ、なに、経験値234ポイントも失われちゃったの？）

経験値234ポイントというのは、決して少ない数値ではない。

日々、命をかけて戦う冒険者にとってはそれほどのものではないかもしれないが、普通に生活している僕らのような一般人にとっては数年がかりで貯める量になる。

そして演出が終わり、僕の手の上に収まっていたのは一本の小さな枝付きのキャンディーであった。

（え、これがげんしぶんかいじゅー？）

（違うでござるっ！　うおおっ、これはっ、『えちにち』のアイテム、『フラグポップロリポップミルクキャンディー』でござるっっ!!）

（えちに？　ふらぽ……なに？）

（『ビッチＪＫたちのえっちな日常』略して『えちにち』の『フラグポップロリポップミルクキャンディー』でござる。うーむ。なるほど、分かったでござる。『欲望の匣』は拙者が望むえろげのアイテムを任意で経験値と交換できるスキルではなく、拙者が心の底から望むえろげのアイテムを指定した経験値を対価にランダムで交換できるスキルだったのでござる）

（えーと？）

（拙者の前世より背負いし業が、このアイテムを引き寄せたのでござるよ。

カナタ氏、さっそく『フラグポップロリポップミルクキャンディー』を使うでござる）

（……舐《な》めれば良いのかな？）

（レロレロいくでござるっ）

普通の飴《あめ》だ。

ミルク味。

舐めても特に体に力がみなぎるとか、何かが起こる風でもない。

（タナカ、舐めたけど……？）

（でゅふふ、落ち着いて待つでござるよ。カナタ氏）

（？　まあいいけど、それより今日はほんと疲れたよ）

午前中は新年式に行ってスキルを授かって、午後はずっとギルドで仕事漬けだ。

特に年始ということで、休みを取っている職員が多くて、いつもよりずっと忙しかった。間食を取る時間もなくて、小さな飴の糖分でさえ体に染み渡るように感じる。

もう夜も更け、訪れる客もほとんどいないが、もう少しだけ残務があった。明日以降に回すこともできるが、終わらせてから帰ろうかと考えていると、ギルドの入り口が開く音が聞こえた。

この時間は受付は深夜窓口だけで、正規の窓口はもう閉められている。こんな深夜に、何か緊急事態だろうか。

そんな風に訝《いぶか》しんで視線をやると、予想外の姿が目に入る。

女の子だ。

それもだいぶ可愛い。

(うひょーっ。ロリっ娘でござるよっ。少女というのは、やはりこれくらいの年が最高でござる。肉体がメスとして目覚めつつあるというのに、それには無自覚な危うさがあるでござる。幼女から少女に移り変わる微妙なお年頃でござる。ああ膨らみかけのおっぱいに顔をうずめてみたいでござるよ)

(落ち着いてよ、タナカ。ほら、よく見て。耳が尖《とが》ってるでしょ。彼女、たぶんエルフだよ。ヒューマン種よりずっと成長は遅いから、幼いように見えて間違いなく成人してるよ)

僕は興奮するタナカをたしなめるが、タナカの勢いは止まらない。

(うっひょっひょーっ合法ロリでござるかっ。ペロペロっ！　ペロペロしたいでござるっ)

実際、タナカの言うように、魅力的な女の子であるのは間違いがない。

しかし、年齢的には成人しているはずだし、僕も可愛いというのには同意するところではあるのだけれども、とはいえ、まだ未成熟な体の彼女を見て性的に催すというのは倫理的にどうかと思う。自重すべきなんじゃないだろうか。

「ねえ、おじさん、ギルドの人？」

軽い足取りで入ってきた彼女に、問いかけられる。

「おじさん」という呼称に、少しだけ心が痛む。僕はまだ「お兄さん」の区分でいたい年頃なのだ。

生地の薄いワンピース姿で、いかにも無防備だ。

「そうだけど、君は何？　ギルドに用事？」

「うーん、そうじゃないんだけど……。ひまつぶしかなぁ。まぁ、おじさんで良いかな……。なんか冴《さ》えない感じだよね」

そう言って、彼女は草臥《くたび》れきった僕が座るベンチの隣に腰を下ろす。

成人男性としては、平均身長の僕と比べて、座っていても彼女は頭一つ分以上小さい。

ワンピースの胸元から、膨らみかけのおっぱいが目に入ってしまう。見るべきでないと思っても、つい目に入ってしまうのだ。

「な、なにかな」

僕は目を逸《そ》らしながら、少々キョドりがちに少女に尋ねる。

「んー。くたびれた感じの冴えないおじさんに、ちょっと良いことしてあげようと思って」

すぐ隣に座るエルフ少女の距離は近い。青い果実の香りが漂ってくるようだ。

（クンカクンカでござるっ。カナタ氏っ、美幼女の発するフレグランスをもっと吸入するでござるっ）

「ねぇ」

少女がさらに体を寄せる。視線を向けると、未成熟の乳房の先の乳頭までが視界に入ってしまうので必死になって目を逸らす。

「そんなに、私のおっぱいが気になっちゃう？」

少女が悪戯げに尋ねる。

「そ、そんなことないっ」

「んふっ、冗談。見たかったら、見ても良いんだよ」

（カナタ氏っ、ご厚意に甘えるでござるっ。美幼女のパイオツでござるっ。ガン見させていただくでござるっっ）

「うーん、おじさん、真面目なのかな？」

僕が視線を逸らしたままでいると、少女は僕の手に彼女自身の掌を重ね、そのまま手を僕の手首にまで滑らせて、持ち上げる。

「何を……？」

僕の問いかけに彼女は行動で応える。

なんと僕の掌を、彼女の胸に導いたのだ。ワンピース越しとはいえ確かに感じる体温と柔らかさ。

「揉《も》んでもいいんだよ……？」

そう語る彼女の声音と瞳の色は悪戯げで、そして僕の誤解でなければ好色を帯びていた。

(美幼女エロフの未成熟ちっぱいだとっ。カナタ氏ぃいっ、天佑《てんゆう》でござるよぉ、天佑でござるっ。ここで動かねば男子でないでござるっ。頼むでござるっ、モミモミするでござるっ。ちょっとだけで良いでござるーっ。幼女が揉んで良いと言うのだから、揉むでござるーっっ)

タナカが僕の脳内で大騒ぎだ。

でも実際、タナカの言うとおり、エルフの少女自身が良いと言っているのだから少しくらい……。

そんな思いが、僕の掌の筋肉を制御する運動神経を少しだけ動かしてしまう。

むに

ワンピース越しの小さなおっぱいに僕の指がわずかにめり込み、しかしその次の瞬間に、僕は我に返って少女の手を振り払っていた。

「ふうん。おじさん、本当に意気地無しなんだねー。ほんとっ、何もできないダメな大人の典型って感じ」

エルフの少女は笑みを浮かべながら、グサグサと僕の急所を衝いた言葉を放つ。

「よ、余計なお世話だっ」

「でも、おじさん、最後ちょっとだけおっぱい揉んだでしょ？」

(確かに揉んだでござるっ。しっかりとしたちっぱいの柔らかみを指先に感じたでござるっっ。

ああっもっとちっぱいを感じたかったでござるぅう。カナタ氏ぃい、どぅしてぇちっぱいから手を離してしまったでござるかぁあ）

「そ、それはっ」

「ねー、もう一回だけチャンスをあげようか？」

（もう一回だけチャンス？　ちっぱい揉み揉みできるでござるかっ？　カナタうーじー、ラストチャンスは逃してはいけないでござるっっ）

「チャンス？」

「あのね。私さ、おしゃぶりも上手なんだよ？」

（おおおおおしゃぶりーっっきたこれーっっっっっっ。カナタどーのー、今度こそは信じているでござるぞーっ。このチャンスをふいにしたら、カナタ氏とは絶交でござるよっ。本当に頼むでござるっ、ご、後生でござるっ）

エルフの少女は、口を開けて舌を伸ばす。

ちょっとびっくりするくらいに舌が長い。

「エルフって、長いの舌だけじゃないんだよねー。指とかも長めだし。エルフの男なんかは、ちんぽも長いんだよね。まー、エルフの男って耐久力ないから、モノが長いだけですぐ射精《で》ちゃってつまんないんだけどねー」

少女は振り払われた僕の手を改めて取り、彼女の口元へと持っていく。

れろん

少女は上目遣いで僕の様子を窺《うかが》いながら、僕の人差し指を舌を伸ばして舐める。

れろんれろん

あっという間に指がねっとりとした唾液まみれになっていく。透明で、少し泡立って、少しの粘度があって指を伝って垂れていく。

(エロいっっ。エロフ幼女エロすぎるでござるよぉっ)

そして、

ぱくっ　ちゅっぷ　ちゅっぷ　ちゅっぷ

少女は僕の人差し指を咥《くわ》えこんで、頭を上下して動かす。

すぼませた唇。

口の中が熱い。

そして見えない口の中では、僕の人差し指にまとわりつくように舌が生き物のように這《は》いずるのだ。

(やばい、やばいでござるよ)

ゴクリ

僕は、ソレを想像して生唾を飲む。

少女によるプレゼンテーションは唐突に終わる。

一瞬、少女の唇から僕の人差し指まで唾液が糸をひいて、橋が架かるがすぐに切れる。

「ねえ、期待しちゃってるでしょ。使い道のないおじさんのウインナー、ぱっくんして欲しいって♡」

僕の顔を誂《からか》うようにニマニマ見つめたまま、少女の手が僕の股間に向かい、指先だけが優しく触れる。先程からずっと血流がそこに集まって勃起し、僕自身ひどく窮屈に感じているそこは酷《ひど》く敏感で、

「あっ」

触ったか触ってないのか、そんな微妙な刺激にも僕はあられもない声を漏らしてしまう。

きっと少女は視線を向けるまでもなく、僕が情けなくもっこりと股間を腫れ上がらせていることなどお見通しなのだろう。けれども、僕はなけなしの自尊心を発揮して、誤魔化そうとするしかない。

「そ、そんなこと」

「思ってないって？　うそだー」

震える僕の言い訳を、嘲笑を含んだ声で少女は言下に否定する。

(思ってるでござるっ。ぱっくんちょして欲しいでござるよっ。ちんぽぱっくんちょして欲しいでござるーーーっっ)

「もし、おじさんが自分でズボン下ろしてちんちん出したら、私、ぱっくんしちゃうかもねー」

(ズボン下ろすでござるっ。はやくズボンを下ろすでござるっ。カーナーターどーのーっっっ。お願いでござるぅうぅうううっっ。ちんぽ咥えてもらうでござるぅうううぅっっ。頼むでござるぅううっっ)

「私、おしゃぶり上手なんだよねー」

現在人気《ひとけ》がないとはいえ、場所は公共の場であり、職場でもあるギルドのホールだ。

時間は深夜でめったに人の出入りはないとはいえ、絶対ではない。

葛藤はある。自分の立場、タナカの声、なによりもまっとうな社会人として己の尊厳を保ちたいという気持ち。

だが、結局のところ、僕は欲望に負けた。少女に侮られても、大人として情けのない振る舞いであっても、少女が与えてくれるという快楽への欲求を優先してしまったのだ。

「んふふ。本当に出しちゃうんだぁ。ほんとにしょうがないなあ？」

露出したちんぽは自分でも信じられないほどに固く勃起し、反り返り、ビクビクと震えていた。

それを見つめながら、少女がニマニマと揶揄《やゆ》を口にする。

「ねえ、大人として恥ずかしくないの？」

「そ、それは君が……」

「んー、まあ私は嫌いじゃないけどねえ」

ちゅっ
「あっ」

かがみ込んだ少女が、ちんぽに口づけをしたのだ。

「おじさん、気弱そうな顔して、ちんちん意外とおっきいんだねぇ♡　長さは十分だし、子宮の入り口まで届いちゃいそう。嫌いじゃないかも」

ふー

「あひっ」

敏感すぎるちんぽに息が吹きかけられる。

「ねえ、やっぱおじさん、童貞でしょ？」

少女は可愛らしく小首を傾《かし》げる。

「へ？」

「女の子とえっちしたことないでしょって聞いてるの？」

（この幼女、鋭いでござる。カナタ氏も、拙者も前世を含めて紛れもない童貞でござるが、童貞は童貞らしいオーラでも出ているのでござろうか？）

「ほら、正直に答えなさいよ。そうしないと、私、気が変わってぱっくんちょしてあげなくなっちゃうかも」

彼女は指で亀頭のエラの張った部分を指の腹でそっとなぞりながら、問いかける。もうその指の感触だけでどうにかなってしまいそうだ。

（カナタ氏っ、ここは正直に答えるでござるっ。童貞だと正直に告白して、ちんぽぱっくんフェラしてもらうでござるっ。そしてあわよくば、童貞をもらっていただくでござるっ。合法ロリエロフ幼女のおまんまんにハメハメさせてもらうでござるっっっ）

「ど、童貞ですっ」

「うわっ、言っちゃうんだぁ。しかも、即答だしぃ。あは、それでどうして欲しいのかなぁ？」

「ちんぽを……」

「ちんぽを？」

少女はエラを辿《たど》っていた指先を移動させ、カウパーのあふれる鈴口をつんつんと弄ぶ。当然、彼女の指先が透明な粘液で濡《ぬ》れて糸を引く。

「君のお口で、咥えて欲しいっ」

「へえ、お口で咥えるだけで良いんだ？　私、正直な人が好きなんだけどなー」

「ど、童貞ちんぽをっ、く、口で気持ちよくして欲しいっ。舌で舐めて、擦《こす》り上《あ》げて、射精させて欲しいっ。それに、ちんぽをき、君のま○こに入れてっ、膣穴《なか》出ししたいっっ」

「うわー、恥ずかし。ほんとにこんなこと懇願する大人いるんだぁ♡　でも、まぁ……」

心の底から僕を馬鹿にするように彼女は嘲るが、立ち上がって僕の正面に回ると、その場に膝をつく。

（ハァハァでござるっ。いよいよ、エロフ幼女にちんぽぱっくんしてもらえるでござる）

かぷぅ

舌が伸ばされ、開かれた口が迫ってきたと思った。

次の瞬間、ちんぽは呑み込まれていた。

ぬりゅっ

にゅりゅりゅりゅ

（おほぉぉん。やばいでござるぅぅっ。これ、無理でござるっ、こんなの、気持ちよすぎるでご

ざるっ）

脳内でタナカがうるさいが、正直なところ、タナカと同じ気持ちだ。

こんなの、耐えられるものではない。自分で処理するのとは、まるで違う。

女の子の口の中が、こんなに気持ちが良いものだったなんて、知らなかった。

「もふ、射精《で》ちゃう？」

口の中で舌でちんぽをいたぶり、咥えながらも、少女はくぐもった声でそう尋ねる。

「童貞雑魚ちんぽなんて、あっけないよねー」と、そんな風に言われた気がした。

（カ、カナタ氏、ここは耐えるでござるぞっ！　男子としてのプライドを見せるところでござるっ）

言われるまでもない。

耐えろっ。

耐えるんだっ。

れろれろれろれろ

亀頭が集中的に攻められる。

「だめだっっっ」

僕は叫んだが、止められるはずもない。

びゅりゅっびゅりゅびゅりゅりゅっっ

（おほぉぉお）「おほぉぉお」

聞きたくもないタナカの情けのない呻《うめ》きは、僕があげた呻きでもあった。
一度射精が始まったら止めようもない。
びゅりゅりゅ
自分の精嚢《せいのう》の中に、こんなにも多くの精液が蓄えられていたのかと信じられないほどの量の濃厚液を少女の喉奥に流し込む。
それも、射精が始まった瞬間、少女は貪欲に精液を吸い上げてくるのだ。
精液どころか、ちんぽのすべてを、精巣のその奥までも吸い上げられてしまうかのようであった。
びゅりゅびゅりゅっっ
少女は奔放な少女という形を取っているが、その中身はとんでもない淫乱で性の魔物なのだと吸い取られることで理解させられる。
あまりの快楽に、膝が震え、僕自身の体が痙攣《けいれん》するように震えるのが分かるが、その快楽神経のすべてがちんぽに集中しすぎているせいで、僕の体のすべてがちんぽで、それ以外の肉体は他人のもののようにすら感じる。
びゅりゅりゅっ
僕は今までの人生で、間違いなく最も多量で、最も長時間にわたる射精を終えて、それから少女は尿道の奥に溜まった僅かな精液も吸い上げながら口からちんぽを引き抜いていく。
ごくり
少女はこれみよがしに喉を鳴らして、精液を嚥下《えんげ》する。

「んふっ♡　ごちそうさま♡」

少女は口の端から垂れた精液を舐め取る。

「んー、たくさん射精したねー。でも、まだ元気みたいだね。ちんちん、セックスしたいって張り切っちゃってるのかなぁ？」

少女の言葉の通り、僕のちんぽは勃起したままであった。

自分自身の放った精液と少女の唾液に濡れて、てらてらと光っている。

そして、その怒張を保っている理由はまさしく、この小柄な体躯《たいく》ながらも淫蕩《いんとう》な少女の膣に押し入りたいという願望故で間違いがない。挿入したい。ハメたい。そして腰を振り、少女の柔らかいであろう膣肉に肉棒をこすり付け思う様、白濁液をぶちまけたい。だが、

「けど、残念。迎えが来ちゃった」

「えっ？」

言われて、僕は初めて気付く。

僕が少女にちんぽを咥えられていた間に、近くに来ていた人物がいたのだ。

その人物も女性だ。

それも、びっくりするくらいに美しい。だが、少女とはまるでタイプが違う。スラリと背が高く、露出の多いビキニアーマーを身に着け、鉄塊のような大剣と巌《いわ》のような大盾を背負った女戦士。ビキニアーマーの間から覗《のぞ》く日に焼けた肌は筋肉質で、彼女が鍛え上げられた戦士であることを教えてくれる。

その女性が蔑んだ視線で僕を見下ろしていた。

「……」

少女が立ち上がり、機嫌良さそうな笑顔で僕に語りかける。

「あ。でも、誤解はしないでねー。初めから、本番までさせて上げるつもりはなかったんだよね。私たちって、強い牡《おす》の子種以外に興味ないの。おじさん、レベル低いでしょ？　私と良いことしたかったら、もっとレベル上げしたら良いと思うよ。無理だと思うけど」

言い返すことができない。

（く、悔しいでござるっ。悔しいでござるっっ。言われっぱなしで悔しいでござるっ。拙者たち童貞だと見透かされて弄ばれていたでござるよぉ～）

タナカが心の中で嘆く。

「おい、いつまで遊んでいる。行くぞ」

女性戦士が言う。

さっき彼女が僕を蔑んだ視線で見下ろしてきたと感じたが、それは違った。それ以下だ。彼女は僕に対して何の感情も抱いていない。路傍の石、それを見るのと同じなのだ。

「おじさん、じゃーねー」

少女はひらひらと手を振りながらも、女性戦士の後を追う。

「ちんちんの形だけは、合格だったかなー。早すぎだったけど。きゃは」

（くぅっ。拙者、自分が情けないでござる。童貞を馬鹿にされ、騙《だま》され、誂われたことよりも、童貞を奪ってもらえなかったことの方を残念に感じてしまっているでござるっ。こんなことを言って、あの少女に聞かれてしまってはもっと馬鹿にされてしまうに決まっているでござるが、馬鹿にされてでもお口で抜いてもらったのは嬉《うれ》しかったでござる。もっと馬鹿にされても、もっと騙されても良いので、続きをして欲しいと思ってしまうでござるよっ。拙者悔しいでござる。悔しいでござるが、そんなことよりも、童貞奪って欲しかったでござるぅ～）

言うだけ言って去っていった少女たちの姿が見えなくなって、タナカが心情を吐露する。

タナカの言うとおり憐《あわ》れなほどに情けない告白であったが、僕自身の胸中も同じであった。

嘲られてまったく悔しくないというわけではないが、彼女の口の中でちんぽが蕩《とろ》けてしまうんではないかという快楽が忘れられず、性器でない口に咥えられただけであんなにも気持ちが良いのだったら、もともとちんぽを収めるように設計された彼女の女性器にちんぽを挿入したのなら、どれほどの快感が齎《もたら》されるのか。ただただただちんぽを彼女の膣穴に挿れることができないという現実がただただただ悔しい。

強引に暴力によって彼女を犯してしまいたいという誘惑さえ脳裏に擡《もた》げる。

ただ、それは現実的ではない。あんな形《なり》をしていても、おそらく高位のエルフの冒険者だ。さらには、彼女の仲間と思《おぼ》しきビキニアーマーの女戦士も只者《ただもの》ではない。僕の敵《かな》う相手ではなかった。

彼女たちの正体は、上級冒険者『暁の光』のメンバーであった。

僕が彼女にちんぽを咥《くわ》えてもらったあの晩は、ちょうど彼女たちが街に着いたばかりだったらしい。

彼女たちは、『暁の光』は王都を拠点とし、普段は王都周辺で活躍する国内でも有数の高位冒険者パーティで、その名前は以前より僕も聞いたことがあった。

『暁の光』のリーダーは、生まれは子爵家で高貴な生まれでありながら教会に帰依し、僧侶となって『聖女』とまで讃《たた》えられるヒューマンの才女ユリティ。そして彼女を中心に集まったのは、いずれも美女ばかりであるという。

アマゾネスの戦士、アマンダ。

猫獣人の斥候のニャーニャ。

そして、森エルフの魔術師、シャノア。

僕が彼女たちの正体を知ったのは、翌日の業務時間中に彼女たちが揃《そろ》ってギルドを訪れたからだ。

普通、一般の冒険者は僕たちのような職員が対応をするのだが、国内有数の高ランクパーティともなると特別扱いらしい。彼女たちはギルド長が対応するそうで、ギルド二階の応接室に通された。

普通、応接室なんかは貴族が直接依頼に来たときくらいしか使われないのだが。

僕のちんぽを戯れに咥えこんで精液を飲んでくれたのがシャノア、彼女を迎えに来た女戦士がアマンダだ。

ギルドに訪れてきたとき、シャノアの方は僕の存在に気付いたようで一瞬だけ視線が止まったが次の瞬間にはすぐに視線は切られていた。アマンダに至っては、気付いてさえいなかったろう。

所詮、彼女たちにとって僕はその程度の存在だということだ。

「はー、あれが有名な『暁の光』なんですねー。なんていうか、こう雰囲気ありますね」

後輩のアンナが呑気《のんき》な感想を口にする。

なんということはない雑談であるが、僕はついどきりとしてしまう。

『暁の光』の面々のような超絶美人というわけではないが、アンナもまた可愛《かわい》らしい女性だ。

そしてこれは僕の思い込みではないと思うのだが、アンナはたぶん僕のことを好いてくれている。アンナにもお口はあるし、もっと言えばその股間には、男のちんぽを咥え込むための女性器がついている。

昨晩の信じられないような体験があったせいで、そのことが否応《いやおう》にも意識されてしまうのだ。

うまく口説けば、彼女で童貞喪失というのも難しくないいんじゃないかと思う。

(そうでござるっ。据え膳食わぬは男の恥でござるぞっ。是非、頂いてしまうでござるっ。それに、拙者の勘でござるが、アンナ氏は処女でござるよ)

アンナが処女でないかという推測には僕も賛成であるのだが、

(そういうわけにはいかないよ。アンナは将来ある男爵家のお嬢様だ)

僕のような貧農出の馬の骨と関係してしまっては、彼女の将来に影を落としかねない。

アンナが固有スキル『収納倉庫』を手に入れたのは昨日の今日の話で、アンナはまだギルドを辞めていないが、それも時間の問題だろう。

アンナには輝かしい将来が待っている。僕が潰してしまうわけにはいかない。

(ちょっとシちゃうくらい、バレないでござるよ)

(そういうわけにはいかないよ。僕も彼女とそういう関係になりたくないわけじゃないけど、それで彼女を傷つけてしまうことが分かっているんだ。自分の欲望に流されないくらいの理性はある)

タナカの言葉に、僕は可愛い後輩でしかなかったはずのアンナを、いつの間にか性的に見るようになっていたのだと、改めて気付かされる。けれども、やはり手を出すわけにはいかないのだ。

(ふぬう。カナタ氏は真面目でござるから、仕方ないでござるな。拙者、カナタ氏の優しくて融通の利かないところは嫌いじゃないでござるよ。しかしでござる、カナタ氏も合法ロリエロフのときは、初めこそ未成熟な体を性的に見るのは倫理的にアウトとか言っていたでござるが、結局はちんぽおしゃぶりしてもらって喜んでいたでござろう？　めっちゃ流されていたでござるよ)

痛いところを衝く。

(う、たしかに。それを言われると、自分の意志の強さに自信がなくなるよ)

（エロゲの中から飛び出てきたようなエロ幼女だったでござるが故、仕方ないでござるよ。ただ、アンナ氏のおぱーいも、エロゲ級でござる。ばいんばいんで、制服がはち切れそうでござるよ）

ここまで話して、ようやく僕は気付いた。タナカもアンナのことは大切に思っているのだ。タナカも初めはけしかけるようなことを言っていたが、それは迂闊《うかつ》な僕に、アンナに軽々しく手を出したらどうなるかを考えさせて自覚を促すために敢《あ》えて言ったのだろう。

（うん。ちゃんと分別を持たないとね）

僕は自戒しながら、視線をアンナの胸には向けないように気をつけて、アンナとの会話に戻る。自覚を持たせてくれたタナカにも感謝しなくてはならない。

（でゅふ）

「そういえばだけど、アンナも固有スキルのことはギルドの上に報告はしたんだよね？」

「……はい」

僕の問いかけに答えるアンナの声が、落ち込んだものに変わったように聞こえた。

「今日の会議で、私の取り扱いが会議にかけられると言ってました」

もし、アンナがギルドに残ることになったとしても、受付嬢としてではなく高い役職に就いたり、ひょっとしたら僕の上司になるという可能性もあるかもしれない。いずれにせよ、きっと立場は変わるのだろう。いつまでも僕の同僚ではいないのだ。

「先輩、私、先輩といっしょにもっと働いていたいッス」

残念なことに、それを決められるのは僕ではない。

少なくとも、今の僕には何も決められない。何もできない。今のままなら、何も。

◇

僕は、ギルドで日々の業務をこなしながらも、タナカと相談して今後の計画を練った。

タナカの欲望を汲《く》み取《と》って、欲するアイテムを生み出すという『欲望の匣《はこ》』というスキルは、使いようによってはとんでもないスキルだ。あの晩、『欲望の匣』によって作り出された『フラグポップロリポップミルクキャンディー』は「有り得ないようなエッチなフラグを建設するという効果を持つエロゲ世界のアイテム」なのだそうだ。

ふらぐの建設だとかえろげだとかの概念が初めはよく理解できなかったのだが、タナカに熱く語ってもらったことで、なんとか概要は理解できたと思う。

つまり、えろげというのはエッチなことがたくさん起こる架空の物語、艶本というか小説のようなもので――

(違うでござる！　エロ小説はエロ小説、エロゲはエロゲでござる！　いずれも紳士の嗜《たしな》みではござるが、混同してはいけないでござるよっ！　マルチエンディングシステムでござるよっ！　板〇恵介先生と〇垣退助先生くらい、むしろジ〇ン・K・ペー太大統領とジョ〇・F・ケネディ大統領くらいに違うでござるよ！)

小説とは違うようだが、いずれにせよ架空の物語であって、『フラグポップロリポップミルクキャンディー』のような超常のアイテムが数多く登場するのだそうだ。

（エッチなアイテムが登場するばかりではないでござる。普通に『カナソ』みたいな日常をテーマにした泣きゲーもあるし、超常的な世界設定でいろいろなアイテムが登場するといっても、エロアイテムに限らない場合も多いでござる。古《いにしえ》の名作『ランソ』や『電脳アラベスク』のシリーズなんかは、ＲＰＧやシミュレーションパートがメインで、どちらかというとエッチパートはおまけみたいなものだったでござる。もちろん、洗脳系アイテムとか、触手に変身してしまう秘薬であるとか、いろいろすごいものも多かったでござる）

僕は子供の時分から、タナカの薫陶を受けて育ってきたから、それなりに彼の前世の世界にも詳しいつもりだ。

けれども、まだ彼の世界には僕の想像力を超越したものは数多くあるようだ。

（エロゲなのだから、エロいアイテムが多いのは当然でござる。しかしでござる、エロゲに登場するアイテムにもエロ以外の使いみち、戦闘に役立つアイテムも数多く存在しているでござる）

以上を踏まえて、僕とタナカは作戦を立てることにした。

まず、目標として『フラグポップロリポップミルクキャンディー』のようなエッチなアイテムを『欲望の匣』で取り出して、エッチな性生活を送りたい。とりあえずの目標として、童貞を喪失したい。

けれども『欲望の匣』を使うためには経験値を消費しなくてはいけない。

現在、『フラグポップロリポップミルクキャンディー』のために余剰分の経験値をすべて消費してしまったため、これ以上何かを作り出そうと思ったら、レベルが降下してしまう。

現在、僕のレベルは6で、仮にレベルを一つくらい下げたところで生活に問題があるわけではないが、無計画に使い続けてしまえば経験値はすぐに枯渇してしまうだろう。

そのためには経験値を稼ぎ、レベルを上げなくてはならない。

また、レベルを上げて強くなれば、経験値を稼ぐ効率も上がっていく。

日常生活でも少しずつであれば経験値は貯《た》まっていくが、効率良く経験値を稼ぐためには冒険者としてダンジョンの探索をするのがもっとも効率的だ。

ただし、ダンジョンの攻略は危険だ。

経験値を稼ぎレベルを上げることによる恩恵を知りながら、多くの者たちがダンジョンに立ち入ろうとしない理由、そして僕らがこれまでダンジョン探索をしてこなかった理由は、ダンジョン探索がそれだけ危険な仕事だからだ。

俗に、冒険者になって成功することができるのは十人に一人だと言われている。

冒険者ギルドの一職員の立場から言わせてもらえれば、この言説はある意味では正しいが、ある意味では間違っていると言える。

実際、統計を取ってみれば、冒険者として登録する者のうち、十人に一人かそれ以上、多分二人くらいはそれなりに成功を収めていると言える。ただ、誰にも均等に十分の一のチャンスが与えられているわけではない。はっきりと、どういう者たちが成功しやすくて、どういう者が失敗しやすいかの明瞭な傾向がある。

まず一番成功しやすいのが、貴族のボンボンとか、金持ち商人の子弟だとか。

彼らはまず採算を度外視している。金を掛けて護衛を雇い、装備を整え、その上でモンスターを倒していく。

もちろんそんなやり方では、モンスタードロップや宝箱アイテムの上がりよりも経費の方が嵩《かさ》んでしまうせいで、採算なんか取れるはずもなく確実に赤字になる。だが、赤字で良いのだ。彼らはお金を経験値に交換するために冒険者登録をしてダンジョンに潜るのだ。掛けることのできる経費にもよるが、およそこの手の人種の九割は目標までレベルを上げて生還する。

もっとも、それでも一割近くは還ってこられないのだからダンジョンは侮れない。

ボンボンタイプの冒険者というのは、だいたいがレベル20か30くらいまでを目標としていることが多い。そして目標のレベルに到達すれば、冒険者登録を抹消して引き上げてしまう。さらにレベルを上げるには、お金の力だけで安全を確保するのが難しくなっていくからだ。

しかし、例外もいるわけで、レベル上げにのめり込んで本格的に冒険者活動に勤《いそ》しんで、とんでもない高レベルにまで到達する者もいないではない。実際、魔法金属級の高位冒険者パーティの八割方は、この手の冒険者の成り上がりだ。貴族には遺伝的に高いステータスの持ち主が多いそうで、持ち前の才能と資金力の相乗効果でのし上がることができるのだ。

次に、それなりに装備なりを整えた上で職業冒険者を目指す人たちだ。下級爵位の貴族家や商家など、そこそこ裕福な家庭の次男坊や三男坊なんかが多い。

次男三男タイプだと冒険者を職業として安定的に戦えるようになるのがだいたい六割いる。装備にお金を掛けられるだけでなく、きちんとした家庭で育ち教育を受けているから行動の判断が適切にできるというのが大きいと僕は思っている。彼らには冒険の前に情報収集をきちんと行う人が多いし、役割分担やバランスを考えてパーティも組むし、無茶をせず安全マージンを取ってダンジョンに挑戦する。

だいたい大きな危険を冒さずに安定して稼げるようになるのが、レベル２０から３０に到達するあたりだ。安定して稼げるところまで到達できるのが、次男三男タイプの七割くらいで、安定して稼げるようになればより危険を回避して安全を重視するようになるのが定石なので、そこからは死亡率がぐっと低下する。

もっとも、レベル５０にもなれば上級冒険者ということで、稼ぎも段違いになる。安定して稼げるだけでは満足せずに欲を出して上を狙う者もいる。ただし己の分を弁《わきま》えることができない者はだいたい死んでしまう。そこらも含めて生き残るのが最終的に六割というところなのだ。

で、最後に、これが一番多いのだが、冒険者以外にできる仕事を持たない類の人たちだ。およそ脱走農奴とか、口減らしに出された貧農の子供であるとか。

要は過去の僕のご同類だ。

金がなく、当然ろくな装備も知識もない。だから簡単に死んでいく。

冒険者以外の選択肢を持たないタイプの中でもわりと賢明な者だと、先輩冒険者たちのパーティに荷物持ちでも雑用でも良いからと頭を下げて随伴させてもらい、生きるのに最低限の報酬を得つつ経験を積んでいく。だが、懸命な選択ができる者など全体から見ればほんのごく一部。

大半は無計画かつ無分別に冒険に挑み死んでいく。きちんと考えるだけの知性がないから、知性を持つのに必要最低限の教育もないから、知性を持って行動することが大切だとも知らないから、無謀を行い死んでしまう。

冒険者以外の選択肢を持たないタイプで冒険者登録をして初めの一年を生き残るのは一割かそこらだ。そして初めの一年を乗り切ったとして、安定的に生活ができるようになるまで生き残るのはそこからさらに半分といったところ。よほど生まれ持ってのステータスや固有スキル、運に恵まれていたとしても、遅かれ早かれたいてい死ぬ。運良く生き残って何年かは活動を続けられる者もいるにはいるが、そのうち死ぬ。なぜ死ぬかというと、畢竟《ひっきょう》バカだからとしか言えない。

僕自身も、タナカに教導されていなかったら、有象無象の冒険者として無為に死んでいった公算が濃厚だ。

すべてのタイプの冒険者の累計として、おそらく生存率は一割から二割。

十人に一人から二人。

冒険者ギルド職員である僕が言うのもなんだけど、酷《ひど》い話だ。

けれど、この世界では命が軽いのだ。

タナカの前世の世界とは違う。

特に貧民の命は軽い。貧民の命なんて、いくらでも替えが利くというのがこの世界における常識なのだ。そして、実際にポコポコと生まれる。貧農とか農奴とかっていうのは、なんというか娯楽がない。あと避妊具も避妊魔法もない。だから暇さえあればすぐにイタすし、それでポコポコと産む。

ある意味、過剰な人口をダンジョンで消費することによってバランスが保たれているとさえ言える。

そういうわけで、無策に冒険者の道を選ぶのは無謀としか言えないのだ。

冒険者ギルドの職員としての僕の給与はそう多いものではない。

うちのギルドは領都のギルドなので、わりかし規模は大きい。百人以上の人間が働いている。

その中で僕は生まれが卑しいということで、少しばかり足下を見られていることもあって、後輩のアンナよりも少ないくらいだ。これはギルドの下っ端職員は、男性よりも女性が求められているからなのだけれど。

それでも、忙しいばかりで使う時間がなかったせいで、それなりの貯蓄はできている。そのお金を使えば、それなりの装備を整えることができる。

劣悪な労働条件であるが、ギルド職員としての仕事を辞めるつもりはない。いずれレベルが上がって冒険者としての実入りだけで食っていける算段がつけば別だが、低レベルのうちは少ない休日を消費してのパートタイム冒険者でやっていく。

ただ、これまでの貯蓄を取り崩せば、それなりの装備を整えられるのも間違いないのだが、十分とは言えない。あくまでも、それなりだ。

だからまず『欲望の匣』で、戦闘に有利なチートアイテムを手に入れるところから始める。

冒険し、経験値を貯める。

その経験値を使って、チートアイテムを手に入れ、冒険の効率を上げる。

そしてさらに冒険し、もっと経験値を貯める。

さらにさらに、その経験値を使って、チートアイテムを手に入れ、冒険の効率を上げる。

このスパイラルで加速度的に、経験値を貯めていく。

単純だが、以上が僕らの計画になる。


まず、冒険者としての装備を整えるわけだが、ポーションだとかの消耗品の類はギルドの販売部で入手できる。本来、専門店で買うよりはギルドで購入した方が高くつくのだけれども、そこは従業員特権ということで卸値ぎりぎりで分譲してもらう。装備品のいくつかも冒険者のお古で引き取った下取り品や、遺品などから使えるものをほとんどタダで買い取ることができた。もちろん、二束三文で引き取れるようなものなのだから、品質なんて望むべくもないのだけれども、予算が限られる僕にはありがたい。

あとは武器とか防具の類だ。こちらは流石《さすが》にギルドの販売部で安く揃えるというのは難しい。ギルドでもそれなりに使える中古武器はレストアして再販にしていて、こちらはあまりお買い得とは言えず、僕の体格に合ったものを選びたいので品揃えの豊富な専門店で購入することになる。武器や防具を商う類の店が開いている日中はだいたい僕はギルドで働いているので、買い物にいく時間を確保するのも大変だ。運良く昼休憩の時間が確保できたときに、その時間を潰して急ぎ足で買い出しにゆく。

（運が良くなければ、食事休憩もできないというのはブラックすぎでござるよ。とほほでござる）

ブラックな職場であるのだが、僕以外の従業員はだいたい昼休みくらいはなんとか交代で確保できている。どうしても仕事を多く押し付けられてしまうのは、それだけ僕のギルドでの立場が低いということだ。

ときには見かねたアンナが手伝いを申し出てくれるときもあるのだけれども、うら若い女性である彼女に昼食を抜かせるわけにはいかない。

そんな彼女が、僕が装備を揃えに行こうと職場を抜けようとしたときには同行を申し出てくれる。

「先輩、買い出しに行くんですか？　付き合うッスよ」

僕が冒険者業の兼業を始めようと考えていることは、雑談の中で彼女にも伝えてある。

とっさにいつも通り彼女の昼休みを潰すわけにはいかないと断りを入れようかとも思ったが、考え直す。

きっと彼女といっしょに働けるのも長くない。

「先輩、私がモノを選んであげますよっ。目利きはばっちりですっ」

ギルドの業務の一環で消耗品や装備品の質の良し悪し、目利きの仕方を彼女に教えたのは僕なのだけど。

「まあ、よろしく頼むよ」

「デートッスね！」

「でっ……」

どこまでも朗らかなアンナに僕は言葉を詰まらせるが、僕も少しくらいは男らしく応じたい。

「ああ、デートだな」

デートと言ってみたものの、時間は限られていてやることは多い。

買うものは決まっていて、淡々と買い物を済ませるだけだ。

防具は、正しく防具と言えるほどしっかりしたものを購入する予算がない。丈夫な革靴、革製の上着、平服よりはマシと思えるものを揃えてゆく。むしろ、低レベルでステータス補正も低い現状でまともな防具を購入しても、重くて動きが阻害される結果になりかねない。

武器の方も、正しく武器と呼べるような武器はめちゃくちゃ高い。僕は限られた予算の中で、最善だと考える選択をする。

「えええええ、カナタ先輩、ほんとにこれを武器にするんですか？」

アンナは僕の選んだ武器を見て、驚きの声をあげる。

「あのー、私少しお金貸しますから、もう少しちゃんとしたのを買いましょうよぅ」

その申し出を受けるには、僕の中に残されたちっぽけなプライドが邪魔をする。

(武士は食わねど高楊枝でござるっ！　とくに女の子の前では男は見栄《みえ》を張るものでござるよ！)

そういうことであった。

◇

僕が装備を整えて、ダンジョンに挑戦できたのは成り上がりを決意して二週間後のことだ。

（たった一日の休みを取るのに二週間もかかるとは、冒険者ギルドはブラックすぎでござろう。冒険者として成り上がって、冒険者ギルドなんて辞めてやるでござるっ）

タナカがいつも通り憤るが、『欲望の匣』の恩恵に賭けてギルドを退職して冒険者一本でやっていくのではなく、休日を消費してのパートタイム冒険者でやっていくという案自体がタナカの発案だ。

前世の僕は表面的な言動よりもずっと慎重なのだ。

駆け出しの冒険者をするには、冒険者ギルドの職員の立場というのは悪いものではない。

例えば、今回も装備や消耗品を揃えるのにギルド販売部の従業員特権で費用をだいぶ節約できた。冒険の必須アイテムともいえるマジックバッグの賃料も賃料自体は正規の額だが、保証金を免除してもらっている。

さて、僕たちが初の冒険の舞台に選んだダンジョンは「北の森」だ。

これが正式な名称というわけではないが、街の者たちはそう呼んでいる。街の外の人が呼ぶなら「トリアージュ領都エジオン北部の森林ダンジョン地帯」だろう。

魔素が溜《た》まることによって自然に魔物が発生するようになったごくごく一般的なフィールド型のダンジョンで、異界化も起こっていない。取り分けて、明確な固有名詞が与えられるのは異界化が進んだ高難度のダンジョンだけで、その類のダンジョンに挑戦するには僕らでは少々力不足だ。北の森に出現する魔物は、だいたいがゴブリンで、よほど奥に進んでオークが出るくらいである。オークと戦うのは少し荷が重いが、不幸にもエンカウントしたとしてまあ逃げるくらいのことはできるだろうと踏んでいる。

僕はナタで森を切り開きながら、北の森の中を分け入っていく。

僕自身は森といえば、この北の森しか知らないのだが、タナカが言うには、ニッポンの一般的な森よりは植生が薄く平坦地が多いということで、進んでいくのはそう難しくはない。タナカの生きたニッポンという国は山岳国家で、平坦地が少なかったそうだが、山という場所に行ったこともない僕には想像することは難しい。この世界においては、どの国も平地に街を作るのが標準的で、山岳地帯は高度にダンジョン化した魔境になっているのが普通だ。ドラゴンなどの超大型の魔獣も当たり前に出没するし、最低でも魔法金属級の上級冒険者でなければ立ち入ることはできない。

（植生の違いは、降水量の違いが最大の要因でござろうなあ）

とタナカは言うのだが、時間があるときにまた詳しく教えてもらおう。

タナカはびっくりするくらいに高い教養を持っている。下手をしたら、この世界の王侯貴族の教養を上回るのではないかと僕は疑っている。

（左でござるっ）

タナカの言葉に、僕は即座に反応してナタを振るう。

（……リスだね）

果たして、僕がナタで叩《たた》き落としたのは、森の中に当たり前にいる小動物であった。

一般的な動物も長く魔素に当てられていくと、少しずつ凶暴化して、最後には魔物化する。厳密なことを言えば、魔物化した動物が出現しない森の外周部はダンジョンとは言えないのだが、こうした魔物化しかけた動物が出現し始めたということはダンジョン部に到達したという証拠だ。

（ありがとう、気づいてなかったから助かったよ）

（どういたしましてでござる。拙者とカナタ氏は一蓮托生《いちれんたくしょう》でござる故）

僕は心の中でタナカに礼を述べる。

（でも、タナカ。今度からは、緊急時は『ござる』は抜きで頼むよ。『左でござる』より、『左』だけの方が絶対に速いよ）

（……。了解したでござる。少しばかり、拙者のアイデンティティが揺らいでしまう気がするでござるが、命には替えられないでござる。でも、戦闘などの緊急時のみでござるよ）

（うん、頼むよ）

タナカは不承不承のうちに同意してくれる。

どうもタナカの前世の世界においては、奇妙なこだわりというか、風習というのが定着していたようだ。あるいは、タナカは前世の世界に未練があって、前世を忘れないために前世での口調を守ろうとしているのかもしれない。

（カナタ氏、向こうの木の根本に薬草が生えているでござるよ）

（あ、本当だ）

そして採取できた薬草はポーションの原料になる価値のあるもので、冒険者ギルドで買取に出せば、五〇マニ程度にはなりそうだった。だいたい、屋台で一食分くらいにはなる程度だろう。専門の工房に直接買い取りを頼めば、もう少し高く引き取ってもらうことはできるだろうが、職員の立場上それをするわけにもいかない。

森を進む中で、ほかにも度々価値のある薬草などの素材を採取できたが、その大半は僕ではなくタナカが見つけた。

（それは仕方がないでござるよ。拙者とカナタ氏は視界を共有しているでござるが、意識は別々でござる。肉体の操作はカナタ氏が行っているが故、どう行動するかを考える必要がある一方で、拙者は周囲の警戒と探索だけに集中できるでござる）

そうして続けた最初の魔物との遭遇は、ご多分に漏れずゴブリンであった。

この森でもっともありふれた魔物である。

ゴブリンは十歳児程度の体つきをしたヒト型の魔物で、道具を使う程度の知能を持つ。初遭遇したそのゴブリンも、手に棍棒《こんぼう》というか木の枝を手にしていた。

（周囲への警戒は拙者がするでござる故、カナタ氏はゴブリンに集中するでござるっ）

（わかってるよっ）

初の魔物討伐は余裕を持って勝利できた。

愚かなゴブリンが無策に躍りかかってくるのを半身になって避《よ》けて、無防備なゴブリンの側頭

部にナタを叩きつける。ただそれだけだ。

実はこのナタこそが、僕が冒険に出るにあたって選んだ武器だ。

アンナにはずいぶんと驚かれたものだが、ナタは剣や槍《やり》といったまともな武器よりもずっと安いし、使いこなすのに習熟も要らない。手入れの難しさもない。ついでに、道を塞ぐ灌木《かんぼく》を打ち払うのにも使うことができる。なにより、

(異世界転生モノの初期パートは、スコップかナタが定番でござるよ！)

タナカのイチオシでもあった。

頭を割られたゴブリンは光の粒子になって消えて、後には小さな魔石だけを残す。

「ふうっ。初戦闘は楽勝だったかな」

僕はゴブリンの魔石を拾いながらひとりごちる。

ゴブリンの魔石の買取価格は五マニ程度。金銭的価値だけを言えば、これまでに採取してきた薬草などの方が高い。

(油断は禁物でござるよ。ゴブリンでも不意を衝かれるかもしれないでござる。幸いにも今は一匹だけでござったが、二匹にもなれば危険はずっと大きくなるでござる)

(うん、分かってる。でもこれを続けていかなきゃ。僕たちはここに、魔物と戦いに来たんだから)

その後も、ゴブリンなどの魔物に何度も遭遇した。

初めのゴブリンの次は、具体的にはゴブリン一匹、ゴブリン二匹、ゴブリン三匹、ゴブリン一

四、ゴブリン一匹、ワイルドボア一匹という順に会敵した。ほとんどがゴブリンだ。
ゴブリン三匹のときは少しだけ危なかったが、タナカがどういう順にゴブリンと戦うか、どう位置取りをするかといった戦術を的確に立てて、僕はそれに従って目の前の敵だけに集中することでなんとかやり切った。

僕は何ら戦闘に有利なスキルを持ってはいないのだが、僕とタナカ、一つの体に二つの精神が宿っているというのは戦闘においても思った以上に大きな有利なのかもしれない。

そして最後のワイルドボアだ。

ワイルドボアは淀《よど》んだ魔素のみから生まれるゴブリンなどとは違い、野生の動物が魔素によって変異したタイプの魔物だ。

ゴブリンのようなタイプとは違い、討伐したあとに光になって消えることはなく、肉体を残す。魔石を得るためにはその体を捌《さば》く必要があるというのはデメリットだが、素材として利用できるというメリットもある。

ワイルドボアの場合は毛皮や骨に価値はないが、その肉は食用として価値があり、僕が討伐した個体はなかなか肉付きが良いからたぶん冒険者ギルドで二〇〇〇マニ程度の買取価格となる。

僕はワイルドボアを手早く血抜きと下処理をして、マジックバッグに収納する。

なお、マジックバッグは冒険者活動に必須というほどに便利なアイテムなのだけれども、非常に高価で中堅以下の冒険者はギルドから借りるのが一般的だ。僕もその例外ではなく、賃料として四〇〇〇マニを支払っている。

マジックバッグにも性能の高低はあるのだけれども、僕の借りている背負い鞄《かばん》式のマジックバッグは、容積と重量を三分の一程度に低減する。最高級のマジックバッグになると、低減率が十分の一ほどにもなるのだが、その価値は百倍以上に跳ね上がるので貸出用途には使われない。

もっとも、その最高級のマジックバッグでも、アンナの固有スキル『収納倉庫』と比べれば完全な下位互換だ。アンナの『収納倉庫』は容積と重量を完全にゼロにできる上、低レベルの今のアンナでもちょっとした小部屋程度の容量があるそうだ。レベルを上げてMPを増やせば、それこそ大型の倉庫の容量にもなる。利用価値が高すぎるアンナを見る周囲の目が変わってしまうのも当然だろう。

僕が普通の新人冒険者よりも有利なのは、ふつう冒険者ギルドからマジックバッグを借りるときに賃料のほかに必要となる保証金という名目の預け金が、職員ということで免除されていることだ。この保証金の額は、借りる冒険者の社会的信用をもとに算定されるわけだが、何の後ろ盾もない一般的な冒険者なら購入する場合の費用と同じくらいの金額を要求される。僕が借りている平凡な性能のマジックバッグでも一〇〇万マニくらいだ。身一つで冒険者稼業を始めようという新人冒険者ではまず手が出ない。それを完全に免除してもらえているのだから、本当にありがたい。

僕は倒木に腰を下ろして小休止として、携帯食を食べながら頭の中でソロバンを弾《はじ》く。

冒険の準備で一番お金がかかったのはこのマジックバッグの借り入れだが、ほかにもいろいろと掛かっていて、武器や装備を除いた消耗品の部分だけでも合わせて一万マニくらいは掛かっている。

午後も同じペースで狩りができれば、赤字は免れられないものの許容できる範囲に収まりそうだ。

だが、収支とは別に嬉《うれ》しい誤算があった。

レベルが上がったのだ。

カナタ・ヴィレッジストーン／タナカ・サトシ
ヒューマン　３０歳
レベル　７（１４９／８００）
ＨＰ　４９３／６５４
ＭＰ　１０１０／１０１０
　物攻　７　物防　１１
　魔攻　２１　魔防　１０
　俊敏　１９　移動　５
属性傾向
　火Ｄ　土Ｃ　水Ｂ　天Ｃ
スキル
　固有Ｂ『献身』
固有Ｓ『欲望の匣』

魔法

生活魔法レベル4

今日の朝まで僕のレベルは6で、二週間前に『欲望の匣』を使ってしまっていたせいで、端数の経験値も使い果たしてしまっていた。つまり、僕はこの午前中だけで実に850ポイント近くも経験値を稼いだことになる。

僕がまだ低レベルで少ない経験値でもレベルが上がりやすいこと、ソロでの探索であるため経験値効率が良いこと、そのあたりを加味して考えても想定の数倍となるペースで経験値を稼ぐことができている。

(カナタ氏の固有スキル『献身』のおかげではござらぬか?)

(え、どういうこと?)

『献身』はレアリティBの固有スキルだ。

その効果は、他人のために献身的な行動を取ることで経験値を取得できるというスキルだ。特に、赤の他人よりも、身近な家族や友人、配偶者、他には心より忠誠を誓った仕える主君、あるいは大切にしている部下などの親しい人のための献身的な行動が高い経験値につながる。

僕自身の血の繋《つな》がりのある家族は、幼い頃に飛び出した貧農に残してきている。生活に困窮していて、子供に愛情を掛けるような家庭ではなかったし、僕の方からも家族の方からも互いに顔を見ても判別がつかないだろう。だから僕には家族なんていないも同然であるし、とりわけ親しい友人も恋人も持っていない。

今の僕では十全に活《い》かせない、少なくとも信頼できる仲間を見付けてパーティを組むことができるようになるまでは、いわゆるハズレスキルだと考えていた。

だが、

（カナタ氏は、拙者のために経験値稼ぎをしに来てくれたのでござろう？）

（そりゃ、半分はそうなのかもしれないけどさ。結局は自分のためだよ。一蓮托生なんだから）

（つまりは、とても身近な他人である拙者のためでござろう？）

なるほどと腑《ふ》に落ちた。

その考えが正しいと、スキルホルダーである僕自身の直感も告げていた。

つまりは、僕らに限って言えば、自分自身のための行動がそのまま高い経験値に繋がるということなのだ。

（効率良く経験値を稼いでレベルを上げることができれば、もっと強い魔物と戦いに行くこともできるでござるよ。そうすれば、稼ぎも大きくあがるでござる）

（それにタナカの『欲望の匣』もあるしね。前回はアレだったけど、レアリティSの固有スキルなんだし、うまく噛《か》み合《あ》えば飛躍的に強くなれるかもしれない）

アイテムを得るのに経験値を必要とする『欲望の匣』

その経験値の獲得効率を上げる『献身』

これは、高い相乗効果を期待しても良いのではないだろうか。

（ぶひひ。拙者たちの時代がキタコレでござる。ここに来てようやく転生チートの予感でござる）

僕たちは、周囲を警戒しつつも予定以上に経験値を獲得したことで、さっそくであるが少しばかり経験値を消費して『欲望の匣』を使ってみようということになった。

ここで有用なアイテムを引き当てれば、今日の冒険の効率も向上するかもしれないのだ。

（多くの経験値を使えば、必ずしも価値の高いアイテムが手に入るってわけではないんだよね）

（おそらくでござる。たぶんでござるが、『欲望の匣』で消費する経験値は得られるアイテムのゲーム内でのレアリティに依存するんじゃないかと、拙者は仮説を立てているでござる。まだ検証はできてないでござるが、スキル所有者としての直感はそう言っているでござる）

（それじゃあ、消費する経験値は少なめから試していくべきだよね）

（じゃあ、まずは1ポイントから試していこう）

（そうでござるな。検証は大切でござる。では、いくでござるっ）

そして、僕たちの目の前に再び輝く『匣』が現れる。

まばゆい光が放たれ、どこからともなくドラムロールが響く。

（うーむぅ、やはりガチャっぽいでござるなあ。基本的に拙者の心が望んでいるアイテムが得られるようでござるが、ランダム要素も高いと見るべきでござろうなあ）

そして、開ききった『匣』が消えた後には一つのアイテムが残されていた。

（こ、これはっでござるっ）

タナカが驚きの声をあげた。

（まさかこう来るとは読めなかったでござる……）

（何なの、これ？　なんかすごいおいしそうな匂いがするんだけど、食べ物？）

僕は不思議な紙の包みを持ってタナカに尋ねる。

（ビッグワックでござる）

（ビッグワック？）

（うむでござる。青春ラブコメシミュレーションゲーム『スキスキダイスキはダイキライ』に出てくるハンバーガーチェーン店ワックドナールドの看板商品でござる。実在のハンバーガーチェーンのアルファベット一文字を反転させただけという安易なネーミングでござるが、主人公とヒロインはこのハンバーガーチェーンでアルバイトをしながら絆《きずな》を深めていくでござるよ）

（ふうん。良く分からないけど、食べられるの？）

（もちろんでござる。熱いうちに早く食べるでござる）

（うん、それじゃあ）

紙の包みをほどくと、焼いた肉のようなものと野草を挟んだ柔らかい白パンのようなものが現れ、匂いがずっと強くなる。

……

やばい。

めっちゃうまい。

僕はあっという間に食べきってしまっていた。

（なにこれ、信じられないくらい美味しいんだけど）

（懐かしい味でござった……。このジャンキィな味わい、至福でござる）

タナカも感動しているようだ。

きっとタナカの前世の世界においても、王侯貴族が食するような特別な食べ物であるに違いない。

（次、次いくでござる。こんどは2ポイントで試すでござるっ）

そして、2ポイントの経験値を代償に得られたアイテムは、

（うっひょーっでござる。『プリティハート・男の娘だって魔法少女になれるもん！　えっちなお汁がぴゅっぴゅっぴゅ』に登場のハンバーガーチェーン店、ワスバーガーの海鮮カツバーガーでござるっ。プリプリ食感の海老が最高のやつでござるっ。しかもセットで、コーラとオニオンリングもセットでござるっ。カナタどの、冷めないうちに実食でござるっ）

……

タナカの前世のニッポンという世界が、僕の想像以上に食文化が発達していたことが理解できた。

（ねえ、こんな少しのポイントでこんなすごい食べ物を出せるんだったら、これを売って大儲《おおもう》けすることもできるんじゃないかな。貴族とか、金持ちをターゲットに売ればすごいことになるんじゃないかと思うんだけど）

（それも一つの方法ではござるな。ハンバーガーのような食べ物に限らず、割の良い値段で売れ

る品はいろいろ手に入りそうだとは思うでござる）

だが、タナカは反対のようだ。

（俺ＴＵＥＥな主人公はできるだけ能力を隠そうとするのが常道だからというのではないでござるが、下手に目立つのはどんなトラブルを招くか分からないでござるよ。目立つことをするにしても、レベルを上げるなり人脈を築くなりで、抗《あらが》うだけの何らかの力を身に付けてからにするべきでござろうよ）

なるほど、慎重なタナカらしい意見だ。

これまで僕の人生はタナカのアドバイスに従ってやってきてそれで失敗はなかったのだ。今回もタナカの言う通りにすべきだろう。

（しかし、１ポイントや２ポイントではゲーム固有のアイテムではなく、日常的なアイテムしか手に入らないのかもしれないでござる。もう少し大きなポイントを使って試してみるでござる）

（うーん、じゃあ次は１０ポイントでやってみようか）

（合点承知の助でござるっ）

そして、１０ポイントの対価で得られたのは、一冊の本であった。

（おおおっ。これはまた渋いところを衝いてきたでござるなあ。『ドキドキ♡メモリアル』のセーブポイント兼親友キャラの慎吾の家の本棚にある架空のグラビアアイドル星野スミレ子のヘアヌード写真集でござるよっ。『ドキメモ』はＰＣ９８時代のオールドゲームでござる、拙者、何もかもがみな懐かしいでござる）

僕はその本のページをめくると、

「うぇぇえっ」

驚きの声をあげてしまう。

あられもない姿の女性が、卑猥《ひわい》な格好で、なんというか説明できないよ、これ。もう本物だって言われてもおかしくないくらい精緻な絵が描かれていて、彩色も完璧なのだ。

（こ、こ、こ、これって）

（うーむ。いまいち露出が足りないでござるなあ。拙者、ヘアヌードとかよりはもっとガチエロ系の雑誌の方が好みでござるよ。というか、やはり三次よりも二次が良いでござる。うーむ、こうして拙者の好みから微妙に外れたアイテムが手に入るということは、やはり拙者の欲望をそのまま顕現するというより、ランダム性というかガチャ要素が高いという推測はいよいよ確定だと思ってよさそうでござる）

（……。な、なんというかタナカの前世の世界ってすごいね）

驚くべきことに、タナカはこの『へあぬーどしゃしんしう』にたいした感慨を抱いていないようである。僕はこの『へあぬーどしゃしんしう』を何回でもおかずにできる自信があるというのに。

（ヘアヌード写真集なんてズリネタとしては三級品でござるよ。これから『欲望の匣』でもっと良いズリネタも手に入るに違いないでござる。このヘアヌード写真集は売りさばいてしまうのが良いでござろう）

（う、うん）

あまりにも惜しい気がするが、タナカが言うのならそうなのだろう。

（でも、さっき言ってたことと違うよね。売りさばくのは目立つきっかけになっちゃうんじゃないかな）

（何事も程度の問題でござるよ。いくつものアイテムを次々に換金しては目立ってしまうでござるが、秘密裏に一つ二つのアイテムを捌くだけなら誤魔化しもきくでござる。十分な金子があれば、装備も更新してより安全に冒険ができるでござる。多少のリスクは取るべきでござるよ。安全に多くのアイテムを換金できるルートを見つけられれば、それが一番でござるが、今のところは取っ掛かりがないでござるな。そして少数のアイテムを売るのなら、消えものである食品の類よりもこの手のアイテムの方が高く売れるでござるよ）

（なるほど）

（ほら、早くへアヌード写真集はマジックバッグにしまっておくでござるよ。そんなに気に入ったなら、売り払う前に少しくらいはズリネタに使うのもよいでござるが、ダンジョン化している危険な森の中で読み耽《ふけ》るものではないでござるよ）

（うん、分かっているよ）

（休憩にもうだいぶ時間を使ってしまったでござる。『欲望の匣』を検証するのはとりあえずはあと一回にして冒険に戻るでござる。次は何ポイント使うとするかでござる）

タナカの言葉に僕も思考を切り替える。

『はんばーがー』も『へあぬーどしゃしんしう』もどちらも、タナカの前世の世界であるニッポンの凄《すご》さを感じさせるアイテムではあったが、前回の『フラグポップロリポップミルクキャンディー』のような超常的な効果はなかった。

僕たちの冒険を効率的に進めるという当初からの目的を考えると、そうした反則的で超常的な効果が求められるのではないかと思う。かといって、レベルが下がるほどにポイントを使うというのも惜しまれる。ポイントの使用は慎重にいこうというのが、タナカとも意見が一致している。

（100ポイントくらいでどうかな。それなら、レベルも7から下がらないし）

（うみゅ。それでいくでござる）

また光を放つ演出的な『匣』が現れる。

（演出は一パターンしかないようでござるな。十連ガチャで、一連余分に引けるとかいうのもないようでござるし。課金額というか、消費する経験値のポイントの多寡では変わらないのでござろうか。あるいは、もっとずっと多くのポイントをぶっこめば変わる可能性もあるかもしれないでござる）

そして、100ポイント分の経験値と引き換えに得られたのは、一本の美しいガラスの小瓶であった。

クリスタルのように透明度の高いガラスで作られた容器は、宝石のようにカッティングが施され、中に収まったピンク色の液体を美しく彩っている。同じガラス製の共栓にも装飾が施され華やかだ。

（なんか綺麗《きれい》だね。この瓶だけでも、売ればかなりの値段が付くんじゃないかなあ。それで、これってどういうアイテムなの？）

瓶を揺らすと、瓶の中でピンク色の液体が揺れる。

水のように粘度の低い液体のようだ。

（これは『合法レ〇プ――無理やり犯しても、ち〇ぽで堕として雌奴隷にしちゃえば捕まらないよね――』の基本アイテムでござる）

タナカはそう説明した。

（……。うーん、なんというか、タナカの前世の艶本って、タイトルから卑猥だよね）

僕が苦笑しつつ言った言葉に対し、

（カナタ氏、何度も言うでござるがエロゲと艶本は違うでござるよ。そもそもエロゲと一言で言っても、アドベンチャーからＲＰＧ、シミュレーション、アクションとそのジャンルは幅広く、また泣きゲーもあればコメディも、実用性を重視した抜きゲーもあるでござる。さらに言うなら抜きゲーと分類されるエロゲであっても、究極のエロスを追い求めることによってカリカチュアライズされた性描写は多くの場合もはや芸術の域にまで昇華され、団〇六も真っ青な濃密な美が表現され……）

タナカ、前世において『エロゲ』には並々ならぬこだわりがあったようで、語り出すと長い。

タナカの世界についていては僕も興味はあるのでしっかり聞いても良いのだが、こうなったときのタナカは専門用語が多くてまったく理解が及ばない。僕もタナカにいろいろと教えられて、この世界の水準からすれば教養がある方になったと思うのだけれども、それでもまだまだタナカには遠く及ばないと思い知らされる。

　理解できないものは仕方がないのだからと僕は割り切って聞き流す。

　僕はタナカの言葉を聞き流しながら、ふと瓶の中の液体の匂いを嗅いでみようと瓶の蓋を開けた。

　それが失敗であった。

（ちょ、ちょ～っと！　カナタ氏、何をするでござるかっ！）

　タナカが慌てた声を出すが遅い。

　ガラス製の蓋を抜いた途端に、内部の液体がピンク色の気体になって一瞬で気化する。

　僕は慌てて蓋を閉じるが、既に中の液体は完全に散逸してしまっていた。

（ご、ごめん、飲み薬とか。そういうのかと思って）

　僕は慌てて言い訳するが、それでどうとなるものでもない。瓶から出て広がったピンク色の気体も風に巻かれて瞬く間に霧散する。

（カナタ氏は粗忽者《そこつ》でござるなあ。開ける前に、拙者に確認くらいして欲しかったでござる。けれども、仕方ないことでもあるってござる。先に注意しておかなかった拙者も悪いでござるよ。経験値１００ポイント分はもったいないでござるが、取り返しのつかないものではないでござる）

（……。うん、ごめん。だけど、分かった。次からはもっと慎重に行動するようにするよ）

（そうでござる。カナタ氏は反省して次に活かすことのできる男の子でござるよ）

（タナカ、僕はもう男の子という年じゃないよ）

(昔からの習慣でつい、でござる)

タナカが軽口を叩くのは、僕がこの大失敗に罪悪感を抱かないようにという配慮だ。その心遣いがありがたい。

(それで、このアイテムの効果って結局、何だったの？)

(ゲーム内では『催淫薬』という呼称で呼ばれていたでござるな。簡単に言うと、惚《ほ》れ薬でござるかなあ。媚薬《びやく》でもあるでござる)

(惚れ薬で媚薬？)

(まず、この薬はある意味当然でござるが、女性にしか効かないでござる。一番近くにいる女性に効果を及ぼすでござる。薬の気化した気体を吸った女性は、薬瓶の蓋を開けた人間に惚れて、そのうえ発情してしまうでござる)

(え、なにそれ。めちゃくちゃやばくない)

女性の意思を歪《ゆが》め、自分に惚れさせてしまうなどというのは、その女性の心を踏みにじる行為であると言えよう。

それに世の人間の半分は女性だ。

男女平等だったというタナカの世界と違い、この世界においては男性優位で権力者などには圧倒的に男性が多いが、それでもどんな女性でも思いのままにできるというのならとんでもない強力なアイテムだ。しかし、欠点もあるようだった。

(ただしでござる。この薬の効果は一時間しか効かないでござる)

（一時間だけ？）

（そうでござる。一時間経《た》つと、効き目が切れるだけでなく、女性は薬の効果で気持ちが操られてしまっていたとバレてしまうでござる）

（え、それじゃ迂闊に使えないよね）

僕の当たり前の指摘に、タナカはとんでもない答えを返す。

（そこでレ〇プでござる）

（ええっ）

目を剥《む》いた僕に、タナカは説明を続ける。

（薬の効果でメロメロになっている女性を犯して、ちんぽの虜《とりこ》にするでござる。薬の効いている一時間のうちに牝堕《めすお》ちさせ、ちんぽに屈服させることができれば雌奴隷ゲットでござる。一時間以内に牝堕ちできなければ、通報されてタイーホでござる。というのが、『合法レ〇プ――無理やり犯しても、ち〇ぽで堕として雌奴隷にしちゃえば捕まらないよね――』の基本的な趣旨でござる。ゲーム内で主人公はこの薬の開発者で、使用制限なく何本でも使うことはできるのでござるが、一度使ってしまうと女性に抗体ができてしまって連続使用は効果がないという設定でござった）

（うーん。なんか、使用すること自体、犯罪だよね。たぶん）

僕にはタナカの説明に理解できない部分もあったが、理解できた範疇《はんちゅう》でそう返事をする。

（ちんぽに屈服させてしまえば、和姦《わかん》であるが故、合法になるでござる）

（いや、合法にはならないと思うけど。ニッポンの法律ってどうなってるの？）

僕はタナカが前世に生きた国の倫理観を疑ってしまった。

（あくまでもゲーム内の話でござるよ）

（それに、屈服させたら合法だとしても、失敗したらたいへんなことだよ）

（で、ござるよなあ。ゲームであれば、真面目にプレイさえすれば堕とせるようになっていたでござるが、ここは現実世界でござるからなあ。リスクが大きすぎるでござるよ。そう考えると、迂闊に使ってしまう前に、誤って開けてしまったのは結果的に良かったのかもしれないでござる）

（そうだね、どのみち使うこともなかったのかな。そう考えれば、失敗しちゃったけど諦めはつくかな）

周囲に女性が居なかったことで、『催淫薬』は効果を発揮することができなかったのだろう。

だが、それは却《かえ》って良かったのかもしれない。

タナカは僕が落ち込まないように、そういう結論に誘導してくれたのはわかっている。その気遣いに応えるためにも、これからはもっとしっかりしなくてはと心に決める。

（さて、そろそろ休憩は終わりにして魔物討伐に戻ろう。無駄にしちゃった１００ポイントの経験値も取り返えしたいし）

（了解でござるよ）

そうやり取りをして僕は腰を下ろしていた倒木から立ち上がったが、僕とタナカは迫りくるその気配に同時に気付いた。

(オークでござるよ)

絶望の響きを含むタナカの言葉。

ゴブリンと並んでありふれた魔物ではある。ゴブリンと同じく二足歩行をするヒト型の魔物であるが、その体躯《たいく》はゴブリンとは比べ物にならない。背丈は二メートル以上、体重二百キロ超とい圧倒的な膂力《りょりょく》をもった化け物だ。本来もっと奥深くにまで行かなければ出現しないはずの、この森で最強の魔物だ。

そのオークが木立をかき分けるようにしてものすごい勢いでこっちに向かってきている。

(特別なスキルを手に入れて、レベルも上がって、ようやく転生チートキタコレと思ったら、こんなところで終わりでござるか……)

僕もナタを構えたが、気持ちはタナカとほとんど同じであった。

逃げるべきだろうか?

迫りくるオークの勢いを考えると逃げられるはずがない。

あるいは戦うべきか?

勝てるはずがない。ステータスが違いすぎる。

そして、ほんの少しの時間でオークは僕らのところに到達し、僕に飛びかかると、僕の体を引き倒し、僕のズボンのベルトを引きちぎって下着と一緒にズボンを引き下ろし、僕の股間にむしゃぶりついた。

「うぇ？」

僕は混乱した。

オークは豚面をしているため、野生の豚に魔素が取り付いて生じた魔物であると誤解されることもあるが、実のところゴブリンと同様に魔素から発生する純粋な魔物だ。

オークには牡《おす》も牝もいることが分かっているが、その生態はあまりにも醜悪だ。

オークの牡と牝は互いに交尾をすることはなく、いずれも異種族の異性を犯すことで知られている。

オークの牡はヒューマン種の女を好んで犯すため、女性冒険者からは特に強く忌避されている。

しかし、一般にはオークの牝はヒューマン種の男を犯さない。むしろ獣人種や野生の獣などを犯すとされている。オークの牝の持つ醜美の基準によって、毛皮を持たない生き物は守備範囲外になるのではないかと想像されている。

なお、オークの牡や牝との交尾によって、どんな種族の異性が相手であっても仔《こ》は作られる。

このあたりも尋常の生物ではなく、魔素から発生した純粋な魔物故の特質なのだろう。また、その仔は番《つがい》となる異性の種族に拘《かか》わらずオークとなる。

人間男性である僕は、本来オークに犯される謂《いわ》れはない。

だが、僕に躍りかかってきた牝オークは僕の下半身を丸出しにして、股間の逸物《いちもつ》を口に咥え込んだ。

ずちゅちゅるりゅう

むちゅむちゅ

れろれろずむりゅりゅりゅ

巨体を持つ牝オークであるが、ちんぽを咥えるその口の動きは優しく繊細で、口の中でヌルヌルと柔らかな舌でちんぽを舐《な》め回す。

そして、何を言っているのか自分でも理解したくないのだが、あ、ありのままに今起こっていることを正直に話そう。

僕のちんぽは固く勃起していた。

もうギンギンだ。

こんなに強く勃起したことなんてないくらいに。

(性交渉を行うタイプの魔物の体液には、強い催淫効果があるというのは聞いたことがあったでござるが、本当のことであったでござる……。って、おふぅう。舌使いももの凄いでござるぅうっ)

僕の頭の中は大混乱だった。

オークの襲来に死を覚悟したが、そのオークは牝で、本来人間男性を相手にしないはずのその牝オークに別の意味で襲われている。

牝オークの体は人間とは比べ物にならないほど大きい。脚も腕も、僕の胴体よりも太いほどで、その膂力は圧倒的だ。

その力で僕の体を地面に押し倒したまま、あっという間に最硬度までに勃起した僕のちんぽから牝オークは口を離す。

弓なりに屹立《きつりつ》した僕のちんぽに、ニタァと満足げな笑みを浮かべて。

牝オークは脚で僕の体を押さえつけ、僕の上で股を広げる。

「ぶぉぉ♡♡　ぼぉおぅうお♡♡」

魔物にも魔物の言語があると言われている。

だが、人間である僕には牝オークの言語など理解できない。

それでも牝オークが発情していて、僕を犯そうと言っているのは理解できた。

さて、その後どうなったのか。思い出したくもない。

結論を言うと、犯されました。搾り取られました。何発射精したか分からないほどです。認めたくはないのですが、たいへん気持ち良くございました。長い間守っていた童貞は、牝オークに捧《ささ》げられました。

詳細については、

(何もなかったでござるっ！　何もなかったでござるっ、断固として何もなかったでござるっ！

詳細も何も、何もなかったでござるよっ！　拙者たちは清い童貞のままでござるっ！)

タナカがそう主張するので、断固として何も無かった。

結局、行為に夢中になっている牝オークの隙を衝いて、喉頸《のどくび》をナタを使って掻《か》き切って命を永らえた。

牝オークは光の粒子となって消え、大きな魔石を残す。たぶん一万マニ近くの買い取り価格になるだろう。

ズボンのベルトは引きちぎられたし、服も牝オークの体液やらでグチョグチョで、とりあえずぬちょぬちょして異臭がするのにも我慢すれば着て帰ろうと思えば着られないこともないが、街に帰り着いたら廃棄することになるだろう。

最後に手に入った格上魔物の魔石は確実に採算を黒字に押し上げるだろうが、良かったとはとても思えない。

「……」

僕の童貞を奪い、そして僕が何度となく精を放った牝オークはこうして呆気《あっけ》なく死んだ。

殺さなければ、『催淫薬』の効果が切れた時点で逆に僕が殺されることになっていただろう。

(カナタ氏、今日はこれ以上の冒険は無理でござる。帰るでござるよ)

言われるまでもなかった。

まだ日は高かったが、装備は損耗していたし、何より僕自身が体力と精神を限界まで使い果たしていた。

初めての冒険で牝《めす》オークに襲われ、童貞を奪われ、行為の最中にその首を掻《か》き切《き》って殺す。

その衝撃的すぎる体験は僕の心に重くのしかかり、僕は立ち直るのに時間が掛かりそうだと思ったが、実際にはそれほど思い悩まずに済んだ。

というよりも、思い悩む時間はなかった。次の日からまたすぐにギルドの仕事で、朝から晩まで業務が詰め込まれていて余計なことを考える余裕なんてなかったのだ。

そんな中、

「おい、カナタ。副ギルド長がお呼びだぞ」

「はい、分かりました。今、向かいます」

業務中にお呼びがかかる。

「おい、お前。あの副ギルド長から呼び出しとか、何やらかしたんだよ」

隣席の同僚が揶揄《やゆ》の声をかける。

「そんなんじゃないよ」

僕は同僚に返しながらも、鞄《かばん》を持って副ギルド長の執務室に向かう。

「来ましたね。君のような貧民が、私に会いたいというのは、何の冗談ですかね。私は君のような下賤《げせん》の者が、栄光あるギルドで働くというのに、常々不満に思っているのですよ。あまりつまらない用件で私の時間を無駄に使わせるようなら、進退について考えてもらう必要が出てくるでしょうね」

恰幅《かっぷく》の良い傲慢な男。

副ギルド長に、僕が彼の執務室に入ってまず掛けられた言葉だ。

執務室には、僕と副ギルド長のほかにもうひとり、秘書の女性がいる。艶のある妙齢の美女で、公然の秘密であるが、まあ副ギルド長の愛人だ。少しタレ目がちなところがまた色っぽいのだが、呼び出された一般職員の僕には冷たい視線を向けるばかりだ。副ギルド長は血筋と権力については秀でているが、お世辞にも容姿に優れているとは言い難く、伝え聞くところによると仕事ができるわけでもない。性格が悪いという噂《うわさ》も本当のようだ。だが、そんな人物でも、権力さえあればこんな佳人を欲しいままにできるのだ。

僕もタナカとともに成り上がることができたなら、こうして氷点下の視線を向けられるだけでなく、彼女のような美しい女性を囲うこともできるのかもしれない。

(拙者、彼女のような色気ムンムンのお姉さまに冷たく見下されるのも、それはそれでご褒美だと思うでござるよっ！　でゅふふっ、最高でござるなっ！)

実は副ギルド長の言う通り、僕の方から申請したものだ。

もっとも申請書類を提出してから、面会までに三日も待たされた。僕が貧農の出自でなければ、即日面会することもできていただろう。

　副ギルド長はもとは貴族であったという由緒ある家系の出だということで、己の出自に誇りを持ち、対して卑しい出自の者に対してのみならず平民全般を差別する。権力に阿《おもね》り、下には厳しいという、ギルド内でも一番の嫌われ者だ。格上すぎて一番の下っ端の僕はこれまで直接関わることはなかったのだが、同僚の間でもギルド内の不人気ランキング圧倒的ナンバーワンな人物である。

　そんな人物にわざわざ関わり合いになろうというのだから、理由はもちろんある。

「副ギルド長の貴重なお時間をいただくのですから、当然、副ギルド長にも利益のあるお話ですよ。まずはこちらをご覧ください」

　僕は鞄から、一冊の本を取り出す。

『欲望の匣《はこ》』によって、１０ポイントの経験値を対価に得られた『星野スミレ子へアヌード写真集"Hip Hop buttocks"』だ。

「こ、これは……！」

　写真集の表紙を一目見て、副ギルド長の声が震えた。

　さもありなんと言ったところだ。

　表紙に写っているのは、コケティッシュかつ清廉な不思議な雰囲気を持つ世にも美しい少女スミレ子ちゃん。

　その彼女が、なんとも破廉恥なことに全裸で自分の膝を抱えて座っているのだ。肝心な部分は座っている姿勢のため見ることができないが、はっきり言ってこの表紙だけでも一万回は抜ける。

（これくらいのおとなしい写真集で、この反応でござるからなあ……。こちらの世界はオカズがまるで発展してござらぬ故、仕方がないことでござる。変態大国ニッポンが江戸時代より連綿と受け継ぎ発展させ続けてきたエロ文化は伊達《だて》ではないということでござろうなあ）

タナカの前世の世界が恐ろしく破廉恥な世界であったことは間違いない。

「副ギルド長、ページをめくってください」

「あ、ああ」

僕の言葉に副ギルド長は慎重な、それこそ国宝でも扱うような慎重な手付きでページを繰る。

「ふぉおおっっ！」

副ギルド長は奇声を発する。

手ブラ。

スミレ子ちゃんはその豊満すぎるおっぱいを、手で包んで隠している。

「な、な、な、なんんという……っっ！」

「副ギルド長、本番はまだこれからです」

なにせ、一ページ目ではまだ乳首も見えていないのだ。

この先ページを進め、この清純可憐《かれん》な天使がごときスミレ子ちゃんがどんなに卑猥《ひわい》な格好を見せてくれるのか、僕はもう十分に知悉《ちしつ》している。

表紙を除いて、全九十六ページにも及ぶ究極の写真集。

その一通りの閲覧が終わるまで、三時間ほどの時間が経《た》ったであろうか。

途中、

「そろそろ、第二統括部長との会食のお時間になりますが……」

などと秘書兼愛人の彼女が声を掛けることがあったが、

「うるさい！　予定はキャンセルだ！」

分からないではない。

このへアヌード写真集の前では、太鼓持ちの一部下との会食の予定などどれほどの価値もないのだろう。

「し、しかし、このような薄い紙に、まるで実物のような美しい……。いったいどのように描いているのだ……？」

「しゃしんという技術で描かれているそうです」

「しゃしんだと？　なんだそれは。聞いたこともないぞ、固有スキルか？」

「私も聞いただけですので、詳しいことまでは」

「むむむ……」

僕もタナカに説明を受けたが、『一般には映像をレンズを通して感光材料に固定した画像のことを言うでござるなあ。昨今ではデジタルカメラの方が主流になりつつあるわけでござるが、この手の写真集の元データは光学カメラでござろうなあ』ということで、残念ながらほとんど理解できなかった。

「それで、このスミレ子ちゃんのへあぬうどしゃしんしゅうは、どうするつもりなのだ。いや、そもそも、どうやって手に入れた？」

「落ち着いてください。順番にお話しいたします。まず、私がこのしゃしんしうを入手した経緯ですが……」

そう僕は作り話を始める。

およそのカバーストーリーはタナカが考え、細かな部分は僕も意見を出して細部までしっかりと作り込んだ。

「先日、私はお休みをいただき、北の森のダンジョンに行ってまいりました」

「ふむ」

職員が休日を使って、ダンジョンで経験値稼ぎ、ひいてはレベル上げを行うというのは珍しい話ではない。普通はなかなかレベルが上がるほどの経験値は何度も通わないと稼げないし、安全のためにパーティを組んで挑戦するのが普通ではあるのだが。

「そこで、私はたまたま、ある御方《おかた》と出会い、これも偶然ですが、その御方の危機を私が救わせていただくという出来事があったのです。その時の礼にと頂いたのがこのしゃしんしうです」

「なんと、そんなことが。それで、そのある御方とは誰のことだ？」

「本当にお知りになりたいですか？」

「なんだと」

「私も直接、お名前を伺ったわけではありませんが、あの御方の正体には確かに心当たりがございます。ですが、あの御方はお忍びの身、明らかに身分を隠そうとされていらっしゃいました。

私も敬愛する副ギルド長がお望みであれば、その推測を口にすることもやぶさかではございませんが、あの御方が隠そうとされている正体を暴き立てたとして、お怒りを買わないとは限りません。その場合は副ギルド長にも累が及ぶことも考えられますし……。それでもお伝えした方がよろしいでしょうか」

「い、いや、結構だ」

副ギルド長がこう答えるのも織り込み済みだ。

副ギルド長は野心家で傲慢であるが、根は小心者だ。部下だとか弱い相手にはいくらでも強く出れるが、格上の相手には滅法弱い。

僕が今回の取引相手に選んだのも、ギルド内の権力者の中でも、副ギルド長が強欲で損得に流されやすく、かつ規則を破ることに躊躇《ちゅうちょ》がなく、姑息《こそく》で単純で、もっとも行動が読みやすく操りやすいのが彼だと踏んだからだ。

「あの御方は、売り捌《さば》いても良いとおっしゃってくださいました」

「なにっ、売ってくれるのか。いくらだ」

「一〇〇万マニ。それと、あといくつかの条件を呑んで頂ければ」

「一〇〇万だと。高いな。それに、条件だと。下民が調子に乗りおって」

「そうですね、たしかに一〇〇万マニは高額です。冒険者ギルドの正規の買い取りであれば、来歴が不明瞭で値付けは難しいため一〇万マニになれば十分でしょう。ただし、貴族の好事家にとっては一〇〇万マニなどは端金《はしたがね》でしょう。貴族様に直接、売ることのできる伝手《つて》があれば一〇

○万どころか、一〇〇〇〇万、あるいはそれ以上も難しくない逸品でしょう。領主様や高位貴族、あるいは王族にさえ認めていただけるだけの品です」

僕の放った「王族」との言葉に、副ギルド長はピクリと反応する。

出世欲の強い副ギルド長にとっては聴き逃がせない単語のはずだ。高位の貴族、ましてや王族との縁故などどんな大金でも金だけでは得られるものではない。

「下民にそのような、伝手などあるはずがないだろうっ」

「はい、ございません。ですが、商業ギルドの幹部方なども伝手はございますでしょうし、そちらにお売りすることも不可能ではございません」

「貴様、商業ギルドにこれを持ち込むつもりか」

「いえ、私も冒険者ギルドで働かせていただいている身でございます。私めは、副ギルド長のおっしゃられる通り、卑しい生まれでございます。このような下賤な私を拾っていただいた恩は忘れようもありません。もし、副ギルド長にお断りいただいても、ギルド長や冒険者ギルド内の他の幹部様方にお声をかけさせていただきたいと考えております」

「むむむ」

今このとき、副ギルド長にはいくつかの選択肢があるだろう。

まず一つには、副ギルド長という立場を利用し、対価を払わずに僕からヘアヌード写真集を取り上げるということだ。

これをされると、正直後ろ盾のない僕は泣き寝入りするしかない。

だが、その心配は薄いと考えている。

副ギルド長は慎重というか、小心者だ。僕が存在をほのめかした「ある御方」の不興を買う可能性というリスクを、副ギルド長にとってはたいした額でないであろう一〇〇万マニを惜しんで負うとは思えないのだ。僕にとって一〇〇万マニは大金であるが、副ギルド長にとってはそうではない。仮に「ある御方」の存在について半信半疑であっても、副ギルド長が慎重な行動をするであろうという確信があった。

もう一つは当然、普通に断るとか保留にするという選択肢だ。

だが、これもないと考えられる。というか、そういう選択をしないように話を持っていっている。

副ギルド長にとって一番避けたいのは、僕がこのヘアヌード写真集を他の幹部のところに持ち込むことだ。他の幹部たちの人柄は様々で、副ギルド長のように他人を蹴落として己の出世ばかりを考えるような俗物ばかりでは決してない。だが、副ギルド長にとっては、他の幹部は追い落とすべき敵で、逆にいつ自分が追い落とされないかと疑っている。商業ギルドに持ち込むよりも、ずっと避けたいと考えるはずだ。

猜疑心《さいぎしん》の塊のような副ギルド長が、他の幹部に武器を与えるリスクを取るはずがない。

「それで、条件とは何だ？」

「いくつかございます。まず一つ目ですが、できるだけで構わないのですが、このヘアヌード写真集を手に入れたのが私であることを伏せていただきたいのです。私のような者が、これだけの品を一度でも得たとなっては、いらぬ妬みを買います」

「ふむ」

これは断らないだろう。

副ギルド長は手柄を独占したいはずだ。間違っても、貧農出の下民から譲ってもらったなどとは喧伝《けんでん》したくないはずだ。

「それから、実は私はこちらのしゃしんしうを与えてくださったその御方に気に入っていただいたようで、また機会があればともに冒険をとおっしゃっていただいております。もし仮にでございますが、また何か褒美を賜るようなことがあれば、そのときにもまた副ギルド長に相談に乗っていただければと考えております」

これも副ギルド長にとっては得しかない話に見えるはずだ。

僕にとっても、また『欲望の匣』で何か売り払いたいものがあれば、安定的に捌く窓口があるのは助かる。またこう言っておけば、利益を独占した副ギルド長はそれが僕経由で手に入れたものだと能動的に隠してくれるだろう。

僕は副ギルド長がそうした考えに至るだろう十分な時間をとった上で話を続ける。

「そして最後にもう一つですが、そのような事情ですので、また私は休みを取らせていただいて冒険に出たいと考えております。休みを取りやすいように、私の直属の上司に話を通していただけると助かります。以上でございます」

副ギルド長は僕の要求に、しばし逡巡《しゅんじゅん》していたが、僕が想定した通りの結論に至ったのであろう。結局はすべての要求に頷《うなず》いた。

「だが、調子に乗るなよ。当然だが、休みには給与が出ると思うな」

当然である。毎日、ただそこにいるだけで報酬を得ている副ギルド長とは違う。僕は所詮、日当で雇われている替えの利く歯車でしかない。働いて、その結果、報酬を得ているのだ。

タナカの話では、タナカの前世では働かなくても報酬の貰《もら》える「ユーキュー」という不思議な制度によって、最下層の労働者でも給与を貰って休みを取ることができるという理解不能な仕組みがあったそうだ。

（ただしホワイト企業に限る、でござったが。ブラック企業には縁のない話でござるよ。もちろん、拙者たちのようなエリートニートにはホワイト企業もブラック企業も、等しく縁がなかったでござるが。働いたら負けでござるが故に）

いつもどおりタナカの説明には、前世の世界独特の用語が多く難解であるが、タナカはとにかくエリートであったため「ユーキュー」の制度とは無縁であったということらしい。

こうして僕はその場で一〇〇万マニを手に入れ、スミレ子ちゃんのヘアヌード写真集を手放した。

そして、手に入れた一〇〇万マニを使って、僕は次の冒険の準備を整えることができる。

（一〇〇万マニは大金でござるが、ここは必要な経費でござる。次の冒険を成功させるためにも、ここはケチるところではござらぬよ）

とはタナカの言であるが、僕もそれには同意した。

こんな大金、仕事以外で手にしたことなんてなかったから、使うのに手が震えたのだけれども。

タナカは平気そうであったが、

(拙者にとってはこの世界もゲームのようなものでござるからなあ。それに、お金というのは自分の金銭感覚の範疇《はんちゅう》から大きく外れすぎると、感覚が麻痺《まひ》してしまうでござるよ)

タナカならひょっとしたら前世でこれくらいの大金は軽く扱ったことがあるのではないかと思ったが、タナカにとっても一〇〇万マニは大金だったようで、なんだかちょっと安心する。

(カナタ氏は拙者を過大評価しすぎなのでござるよ。拙者の前世の収入というと、オクでの自作フィギュアや魔改造フィギュアの売上ぐらいでござったからなあ。

拙者のフィギュアはなかなかの評判でそれなりに高値もついたでござるが、高く売れるのは相応の制作時間も掛かっていたでござるからなあ。正直、労力のわりには高が知れていたでござるよ)

一〇〇万マニというのは、これまでの僕の人生を考えれば目の眩《くら》むような大金だ。

だが、それにつけても惜しい。

予《あらかじ》めタナカとしっかり話し合って決めた方針の通りではあるし、ほぼ理想通りに話を進められた。

けど。

だけど。

星野スミレ子ちゃん。

彼女の笑顔が永遠に、手を離れたと思うと悔しすぎて今晩は眠れそうにない。

4 ギルド受付職員、秘書さんとのえっちに決意を新たにする

断腸の思いでヘアヌード写真集を手放してから三日後、早くも僕は休みを取ることができていた。

「おい、お前。副ギルド長と何があったんだ？」

直属の上司にはそう不審がられたが、適当に誤魔化しておいた。

そして、僕は再び、北の森にやってきた。

装備はだいぶ充実してきて、メイン武器もナタ（小型低品質）からナタ（大型高品質）へとランクアップした。

剣じゃないのかと指摘されるとこだろうが、まだまだレベルが低く膂力《りょりょく》の足りない僕には、遠心力で振るいやすいナタの方が使い勝手が良いのだからしかたがない。剣術、槍術《そうじゅつ》という技術もない。素人《しろうと》が扱いやすい武器としてナタは優秀だ。

（剣術の嗜《たしな》みでもあれば違うのでござろうが、拙者も学生時代に剣道の授業でやったぐらいでござるしなあ。体育の先生はどうして、「二人組作って」とかいう世の中のイジメを助長するような酷《ひど》い指示をするのでござろうか、未《いま》だに得心できないでござるよ）

装備が上がったこと、それから牝《めす》オークを殺したことで大きく経験値を稼ぐことができ、レベ

ルが上がったことでだいぶ戦闘も有利になっている。
なお、現在の僕のステータスはこんな感じだ。

カナタ・ヴィレッジストーン／タナカ・サトシ
ヒューマン　30歳
レベル　9（212／1000）
HP　829／841
MP　1211／1311
　物攻　7　物防　11
　魔攻　21　魔防　10
　俊敏　19　移動　5
属性傾向
火D　土C　水B　天C
スキル
固有B『献身』
固有S『欲望の匣』
魔法
　生活魔法レベル4

戦闘魔法　火魔法レベル1

レベルはなんと9にまで上がっている。

これは格上であった牝オークを単に殺しただけでは説明のつかない大上昇であるが、それもおよそ理由は想像がつく。牝オークと、なんというかイタしたことが、通常では有り得ない特別な経験ということでさらなる経験値ボーナスがあったのだろうと思われる。

古今東西、牝オークとしっぽりイタしたヒューマン種なんて僕だけかもしれない。

注目して欲しいのは『戦闘魔法　火魔法レベル1』だ。

これは、ヘアヌード写真集を売って得た一〇〇万マニの八割にあたる八〇万マニで魔導オーブを入手した。本来は一〇〇万マニちょうどの売値の付く品であるが、ディスカウント分は職員割引というやつだ。

固有スキル以外のスキルや魔法は、オーブと呼ばれるドロップアイテムを利用することで身につけることができる。

Fランクであってさえ最初からある程度は強力な固有スキルと違い、オーブを用いてスキルや魔法を身に付けても初めから強力な武器にはならない。繰り返し使用し、熟練度を上げることでスキルレベルや魔法レベルを上げていき、だんだんと使えるようになっていく。

僕がこれまでに身に付けていた魔法は、生活魔法だけであったが、今回大枚をはたいて火魔法のスキルを手に入れた。

比較的ドロップしやすく値段も安い生活魔法オーブと異なり、火魔法のスキルオーブは非常に高価であるため、購入には勇気が必要だった。また一般にはそのレアリティが高いせいでオーブは高額になりがちだが、スキルレベルや魔法レベルを上げるのも困難であるため、相乗効果の見込める関連する固有スキルを持ってでもいない限り、購入するほどの価値はないとされるのが一般的だ。

というのも、生活魔法などは日常生活で使うだけで魔法レベルが上がるのだが、戦闘魔法は戦闘に使わなければほとんど魔法レベルも上がらない。普段、相手もなしに練習したところで熟練度の上昇は微々たるものなのだ。

戦闘中に、呪文を唱え、敵を攻撃し、敵にダメージを与えるなりすることでようやく熟練度が蓄積されていくのだ。

特に魔法レベルが低いうちは、必要な呪文の詠唱も長く、そして威力も低い。特に火魔法は、攻撃力が術者から離れるほど威力が減衰するため熟練度を積みにくい戦闘魔法だとされている。そのおかげで、別種の戦闘魔法よりも若干安く手に入れられる。

考えて欲しい。

この条件で、熟練度を上げるのがいかに困難なのか。

呪文を唱えるには、ただ言葉で唱えるだけでなく、精神を魔法に集中しなくてはいけない。精神を集中し、呪文を唱え、そしてその魔法を敵に向け、ダメージを与える。ただし、魔法レベルが低いうちは遠距離の攻撃ができないということになる。

普通に考えて、まともに熟練度は稼げない。

例外としては、魔導系の固有魔法を持っている場合などだ。

例えばレアリティBの『魔道士』のスキルだと、戦闘魔法に限り、オーブで魔法を入手したときに初めからレベル2から開始できる。さらには、レアリティAの『大魔道士』なら戦闘魔法に限らず、全ての魔法をレベル3から始められるのだそうだ。

あとは一般的には、パーティを組んで、仲間の援護のもとに魔法を使って熟練度を稼ぐというやり方もある。

ただ、その場合は戦闘の貢献度によって経験値や熟練度が分配されるため、たいして役に立たない魔法を使ったところで得られる熟練度はたいしたものではない。あまり効率の良い方法ではない。やるとしたら、採算度外視で魔法やスキルを集める貴族連中などだろう。

そういうわけで、一般の冒険者は魔法に頼ることはあまりない。

なのだが、僕には勝算があった。

ドシュッ
バシッ
「ごぶっっっ」

放たれた火球に怯《ひる》んだゴブリンを、ナタで袈裟懸《けさが》けに切りつけて止《とど》めを刺す。

(おおっ、カナタ氏っ。またもや楽勝でござるなっ)

(うん。タナカのファイアボールのおかげだよっ！)

魔法スキルの呪文は声に出して詠唱しても良いが、心の中で唱えても良いのだ。

それを利用して、戦闘中に僕が戦いながら、タナカに呪文に集中してもらうのだ。レベル１の魔法なんて、下級の魔物であるゴブリンでさえも倒すどころか、与えられるダメージもそれ単体ではたいしたことはない。だが驚かせて隙を作ることができれば、僕がナタで致命の攻撃を加えれば良い。

この作戦でこの日僕はレベルを１１にまで上げ、火魔法の魔法レベルも２に上げることに成功した。

次の冒険では、さらに効率良くレベル上げをすることができるだろう。


冒険だけでなく、ギルドでの仕事や私生活もまあまあ順調だ。

レベルが上がったことで、僕自身の能力が向上したというのが大きい。

普通、レベルが一つか二つ上がったくらいでは、日常レベルで能力の向上を感じることは難しい。しかし、僕の場合は短い間に、ほとんど二倍にまでレベルを上げている。

固有スキルを獲得する前はレベル６だったのが、まだ二回しか冒険に出ていないというのになんと既にレベル１１だ。

普通、レベルというのは、一般人であれば一生を通してレベル１０に到達すれば良い方であるし、命を危険に晒《さら》し続ける冒険者だって一年かけて二つか三つのレベルを上げるというのがせいぜいなのだ。こんなハイペースでレベルを上げられるのは、伝説の勇者パーティかあるいは、

「おい、お前。どんな高ランクパーティに寄生しているんだよ」

自分のレベルやステータスを公開しているわけではないが、見る人が見れば僕のレベルが上がっているのも明らかなわけで、同僚の職員たちからは何度となくそう尋ねられた。

ふつうではないペースでレベル上げというと、一般的には高ランクパーティへの寄生を疑うのが当たり前だ。ただし高ランクパーティに寄生させてもらうには、かなりの高額の報酬が必要になるので、貴族なりよほどの資産家なりでないとできない行為だ。

また寄生によって効率よくレベルを上げられるといっても、低レベルのうちだけで、魔法金属級の最上位冒険者パーティに寄生させてもらったとしても、せいぜいが20レベルあたりでほとんど頭打ちになってしまう。

同僚たちは、僕が高ランクパーティに依頼するような資産を持ってないことは当然知っているのだが、おそらく僕が何らかの特別な伝手《つて》を得て、寄生させてもらっていると考えたのだろう。

僕がそう誤解されるように振る舞っているというのもある。

「秘密だよ。知らない方がいいこともあるよ」

僕はそう言って躱《かわ》す。嘘《うそ》は吐《つ》かないが、真実を話すつもりもない。

「ねえ、ちょっと良いかしら」

業務でギルド内の廊下を移動しているときに、そう声を掛けてきた艶のある女性は見覚えはあっても、縁の深い相手ではなかった。僕も挨拶以上の言葉を掛けたことはなかったし、向こうの方は挨拶程度の言葉もこちらには寄越《よこ》したことはない。有り体に言って、相手にされてなかった。

ボン・キュ・バーンの豊満で男好きのする肉体。

目尻が下がりがちの、甘い表情。

唇は厚めで艶やかだ。

副ギルド長にヘアヌード写真集を売り払ったときにも立ち会っていた、副ギルド長の秘書で、そして公然の秘密であるが、愛人でもある女性だ。

その彼女が、僕の手を取って物陰に連れ込んだ。普段、女性と触れ合う経験のない僕は、自分とは違う華奢《きゃしゃ》な手の感触だけでドギマギしてしまう。

「ねえ、カナタさん。新年式ではどのようなスキルを手に入れられたのです？」

秘書の彼女は連れ込んだ手は放さないまま、至近距離で上目遣いで僕をじっと見つめて問いかけてくる。

その言葉に、僕は少し驚く。尋ねられた内容にではない。その媚《こ》びるような視線と、その言葉に阿《おもね》るような響きが含まれていたからだ。

僕と彼女の間の距離は五センチもない。なんかすごく良い匂いがするし、睫毛《まつげ》長いし、唇は艶やかで、女性に対する免疫の低い僕は直視できずに目を背けてしまう。けれども、彼女は僕が視線を逸《そ》らしたことを、別の意味にとったようで、言葉を続けた。

「うふっ。分かりますよ。これまで休みも取らず働いてばかりだった方が、急に休みを取ったかと思えば、冒険に出てあのような品を持ってくるのですから。よほど冒険の役に立つスキルを手に入れて、そのスキルで活躍されているのでしょう？」

どうやら彼女は真剣に僕に関心を持って尋ねてきているようだ。以前までの路傍の石でも見るような無関心とは正反対だ。

「ま、まあ」

他の同僚たちも、僕が良いスキルを手に入れたということぐらいは気付いているだろう。

僕もここに至って、彼女が色仕掛けで僕から情報を引き出そうとしているのだと悟る。

「やはり、そうでしたのね」

僕の反応に予想が当たっていたと彼女は心得顔だ。

このあたりは、嘘を吐いたところでごまかせるものではない。

「それで、どのようなスキルなのです？　それにいったいどなたと縁を繋《つな》がれたのですか？」

彼女は、僕が副ギルド長に述べたある御方《おかた》を助けた褒美で、ヘアヌード写真集を頂戴したという言い訳を信じているようだ。

「秘密ですよ。スキルも。僕が誰と縁があるかも、話すことはできません」

実際、どこまで情報を出して、何をどう隠すのか決めかねている。

僕は緊張を隠しながらも、そう答える。

「そう。それなら、仕方ないわね」

彼女はあっさりと諦める。

そして、僕の予想もしない行動に出る。彼女は僕にさらに身を寄せたのだ。

甘い化粧品と、そして牝の匂いが僕の鼻孔を衝く。

「うぇっ」

僕は美しい女性に、密着するほどに身を寄せられるという、これまで体験したことのない事態に、恥ずかしいほどに狼狽《ろうばい》を隠せず声をあげてしまう。

「ちょっ、えっ、これっ」

正面から抱き合うように体を密着させる彼女は、思いの外小柄で、頭が僕の顎あたりまでしかない。豊満な胸が僕の胴に押し付けられて歪《ゆが》んでいる。さらには、彼女は僕の両手を誘導し、彼女の腰の後ろ側、臀部《でんぶ》へと誘導し、掴《つか》ませる。

柔らかい。

タイトなスカートに包まれた尻肉に、指が沈み込む。

(な、なんでござるかっ、このおなご、何の魂胆でござるかっ)

これまで黙って僕に行動を任せていたタナカも、狼狽している。

「ちょっ、こ、こんなことしてもっ、僕は何もっ」

「お話しにならなくても、良いですよ」

僕に抱きしめられながら、見上げる彼女の顔が愛らしい。

「うぇっ、じゃ、どうして」

「貴方が良い男だからですよ」

「そ、そんな。今まで、こんなこと、急に」

「野暮なことを言うのですね。女が有望な牡《おす》に媚びるのは当たり前のことですよ。そうでないなら、関心を払わないことも」

つまりは、今の僕は有望な牡で、以前の僕はそうでなかったということなのだろう。

「き、君はいつもこんなことを？」

「いつもではないですよ。良い男を相手にしたときだけです。私、セックスが好きですけど、どうせなら相手は良い男が良いでしょう？」

「良い男って、副ギルド長も？」

「意地の悪いことを聞くのですね。……まあ、あの方は、権力もお金もありますから。ねえ、そんなことよりも、もう我慢できないんじゃありませんか？」

そう言って彼女はただでさえ密着しているというのに、詰め寄ってくる。彼女の下腹部が強く押し付けられて、僕は壁と秘書さんの間に挟まれてしまう。

当然、僕の分身体はズボンの中でギンギンに勃起してその怒張は彼女にも感じられているのだろう。

(カ、カナタ氏っ、据え膳でござるよっ。据え膳食わぬは武士の恥でござるっ)

タナカに言われるまでもなかった。彼女には何か裏で企《たくら》んでいることがあるのかも、言葉にしていない思惑があるのかもしれない。それでも、ここは、目先の欲望に流されたい。

僕は指に力を入れて、掴まされた尻肉を握り潰すように揉《も》み、そして撫《な》で回《まわ》す。

「あんっ♡　ふふ、その気になりました？」

僕はその問いかけに行動で返す。

僕は顔を彼女に近づけ、口付けをする。

(舌をっ、舌を入れるでござるよっ)

だが、タナカの言葉より前に、彼女から僕の口の中に舌を差し入れてくる。

お互いの舌を絡ませ、唾液を交換する。

小さいが柔らかく豊満な彼女の肉体を抱きしめながら、互いの唇を喰《は》み合《あ》うような濃厚な口戯を楽しむ。

ぶちゅりゅぶちゅりゅぬろぬろ
粘膜が触れ合う音が耳朶《みみたぶ》を打つ。

そして、僕は股間に感触を感じる。

さわ
さわさわさわ
彼女がズボンの下でそそり勃《た》つ勃起を、撫で回したのだ。

僕はたまらず口を離す。

「ズボンの上からも分かるくらい、立派なおちんぽですね♡　長くてぶっとい優秀な牡の証《あかし》です♡♡」

こすこすこす
さらに激しく、彼女は僕の猛《たけ》り狂ったそれを擦《こす》り上《あ》げる。ズボンの上からであるが、指で挟み込むようにして扱《しご》き上《あ》げられてはたまらない。

「お互い業務時間中ですわ。あまりゆっくりしている時間はありませんでしょう？」

僕は挑発に応えて、彼女を壁に手をつかせて後ろを向かせると、タイトなミニスカートをずり上げる。

すると彼女は実に協力的で、犯しやすいように股を開いて、あろうことか尻を突き出し、壁に付いていた片方の手を尻に回して、黒の布地面積が極端に少ないショーツのまた布をずらして蜜《みつ》壺《つぼ》を広げて見せる。

黒いガーターベルトとストッキングにショーツ、白い肌と対照的に、ま◯この穴の中は鮮やかなピンク色でヒクヒクと肉が震え、汁が滴っている。

「ぶっといおちんぽを早く牝穴にぶち込んで、ごりごり掻《か》き回《まわ》してくださいませ♡♡」

その誘惑に僕は少しばかり慌てすぎてしまい、ズボンのベルトを緩めちんぽを引き出すのに手間取ってしまう。

「私の膣穴《あな》、名器ですよ♡　すぐに気持ちよくぴゅっぴゅさせて差し上げますよ♡♡」

ちんぽを引き出してしまえば、彼女がここですよと分かりやすく膣穴を広げてくれているおかげで、手間取ることはない。

僕は一気にムレムレムチムチの淫蜜壺にちんぽを挿し入れる。

「んふぉぉん♡♡　思ってたとおり、おっきぃい♡♡」

「すごいっ、ぬるぬるが絡みついてっ」

奥の奥までちんぽを挿し込んで、僕がその感触に呻《うめ》いていると、

「早く掻き回してくださいまし♡　ご立派ちんぽでぐちゃぐちゃに掻き回して気持ちよく、赤ちゃんの素《もと》をぴゅーぴゅーしてくださいまし♡♡」

「ハメるっ、ハメ倒してやるからなっ」

さらなる挑発に応じて、僕は彼女の尻を掴んで、覆いかぶさるようにして腰を打ち付ける。

ばっちゅ
僕が下半身を打ち付けると、彼女の尻肉が波打って揺れ、膣穴の中では肉襞《にくひだ》がちんぽを擦り上げる。

ばっちゅばっちゅばっちゅばっちゅばっちゅ
「おほぉぉ♡　いいいっ♡」

「やばいっ、すごいっ、気持ちよすぎるっ、こんなのっ」

僕はちんぽを気持ちよくしてくれる膣穴の誘惑に、必死こいて腰を振るが、あっという間に射精欲求が限界まで高まってしまう。

「もうっ、ダメだっ射精《で》ちゃう」

ばっちゅばっちゅばっちゅばっちゅばっちゅ
「ダメッ我慢っ、もっと、ずぽずぽして、ま◯こも気持ちよくしてくださいませっ」

「無理ぃ」

びゅりゅりゅりゅりゅうるるうぅううう

「あぁんん♡　もう射精ちゃってるぅう♡　たくさん射精《だ》されちゃってるぅう♡♡」

びゅりゅっ
びゅりゅりゅりゅっ
僕は精液を射精し切ってちんぽを引き抜くと、少しふらついて後ろに尻もちをついてしまう。

「うふ♡　我慢の利かない暴れん坊さんですわね」

振り向いた彼女はがに股で、上半身はしっかりとスーツに体を包んでいるのに当然であるが下半身がむき出しである。

彼女は自身のま○こを指で広げて、どろりと精液が逆流する様を僕に見せつける。

ぼとっ
ぼとぼと
濃厚でだまになった精液が彼女の股間から落ちる。

卑猥《ひわい》だ。

「こんなに射精しちゃってぇ♡♡　それに濃くって、私、孕《はら》まされちゃいそうですね♡」

そんな彼女を見上げる僕のちんぽは、射精したばかりだというのにまだギンギンだ。

もっと射精したい。

この牝に種付けしたい。そうちんぽはイキっている。

彼女自身の牝分泌液に濡《ぬ》れて光る僕のちんぽは当然、彼女にも丸見えなわけで、

「お掃除してあげますね。お立ちになってくださいな♡」

そう彼女は僕を立たせると、彼女自身は僕の股間の下にガニ股になってしゃがみ込む。
れろん
彼女は僕の玉袋をなめる。
れろれろ
そして段々と舐《な》め上《あ》げる舌が上がってくる。
きっちりとしたスーツに身を包んだいかにも仕事のできる女性という風情の彼女が、スカートをずり上げてショーツも丸出しにした卑猥な格好で、僕のちんぽに奉仕してくれているのだ。それも、その子宮の中には僕が放出した精液がまだたっぷりと残っているはずだ。
僕はもっと激しく、亀頭を舐めて欲しい。その口でちんぽを咥《くわ》えこんで欲しい。そう思ってしまう。
「うふぅ♡　我慢できないって様子ですね♡　おちんぽさんも、まだ射精し足りないってビクンビクンしてます♡　元気さんですね♡」
べろぉ
「ふぉっ」
彼女が舌で亀頭を舐め上げる。
ぐっぽ　ぎゅっぽ　ぐっぽ　ぎゅっぽ　ぐっぽ　ぎゅっぽ
そしてすかさず、ちんぽを呑み込み、深いスロートで扱き上げてくれる。
僕の睾丸《こうがん》の中には、まだまだ発射されるべき精液がいくらでも残っている。一射目の精液を股間からボタボタ滴らせながら、下品にちんぽに口奉仕してくれる牝に二射目、三射目にも十分な量の精液を吐き出したいと、失った分の精液を補充すべく、精巣は追加の精液の製造を急いでいた。

だが、

「でも、残念♡　今日はここまでにしておきましょう」

そう言って、彼女はあっさりと立ち上がってしまう。

「え？」

「フェラはお掃除だけですから。これ以上したら、お掃除では済まなくなってしまうでしょう」

彼女はそう言って、ずり上がっていたスカートも下げて戻してしまう。

「お互い、まだ仕事がありますからね。これくらいで切り上げるのが利口でしょう」

確かにその通りである。

その通りではあるのだが――。

「うふふ。まだやり足りないというお顔をしていますね♡　でしたら、また頑張ってくださいね。私は良い男しか相手にするつもりはないですから♡　今のところ、そうですね。容姿は、及第70点。経済力10点は不合格ですが、将来性を考えて保留。ちんぽの大きさや形、逞《たくま》しさは文句なし100点の合格ですが、耐久性は不合格ですね。早漏すぎです、0点です。まあ、回復力は十分のようですけど。カナタさんは冒険者としても活動を始めたのでしょう？　そちらも含めていろいろと期待しております。この調子で良い男になってくださいね、私がまた抱かれたいと思

うくらいに」

そう彼女は僕を矢継ぎ早に論評する。

「次、また機会があれば、機会があるかはカナタさん次第なのですけれど、こんどはゆっくりとお時間を取れたら良いですわね、次はグチョグチョになるまで私のことを犯したいと思ってくださるでしょう？」

そう言い残して、彼女は後ろ姿を見せる。

スタイルの良い大きな尻だ。その奥には僕が注ぎ込んだ精液がまだいくらかは残っているだろう。

僕は少しの間だけ呆然《ぼうぜん》とへたり込んでしまっていたが、なんとか気持ちを整理すると勃起の収まらないちんぽを無理やりにズボンにしまい込んだ。少しすれば落ち着くだろう。

その後、頭を混乱させながらも仕事に戻ると、

「おい、カナタっ、遅ぇぞっ」

上司に叱責されたが、その一言だけだった。

ギルドの業務について言えば、僕はまあ有能な方だ。少しばかり、仕事をサボる時間があっても、全体の仕事量自体は他の平均的な職員よりも多いと断言できる。僕のような貧農上がりでは、有能なところを証明し続けなければ簡単にクビを切られてしまうのだから辛《つら》いところだ。

この日も業務は忙しく、一息つけたのは、夜になって業務を終える時刻になってからだ。

（すごい体験だったね）

(そうでござるなぁ。痴女というのは、現実世界にいるのでござるなぁ)

終業間際の屋台で、残り物めいた食事を掻《か》き込《こ》んで、宿に帰る道々で僕はタナカと心の中で言葉を交わす。

(気持ちよかったね)

(気持ちよかったでござるなぁ)

思い返すだに、夢のような体験であった。

(彼女、あの口ぶりでは、他にも職員だとか冒険者だとか、将来性のありそうな男と何人も関係を持ってそうだよね)

あんなに簡単に股を開いた彼女なのだから、相手が僕一人なんてことはあろうはずがない。

(穴兄弟でござるな)

(誰だろう？)

(そうでござるな……。例えば——とか——でござろうか)

そう言って述べられたタナカの予想は、僕の想像とそう遠くない。

(何人くらいいるんだろう？)

(分からないでござるよ。十人、二十人、もっとかもしれないでござる)

金がある男、才能に溢《あふ》れた男、あるいは性技に優れて彼女を満足させることのできる男。きっといろいろな男が彼女の肢体を貪ってきたのだろう。僕は彼女の夫でも恋人でもなく、ただ今日、一回だけ短い媾合《こうごう》を果たしただけにすぎない。それなのに、彼女が他の男に抱かれていることを想像するとひどく狂おしいような気持ちになってしまう。

(彼女、また機会があればもっとゆっくり時間を取るって言ってたよね)

(そうでござるな。グチョグチョになるまで犯してほしいと言っていたでござる)

(犯したいよね)

(まったくでござる)

(犯して、犯し抜いてグチョグチョにしてやりたい。早漏だとか、あんな生意気なこと言わせないように、ちんぽに屈服させたい)

こんなことを考えるのも、彼女の掌《てのひら》の上なんじゃないかとは思う。

けれども。

(犯してやるでござるよ)

(彼女は、次の機会があるかは僕次第だって言ってた。僕がまた冒険で活躍して、たくさん稼いで、すごいんだぞってところを見せれば、また彼女を犯すことができるってことだよね)

(そういうことになるでござろうなあ)

(がんばろうね)

(がんばるでござる)

秘書の彼女とギルド廊下奥の物陰でセックスをして以降も、僕は日々の業務と冒険のどちらも全力を出した。

三日に一度という冒険のペースは案外悪くないのだろう。

冒険というのは体力を使う。専業の冒険者でも、休みなく毎日冒険に出るような者はまずいない。体力も精神も保《も》たないのだ。一日ごとに休みを取ったり、数日掛かる泊りがけの冒険をした後は冒険の日数以上の休暇を取るのが一般的だし、ギルドでもそれを推奨するように言われている。

ギルドでの日々の業務は僕にとってはもう当たり前のルーチンであるし、よほど残業を詰め込まれない限り体力的にも良い休憩になる程度だ。その残業もまったく無くなったわけではないが、副ギルド長と話を付けて以来、直属の上司も配慮してくれるようになって、一般の職員と同程度に抑えられている。

少し気になったのは、アンナが「家の事情」で休みを取ることが多くなったことだ。三日に一度冒険のために休む僕よりも、休みの日が多い。アンナにはアンナの都合があるので、僕が口を出すようなことではない。お互いに休みでない日には真面目に業務をこなすだけである。

ただ、

(あの時の秘書さんは、エロかったでござるなぁ)

時折、あの夢のような体験を、僕もタナカも思い出してしまう。

(夢のような、童貞喪失でござった。世の中にあんな素敵な童貞喪失を体験できるおのこが世の中にどれだけいるでござるか)

(え。僕たちの童貞は牝《めす》オー)

(拙者たちの童貞は秘書さんに奪って貰《もら》ったでござるよ。拙者たちは、童貞喪失で秘書さんのま○こを後ろからズポズポ犯して、膣《ちつ》穴出しまでさせてもらったでござるよ。いいでござるな、カナタ氏)

(うん、分かったよ)

タナカ的には、僕らが牝オークに犯され、さんざんヤリまくったことは無かったことにしたいらしい。

感情的には分からないでもないのだけれど、それで記憶が本当に消えるわけでもないのにと思ってしまう。

実際、牝オークに犯されたのだって、気持ちは良かった。

(カナタ氏っ、余計なことは考えないでござるっ)

僕は黙っていたが、タナカには何を考えていたか筒抜けだったようだ。伊達《だて》に肉体を共有しているわけではないということだろう。

そして、僕たちは三回目の冒険に出た。

前回に続き、経験値稼ぎとレベル上げに集中して、『欲望の匣《はこ》』はほとんど使っていない。昼の休憩のときに、少しだけポイントを使って、食べ物を出して食事をとった。確実というわけではないのだが、だいたい一桁の低ポイントであれば、日用品とか食べ物とかエロに関係のないグッズを得ることができるようだ。特にお腹《なか》が空《す》いているときに使えば、その欲望に応じるようにだいたい食べ物が出てくる。前回、二回目の冒険のときの昼食はチーズバーガーセットで、今回三回目の冒険ではピッツァカルツォーネだ。

タナカは、

(エロゲに出てきた系の食べ物しか手に入らないというのは、なんとも残念でござる。バリエーションが限られるでござるよ)

などと不満を零《こぼ》していたが、こんなにも美味しい食べ物で不満があるというのは信じられない。前世の世界はよほど食文化が発達していたのだろう。

また、食事を出そうとして、他に手に入ったものもあった。ボールペンにピンクローターだ。ボールペンはインクをつけずに文字を書くことができるというすごいペンで、これもヘアヌード写真集ほどではないだろうが、貴族に売り払う伝手《つて》があれば良いお金になるだろう。ただ、あまり頻繁に副ギルド長に頼るというのも良くない気がして、かといって自分で使うのも目立ちすぎるため、こちらは今のところ死蔵してある。

ピンクローターというのは、女性とエッチするときに使う性玩具の一種のようだ。こちらは売り払うことなく自分で有効活用しようということで、タナカとも話がついている。

日用品にしろ食べ物にしろ、ある程度のランダム要素はあるようだが、原則的にタナカが欲しいと思っているもの以外は出ないようなのでハズレくじはないのが幸いである。

この三回目の冒険では、僕は北の森の奥まで進んだ。

一回目の冒険では、イレギュラーな形で牝オークを殺すことになったが、今回は正面からオークに挑む。

午前中は森の奥まで進んでも、出てくるのはゴブリンばかりで、オークと会敵することは無かった。だが、昼の小休止を挟んだ直後に一匹のオークを発見する。

発見は僕の方が先で、不意を打つことができる。

僕はナタを振りかざし、オークの体を狙う。

オークは直前に気付き、避《よ》けようとするが、不十分だ。

「ぶもぉっ」

ナタの先端が、オークの脇を狙う。

オークは脇をえぐられたというのに、怯《ひる》むことなく、手に持った棍棒《こんぼう》を叩《たた》きつけてくる。だが、レベルも上がり身体能力の向上した僕には、事前に気持ちの準備もできていたこともあって余裕を持って避けることができる。

そして棍棒を振り下ろして、体勢が下がったオークの喉を抉《えぐ》ろうとナタを振り抜くが、残念、あと一センチという距離で辛うじて避けられてしまう。

「ぶもぉぉっ」

オークがなおも振り下ろしてくる棍棒をナタで弾《はじ》く。

さすがに膂力《りょりょく》自体はまだオークの方が上のようで腕が痺《しび》れるが、回転力はこっちが上だ。

次の一撃をもらうより早く、また僕がオークの脇にナタを叩きつける。

「ぶもぉおぉおおっっ」

オークは雄叫《おたけ》びをあげる。

魔物を倒すには、こうやって少しずつ攻撃してＨＰを削り切るか、喉だとか頭部などの急所を破壊するかのどちらかだ。尋常の生き物が相手ならば、手でも体の一部でも切り落とせば、出血多量で殺せるのだろうが、オークのような魔物はそうではない。

もっとも、ワイルドボアのような通常の生き物から変異したタイプでレベルの低いものであれば、普通の生き物のように小さな怪我《けが》でも殺すことができるし、魔力発生型の魔物でも最低レベルのゴブリンあたりなら、ＨＰ自体が低くて急所かどうかに拘《かか》わらず一撃で倒せるため、あまり気にしなくても良いのだ。

そういうわけで、これが普通の生き物なら、二回も有効打を与えれば動きが鈍るなりするはずだが、ＨＰが尽きるまで衰えることなく暴れ続けるのが魔力発生型の魔物の特徴だ。僕は油断することなく、オークの攻撃を避け、避けきれないものはナタでいなし、隙を衝いてはナタで攻撃する。

そして、ＨＰを削り切るまでに必要だった有効打は十回。

何の魔法的効果もないナタであれば、まあこれくらいなのだろう。オークは光となって消え、後には魔石を残す。

（カナタ氏、お疲れ様でござるよ。拙者の出番は無かったでござるな）

（うん、いざとなればタナカが助けてくれると分かっていたから、安心してやれたよ）

僕はオークの魔石を拾いながら答える。

タナカはいつでも火魔法で援護できるように、内心で呪文を唱え、魔法をキープしておいてくれたのだ。結局はキープされた火魔法が放たれることはなかったが、それがあったから僕は安心して戦うことができた。

唱え終わった魔法を即座に発動せず一定時間キープしておくというのは、火魔法レベル２になってから使えるようになった技術だ。

（次は、最初から拙者も魔法を使うでござるよ）

（うん、頼むね）

その次も、オークが単体でいるところをこちらが先に見つけることができた。

この北の森ダンジョンでは、オークは最大でも二匹までと決まっていて、二匹での遭遇率もかなり低めの設定だ。続けて単体のオークとエンカウントしたのは、当たり前の確率でしかない。

その二匹目のオークに僕はナタで殴り掛かるが、今度は不意打ちとはいかず避けられてしまう、だが、

（灼炎《しゃくえん》よ！　敵を貫くでござるっ！）

タナカが唱えた声なき呪文によって生まれた火球が、オークを貫く。

「うぼぉぉおっ」

オークはその一撃をくらい、大きく体勢を崩す。

さぞ、驚いたことだろう。

タナカの呪文は僕にしか聞こえない。オークからしてみたら、不意に火球が現れたとしか思えない。

火魔法レベル1から扱うことができる火球は、術者から離れた位置に作り出すほどに威力が落ちる。だが、逆を言えば、術者から近い位置に作り出すなら威力は十分だ。オークはその威力十分な火球を至近距離で不意打ちで食らったのだ。

威力十分の火球とはいっても、それでもまだ火魔法レベル2だ。直撃でもオークのHPのせいぜい二割を削ったというところだろうが、だがこれで十分。僕のナタがオークの喉を引き裂くからだ。急所の首が断たれ、HPが0になって消える僅かな時間で、喉から赤い血しぶきが迸《ほとばし》り、僕はそれを浴びてしまう。だが、血しぶきも死ぬ直前に魔物の体内から放たれたものであるのなら、その消滅と同時に消《き》え失《う》せてしまうのだから問題はない。

僕はオークの消滅を見届け、その残した魔石を拾う。

(うん、やっぱりタナカの火魔法はずるいくらいに有用だね)

(そうでござるなあ。ちょっとしたチートでござるよ。しかしこれは、なかなか説明しづらい技でござるし、周囲にはできるだけ隠しておいた方が良いでござろうなあ)

(周りにタナカのことを説明するわけにもいかないしね)

（いざとなれば切り札にもなるでござるよ。魔物退治だけでなく、対人戦でも有効でござろう）

（人と争うことなんて、無い方が良いんだけどね）

結局この日はその後もオークを中心に狩りを続け、合計五匹のオークを倒した。三匹目と四匹目は二匹同時の会敵であったが、特に危なげなく勝利することができた。他にもワイルドボアやゴブリンを倒している。

レベルは１３に上がった。火魔法もさらに一つレベルが上がってくれるのではないかと期待したが、レベル２のままであった。次の冒険ではレベル３に上がってくれることを期待している。

◇

ギルド内での、僕の扱いもだいぶ変わったように思う。

一般にではあるが、どんなに優秀な固有スキルを授かったとしても、三十歳にもなったら手遅れだというのが世間の認識だ。

仮にB級固有スキル『大剣豪』を授かったとしても、三十歳からでは五歳でE級固有スキル『剣士』を授かって鍛えてきた者に追いつくには少なくとも十年余はかかるだろう。そして仮に追いつき追い越したとして、力を保ったまま戦うことができる期間はそう長くない。

職人系スキルの大半もそうだ。A級の職人系固有スキル『灼熱を操る刀匠』あたりを年を取ってから授かっても、転職するのは勇気がいるものだ。

中には固有スキルを活《い》かすために、あまり訓練が必要ではないものもある。

女性限定のA級固有スキル『殲滅《せんめつ》の聖処女』やB級固有スキル『癒やしの聖女』などもその一つだ。ただし、聖女系固有スキルや聖処女系固有スキルは神への信仰心を持ち、その信仰心に見合った生活を続けることで効果が増幅される。逆を言えば、強い信仰心を持っていなかったり、聖女に相応《ふさわ》しい生き方をしていなければ効果はさほどでもない。

そのため、貴重な聖女系固有スキルを授かった者は、神殿に保護され、相応しい教育というか洗脳を受けることになる。

さらに言うと、聖処女系固有スキルに至っては持ち主が処女でなければ効果を発揮しない。五歳や十歳、あるいは十五歳くらいまでに聖女系の固有スキルを授かればそうして神殿に保護されて、子供が取り上げられることになる保護者には報奨金が出て、神殿というのは些《いささ》か窮屈な場所ではあるものの、本人の才能を活かして生活することができるだろう。だが、二十歳以上の大人になってからこんなスキルを得てしまっても、大半の人間は神様へ強い信仰心を持って生きるなんてことはできていないし、処女を喪《うしな》っている者も当然多くいる。

中には稀《まれ》に、取得年齢に拘わらず有用度の高い固有スキルもある。ギルドの後輩のアンナが授かったC級固有スキル『収納倉庫』なんかもそうだ。『収納倉庫』は魔力で作った異次元空間に物品を収納できるというスキルで、その収容量は最大MPに依存するのだが、今のアンナでもマジックバッグとは比べ物にならないくらいの容積は軽く維持できるだろう。

もちろん、若いうちに同じスキルを授かったなら、早い段階からレベル上げをしてMPを嵩《かさ》上げしてスキルの有用性を上げることはできるのだから、早く授かるに越したことはない。それでもＣ級固有スキルの中でも『収納倉庫』の人気が高いのは、レアリティの高いスキルは年を取ってからの取得者が多いなかで年を取ってから取得しても有用性がさほど損なわれないことも理由の一つになっているだろう。

ただ、こうしたスキルを得るにはよほどの幸運に恵まれる必要がある。

だが、僕が新年式で固有スキルを授かって、三回休みを取り、三回冒険に出た。そして三回とも、成果を見せた。その金額は中級程度の冒険者であればありふれた程度のものではあっても、もとより冒険というのは命がけの行為で、中級と呼ばれるほどの冒険者が一回の冒険で手に入れる金額は、冒険者ギルドの平職員の給与と比べれば十分に大きい。初級冒険者では絶対に不可能な上がりである。

当然、同僚たちは僕が有用な固有スキルを手に入れたのだと気付く。

今まで、僕は貧農上がりで、この職場を追い出されたら行き場がない一番の下っ端だった。どれだけこき使っても安く使える、便利な使い捨ての人足でしかなかった。

だが、スキルを得て僕には選択肢ができた。

ギルドの職員を辞めて、冒険者として働くこともできるのだ。

「カナタさん、お昼、私たちと一緒に食事どうですか？」

三回目の冒険から帰った翌日、若い女性職員から誘いを受けて食堂で食事をとった。年下の女性職員三人と僕の四人で、ちょっとしたハーレム状態だ。これまで名前くらいしか知らなかった女性たちだ。同性の職員からの嫉妬の視線が痛いくらいだ。

こうして女性の同僚らと食事を取ることなんて初めてだった。これまで女性の同僚の中で僕を慕ってくれたのなんて、アンナくらいしかいなかった。普段なら彼女たちと食事どころか、これでもかと仕事を押し付けられて、他の同僚たちが昼休憩を取っている間も僕だけは働き続けるのが常であった。

そういえば、今日もアンナが出勤しているのを見ていない。ますます休みが多くなっているようだ。

「休みを取って冒険に出てるんですよね？」

「剣や槍《やり》は使わず、ナタで戦ってるって本当ですか？」

「レベルはどれくらい上がったのです？」

彼女らは興味津々という風情で質問してきて、僕はそれに問題のない範囲で答える。

（カナタ氏、ここは『僕のことよりも、君たちのことをもっと知りたいな』と言うでござるよっ）

タナカのアドバイスに従うと、彼女たちは我先にと自分のことを語ってくれる。

（これ、秋波を送られてるって考えて良いのかなあ？）

（間違いないでござるよ。やはり、童貞を返上すると、自信が溢《あふ》れ、男らしく見えるからでござろうか）

（それもあるかもしれない。けど、秘書の彼女のように、僕のことを有望株で良い男だと見てく

れるようになったのが大きいのだと思う）

そうして分かったのは、
三人のうち、一番背が高く、僕と同じくらいの身長の女性がエリシアで、年齢は十九歳。

職人の家の生まれで、親は僕も知っている有名な武器工房の三代目なのだそうだ。エリシアの上には長男、次男、長女がいて彼女は次女で、工房は長男と次男が継ぐため、エリシアは家を出るように言われているのだという。ギルドとも取引のある工房なので、そのコネでギルドで働きながら相手を探しているのだが、なかなか良い相手が見つからないのだという。

「誠実な男性が好ましいですね。良い方がいたら、私、尽くしちゃう方ですよ」

すごく品定めされていると感じた。

まだ僕に対する評価ははっきり定まってはいないようではあるけれど、確信したならガバっと来そう。

この世界では、十九歳はそろそろ結婚を焦る年齢だろう。下手に手を出すと、責任を取らされるんじゃないかという危険物件だ。

いや、普通に考えたら、エリシアもなかなか可愛《かわい》い雰囲気で、危険物件扱いは失礼なのかもしれない。脳内の犯したい娘リストに追加だ。

一番背が低いのは、ジェシカ・コリアス、十六歳。

準男爵家の一人娘だそうだ。お嬢様である。親に、人生経験を積んでこいとギルドに放り込まれて一年目なのだそうだ。

背丈は一番小さいが、おっぱいは一番大きい。まだ成長途中なのだという。

「私、いくら食べても、胸に行っちゃうんですよね」との発言は、残り二人に顰蹙《ひんしゅく》を買っていたと思う。

「でも、私、若いうちは恋愛を楽しんでも良いと思うんですよね」

親に決められた婚約者がいるのだそうだが、尻軽なことを語っていた。エリシアとは動機が違うが、男漁《あさ》りに積極的なところは共通する。

ジェシカも脳内犯したい娘リストに追加したいところ。責任を取らされることもなさそうなのも良いのだが、

（十八歳未満でござるからなぁ。むむぅ。拙者の倫理観が揺らぐでござるよ）

タナカが渋るのでとりあえずは保留だ。

三人目のメリンダは先の二人と比べるとだいぶおとなし目の性格のようだ。

近所で営業している食堂の娘で、二十一歳。父親は元冒険者だが既に亡く、食堂を営む母親と妹を助けるためにギルドで働いているのだそうだが、実は既婚。十歳も年上の冒険者と結婚しているのだそうだ。十歳年上というと、僕よりも少しだけ上ということになる。

「私は、逞《たくま》しい男の人が好みですね。父親に憧れがあるからかもしれません」

性格はおとなし目のようだが、体つきはあまりおとなしくない。むっちり肉がついていて、おっぱいサイズはジェシカよりは少しだけ小さいものの尻なんかは良い子供を産みそうって感じで丸々としている。まだ子供はいないのだそうだけれども。

「今、子供ができても育てられませんから。きちんと避妊しています」ということらしい。

十歳年上の旦那さんは、まだ下級から中級に上がれるかどうかというようなランクらしい。稼ぎが十分ではないようだ。

「彼が赤銅級になったら子供を作ろうと話していて、頑張ってくれているのですが、無理をして命を落とすようなことがなければ良いのですけど」などと語りつつも、僕に対しても脈がありそうな風情である。

たしかに長年、下級を抜け出せないような旦那よりは、冒険者デビューしてすぐに中級並みの稼ぎを得ている僕の方が客観的には有望株だろう。

彼女のこともそのうち犯したい。リストに追加である。

昼休みのあとで、タナカと心の中でこっそりと感想を言い合う。

(女性って、案外肉食系なところあるんだね)

(拙者も知らなかったでござるよ。今日は向こうも様子見という感じではあったけれど、ひょっとしたら体の相性を確かめ合う機会もあるかもしれないでござるな。簡単に股を開きそうに見えたでござる)

(うん、でもそれなりに慎重に行った方が良い気もする)

(カナタ氏の言う通りでござるなあ。拙者、せっかくこの世界でチート能力を手に入れたでござる。不謹慎かもしれないでござるが、一人の女子に縛られるのはごめんでござる。当面はいろいろな女子をとっかえひっかえして楽しみたいでござるよ)

最低の方針かもしれないが、正直なところ僕もタナカと同意見であった。

(後腐れなくヤれる機会があれば、ヤるでござるよ)


「おい、カナタ、今度はギルド長から呼ばれてるぞ」

女子職員たちとの昼食から戻ると、僕に呼び出しが掛かっていた。

「ギルド長ですか？　副ギルド長ではなく」

「そうだ。すぐに行け」

前回、副ギルド長には僕の方からアポイントを取っていた。だから、呼び出されるのは想定していたわけだが、今回のギルド長からの呼び出しは完全な不意打ちだ。

「失礼いたします」

僕は戦々恐々しながらもギルド長の執務室にノックをして入室する。しかし、意外なほど好意的な言葉で僕は迎えられた。副ギルド長にアポを取って交渉したときには、初対面でさんざん扱《こ》き下《お》ろされたのでギャップに驚かされる。

「待っていましたよ。よく来てくれました、カナタ・ヴィレッジストーンくん」

僕はフルネームで呼ばれる。

フルネームといっても、平民の僕にあるのはファーストネームだけで、ヴィレッジストーンは僕が生まれた村の名前だ。

貴族や旧貴族、神職や特別な役職を持つ家に生まれた者を除いて姓は持っていないので、名前のあとに出自の村名をつけてフルネームとするのが通例だ。

ギルド長は痩身長躯《ちょうく》の目つきの鋭い壮年の男だ。下っ端中の下っ端職員である僕からしてみれば、直接言葉を交わしたこともない雲上人だ。副ギルド長のような、血筋に由来する権力を恣《ほしいまま》にする凡俗ではなく、有能さによってその地位を獲得したやり手であると聞き及んでいる。

そして驚いたことにギルド長の執務室には、秘書や護衛の他に二人の人物がいた。

一人は恰幅《かっぷく》の良い中年男、僕が取引相手に選んだ副ギルド長だ。

もう一人はまだ比較的若い、僕よりも少し年上のようであるが、身なりから高い身分があると分かる男性だ。ひょっとしたらギルド長や副ギルド長より身分が上かもしれない。

ギルド長は執務机を離れ、副ギルド長と身分の高そうな男性と三人で応接机を囲んでいた。

僕はその傍らに姿勢を正して直立する。

「カナタくん。まずは紹介しましょう。こちらは、審議院から来ていただきました審議官のトマス・ウェルフェルディア騎士爵です」

貴族である。

「トマス殿は『虚実を天秤《てんびん》する眼』をお持ちだ」

B級固有スキル『虚実を天秤する眼』は、相手の嘘《うそ》を見抜くことができるというレアな固有スキルだ。

そもそも審議官というのは何らかの形で嘘を見破り、真実を見抜く類のスキルを持っていなければ就くことのできない公職だ。その中でも、A級固有スキル持ちなんていうのは余程のことでおそらく王都に一人いるかどうかという話になるので、『虚実を天秤する眼』は考えうる限りほとんど最上位の固有スキル持ちということになる。

ただ、『虚実を天秤する眼』も万能ではなく、欠点はある。まず相手の心を読んだりすることはできず、真偽を判定するだけで、嘘が嘘であると分かってもどのような部分が嘘であるかは判別がつかない。そして、真偽の判定はあくまで言葉を発した人間の主観であって、誤った思い込みの上での発言から誤情報を掴《つか》まされることもある。そういうわけで万能ではないが、強力なスキルである。

またさらに有名なA級固有スキル『真実の瞳』と違って、事前にこのスキルの発動を知らされている者にしか効果が及ばないという制限もある。

今、僕がスキルの説明を受けたのはまさにこの制限のためだろう。

そうでなければ曲がりなりにも貴族爵を持った人間を、僕ごときに紹介するはずがない。実際、説明されたものの、当の審議官様からは僕に対して挨拶の一つもない。仲良くしようなどという意図は皆無であると明らかだ。

ついでに言うなら、彼の持つ類のスキルは最上級に貴重だ。騎士爵という爵位以上に領や国からは大切にされているはずだし、立場は間違いなく高い。

「さて、単刀直入にいこうか。カナタくん、君にいくつか質問がある。正直に話して欲しい」

「分かりました」

そう答えるしかない。

「君は、今年の新年式で固有スキルを授かったね？」

「はい」

「君の授かった固有スキルは何だったのかね。教えて欲しい」

「……」

答えを言うべきかの判断が咄嗟《とっさ》にはつかなかった。

一般に、誰しも己の固有スキルを秘匿する権利があり、王族の命令を除いて平民貴族を問わずにその質問に答える義務がないとされている。

だが、ギルドに勤める立場として回答を拒むことにもマイナスがある。

「もちろん、君には回答を拒む権利はあるよ。だが、できたら答えて欲しいね。答えられないかね？」

「いえ、お答えできます」

僕は逡巡《しゅんじゅん》したが回答をする選択を採る。

固有スキルを秘匿する権利があるとはされているし、神殿も基本はみだりに口外することはない。だが、その決まりは厳密に守られているわけではなく、神父様だって権力者に圧力を掛けられたなら口を割るだろう。また、神父様以外にも新年式で居合わせた者なら、例えば同行した後輩のアンナなんかも僕の固有スキルを聞いていたはずだ。

「私の固有スキルは、Ｂ級スキル『献身』です」

ギルド長と副ギルド長が、瞬間審議官のトマスに視線をやる。

審議官は小さく頷《うなず》く。僕の言葉に嘘はないという証明だ。

実際、嘘ではない。

僕の固有スキルが『献身』、タナカのスキルが『欲望の匣』なのだ。

嘘ではないが、全てを語るつもりもない。それだけのことだ。

「ほう、『献身』か。それはある意味貴重なスキルではあるね。何者かが君が『献身』の固有スキルを持つと知ったのなら、取り込みたいと願ったとしても不思議ではないね」

「失礼、ギルド長。その、『献身』というのはそのように貴重なスキルなのですか？」

副ギルド長が言葉を挟む。

どうやら、副ギルド長は『献身』のスキルをご存知でないらしい。冒険者相手のギルドの職員としては、主だったスキルの名称と効果は頭に入れておいて当然であるのだが。一職員でしかない僕でも固有スキルを授かる前から知っていた知識を、仮にも副ギルド長の立場にある者が知らないというのは不勉強としか言えない。見れば、審議官の方も知識に無いらしく興味深げに耳を傾けている。

「ふむ、知らんのかね。カナタくん、説明してあげたまえよ」

「はい固有スキル『献身』は――」

僕は指示された通りに説明する。一般的な知識で、隠す意味もない。否やはない。

身内に対して裏切りを働いた後には、逆にその後長期間にわたって経験値効率が大きく低下してしまうマイナスも説明する。

「なるほど。それは確かに、身内に取り込みたいスキルではありますな」

審議官のトマスが頷くが、副ギルド長はキョトンとしている。

「つまりですな。このカナタくんを身内に取り込めば、積極的に献身的に振る舞ってくれるというわけですよ。まあ、所詮は得られる経験値の多寡にすぎませんから、絶対的な縛りにはなりえないでしょうがね」

察しの悪い副ギルド長に、先に理解した審議官のトマスが説明する。

「ははあ、なるほど。それでコヤツは、何者かに取り入ることができたのですな」

実のところ『献身』のマイナス効果はマイナス効果であって、マイナス効果でない。

身内を裏切ることによってマイナスの効果が発動するという点で、そのスキルの持ち主の信頼度を上げることができるのだ。身分の高い者の歓心を買い仕えたいと考えたときに、『献身』ほど有用なスキルはないだろう。

「トマス殿のおっしゃるとおりでしょうがね、それだけではないかもしれませんね。貴族であれば、『献身』の隠し効果についても知っていてもおかしくありません」

「隠し効果ですか？」

副ギルド長が尋ね返すが、その疑問を持ったのは僕もまた同じであった。

「ええ、十年くらい前の研究ですかね。『献身』には一般に知られているのとは別の、スキル所持者でも自然には理解されることのない、もう一つの追加効果があるのですよ。カナタくんは知っていましたかね」

「いえ」

僕は正直に答える。

『献身』はスキル所持者が他者のために献身的な行為をするとき経験値効率が向上するのと同様に、他者から献身的な行為を行われたときも経験値効率が向上するのですよ」

「それは、つまり私が誰かから献身的な行為を行われるとすると、その誰かが得る経験値も増加するということですか」

「正確な理解ですね」

「それでは、より親密であれば効果が高くなるというのも」

「同様でしょうねぇ」

なるほどと、腑《ふ》に落ちた。

『献身』の効果にしても、僕の経験値の取得効率は良すぎたと思ってはいたのだ。

つまりは僕が僕自身のために行った行動が、僕のタナカのために行った献身的な行為として、さらにはタナカが僕のために行った献身的な行為として『献身』の効果が相乗されたのだろう。

ただし、副ギルド長と審議官はまだピンときていないようで、ギルド長が説明をする。

「つまりはですね。カナタくんは経験値稼ぎを目的に冒険をする者にとっては、是が非でも取り込みたい人材ということなのですよ。冒険というものは、常に帯同する仲間のために行動するものです。仲間を助けることが、ひいては自分自身を助けることになるのですから。そのため、冒険者であればその行動のほとんどが互いに相手のための献身的な行為と判定され、取得できる経験値が倍増するということですね」

「な、なるほど。でしたら、貴族から依頼されたパワーレベリングにこのカナタを同行させれば……っ」

ギルド長の説明を聞いて、副ギルド長が提案するが、

「それは効果が薄いでしょうね。『献身』は赤の他人とでは効果が薄いのですよ。仲間、友人、家族、恋人、そういった身内に対して高い効果を発揮するスキルなのですから。軍人として取り立て、少人数の仲間と助け合うような部隊を作らせるのも一つの手ではありましょうが」

「ふむう。なるほど、それなりに有用な固有スキルのように思われますなあ」

「そうですね、A級固有スキルには及ばないものの、うまく利用すればB級固有スキルの中でも上位の有用性があると言って間違いないでしょう」

B級スキル『献身』の効果は一方向ではなく、互いに、献身的な行いをしても献身的な行いをされても効果を発揮する。

僕が驚くほどハイペースで経験値を稼ぐことができた理由が予想外のところで判明した。

「さて、それではカナタくんとともに行動をされている方が誰なのか、詳しく話を伺いたいところですが、ここは腹を割って話すために、こちらの事情も説明しておいた方が良いですね」

そうギルド長は切り出す。

「さて、カナタくんは今回、なぜこちらに呼び出しが掛かったと思っていますか？」

「……。副ギルド長にお譲りした美術品でしょうか」

「美術品？　ええ、たしかに美術品とも言えますがね。美術品というには、些か破廉恥な一品ではありますがね。まあ、正解です」

ギルド長の口調からすると、ギルド長もヘアヌード写真集を見たのだろう。

「カナタくんに倣いまして、美術品と呼びましょうか。あの美術品は、副ギルド長の手でこのトリアスタージュ領のご領主に渡りました」

ギルド長の視線が、副ギルド長に向く。

その視線に副ギルド長が慄《おのの》くように身を縮こませるが、この副ギルド長のことだから、ヘアヌード写真集を献上する代わりにギルド長の地位が欲しいとでも宣《のたま》っていたとしても不思議ではない。

「普通ならそれで話は終わりなのですが、あの美術品は尋常の品ではありませんからね。ご領主は一領主に過ぎないご自身の手元に置いておける品ではないと考えられ、王族に献上すべきではないかという考えをお持ちになりました。そしてまた美術品の来歴を確認するために私に連絡が来ました」

なるほど。

副ギルド長はギルド長に内緒で賄賂を贈ったつもりが、そこで露見したというわけか。

それにしても王族への献上品とは、すごい品だとは僕も思っていたけれども、そこまでいくと雲の上すぎて理解が及ばない。

（あんなおとなしめのヘアヌード写真集でこれだけ大騒ぎになるとは驚きでござる。実用本位の

（この世界では、貧民街に限らず窃盗も強盗も、それを斬り捨て御免も当たり前に溢れているで

り前の盗みを働くこともなかった」

「商人の手伝いをするなどして、貴方は糊口《ここう》をしのいだ。さらには貧しい中でも身だしなみには常に気をつけ、精力的に働き、周囲から信頼を少しずつ勝ち取っていきました。貧民街では当た

（当時は、拙者とカナタ氏と二人、必死だったでござるからなあ）

読み書きも初めこそ覚束《おぼつか》なかったものの、領都に来て一、二年もすれば不自由しなくなった」

の住人になります。ですが、あなたは違いました。辺境の農村の出でありながら、計算が出来た。

持ち崩した者が領都を訪《と》うというのは珍しい話ではありません。ですが、そのほとんどは貧民街

「辺境の農村から僅か六歳の子供が単身でというのは珍しい例でしょうが、近くの村落から身を

「はい」

ですね？」

し、道中の手伝いをすることと引き換えにこの領都まで馬車に乗せてもらい、移り住んだ。そう

「辺境の貧農、いや失礼、辺境の農村の出身でありながら、わずか六歳の時分に自ら行商と交渉

ギルド長は言う。

「実のところ、カナタくん、貴方についてはいろいろと調べさせていただきました」

のヘアヌード写真集は、少しもおとなしくない。

僕の脳内でタナカが呑気《のんき》な感想を言う。このあたりは、僕とタナカで認識のズレを感じる。あ

ガチエロの十八禁雑誌を披露して反応を見たいところでござるよ）

ござるからなあ。日本の感覚だと治安が悪すぎでござるよ……)

「誰に習うこともなく算術を使いこなし、信頼を積み重ねることの大切さを理解している。天才というものがあるとしたら、あなたのような者のことを言うのでしょうね」

大絶賛である。

実際は、前世の知識を持つタナカに教導してもらった上でのことだ。

僕がギルド長が言うような天才などではないことは、僕自身が知っている。今の僕があるのは、すべてタナカのおかげだ。タナカには本当に感謝している。

(照れるでござるよ)

「十四歳でギルドの職員としての仕事を選んだのは、戸籍を得るためですか?」

「はい」

「なるほど、賢明ですね」

実のところ、金銭面や労働条件だけで比べるなら、ギルドで働くよりもマシな勤め先もあった。だが、ギルド職員は正規の領民でなければ就くことのできない仕事だ。逆を言えばギルド職員になることができれば、正規の領民として認められる。

そして正規の領民として戸籍を得ることができれば、不当に財産を奪われることもなくなるし、新年式に出て固有スキルを授かるチャンスも与えられる。

もちろん、これもタナカの忠告に従っての選択である。

副ギルド長も審議官も興味深そうな、副ギルド長については少しばかり驚いたような顔で、ギルド長の説明を聞いている。どうやら、彼らも事前にこの調査の結果を聞いてはいなかったようだ。

「ギルド内での評判も良いようです。仕事は早く、正確。誰よりも早く出勤し、誰よりも遅くまで仕事をする」

僕が事務系の仕事が誰よりも早く正確なのは、実のところタナカの手伝いがあってのことなのだが。

「一部の貴族出身の職員などの身分主義者からは、不当に厳しく遇されていたようですがね」

一部の貴族出身の職員というところで、ギルド長の視線が副ギルド長に向く。

実際、副ギルド長に限らずギルドの職員には、身分重視の差別主義者は少なくない。貴族家の次男三男の家を継げない者たちがコネで働いているなんてのはありふれているし、彼らの全員がそうだというわけではないが、貴族家を出自に持つ者が平民や平民以下の出自を持つ僕のような者を蔑んで見ることは多い。

「出自に拘わらず優秀な者は優秀であると評価する仕組みは必要であると思うのですがね」

「お言葉ですが、ギルド長」

ギルド長の言葉に異論を唱えたのは、審議官のトマスだ。

「この者が優秀だとして、それはこの者が特別な例外だということに過ぎないでしょう。優秀な者は平民よりも、貴族を出自に持つ者の方が多い。これは純然たる事実です」

「ええ、トマス殿のおっしゃるとおりですね。それは、私も認めます。貴族家の生まれの者は、優秀になるべく適切な教育を受けることができます。かくいう私も今は家を離れていますが、もとは子爵家の妾出《しょうしゅつ》三男坊という生まれでしてね。妾腹でありながら、嫡男にも劣らない教育を受けさせていただいたおかげで今の私があると自認しております。逆に、生まれ育ちの卑しい者の多くが卑しく育つ、それが普通でしょう」

(初めて貴族側の事情をまともに聞くでござるが、貴族は貴族で何かとたいへんでござるなー。鼻くそほじほじでござる)

タナカが嘯《うそぶ》いたが、僕も同じ気持ちだ。

貴族側の都合なんて知ったこっちゃないし、僕以外の不遇をかこつ他の平民の都合も知ったこっちゃない。僕は僕たちの人生を生きるだけで精一杯なのだ。

「とはいえ、このような議論をここで交わしても詮無きことでございましょう」

そうギルド長は話を切る。僕はギルド長の話に関心が薄れてきていたところであったが、次のタイミングでギルド長は爆弾を落とす。

「実は先日、カナタくん、あなたが休暇を取って冒険に出た日、あなたに尾行を付けました」

「えっ」

「無論、貴方が誰とパーティを組んでいるかを確かめるためです」

僕は動揺を表に出さないように努めた。

(や、ヤバいでござるよ。拙者、ピッツァカルツォーネを出すのに『欲望の匣』を使ってしまったでござる。オークを倒すのに、火魔法を使ってしまったでござる)

（落ち着こう、タナカ。『欲望の匣』の発動自体は、僕たち以外の目には見えないんだよ。マジックバッグから出したと思ってもらえたかもしれない。火魔法だって、タナカの裏詠唱は切り札ではあるけど、別に悪いことをしているわけじゃないよ）

（そ、そうでござるなっ。なんとかうまく切り抜けるでござる。それに良く考えたら、普通、拙者たちに気づかれずに拙者たちについて北の森に入ることなんてできるはずがないでござる。尾行されていたのは冒険に出る前までのことかもしれないでござる）

僕は心の内でタナカと打ち合わせ、

「気付きませんでした」

僕はそうとだけ答える。

「気付かれるようでは困りますね。何しろ、隠密系スキルを持つミスリル級冒険者に依頼しましたので」

僕は目を瞠《みは》る。

ミスリル級の冒険者といえば、文句なしの上級冒険者だ。ミスリル級冒険者を一日雇うだけで、僕のギルド職員としての稼ぎの一年分がすっ飛んでいく。

それに現在、領都に宿を構えている隠密系の固有スキルを持つミスリル級冒険者には心当たりがある。

レベル不明。最低でもレベル１８０。

おそらく複数の効果を併せ持つのではないかと噂《うわさ》される、隠密系統の複合A級固有スキル『N

ＩＮＪＡ』を持つ。

その固有スキルを手にした者は過去その者しかいないために、具体的な効果までは知られていないが、その者の後の活躍から敏捷《びんしょう》を中心としたステータスの引き上げや、特殊技能の習得が効果に含まれるのではないかと言われている。

そして、その『ＮＩＮＪＡ』のスキルを持つのは……

「まさか、疾風迅雷のクズハですか？」

「正解だね。よく知っていましたね」

感心したようにギルド長が応じる。

クズハはミスリル級冒険者として登録されているが、その活動の範囲は明らかに冒険者としてのものに限られない。直接、貴族などの権力者に従って、諜報《ちょうほう》活動を行っているのだと噂されている。活動実績の少なさから、冒険者としてはミスリル級に留《とど》まっているが、その実力はオリハルコン級に匹敵すると目され、あるいは伝説級とも呼ばれるアダマンタイト級にさえ近しいのではないかと見なす者さえもいる。

そのクズハが何らかの理由で王都を離れてこの領都を訪れているというのは、ギルド職員全体に共有されるだけの大ニュースである。知らないはずがない。

その彼女であれば、僕に気取られることなく後をつけることも可能だろう。

「ここに彼女からの報告書があってね」

そう言ってギルド長が取り出したのは紙の束、というよりは長い紙をグルグル巻きにしたような不思議な種類であった。

（おおっ。巻物でござるよっ）

（巻物？）

（古来、忍者が使う書類のようなものでござるよ）

「うん、彼女はなんというか独特でね。報告書も必ずこのような形式なのだが、何故か文章も縦書きであるため、非常に読みにくいんだ」

僕ばかりでなく、副ギルド長や審議官のトマスからも不審の目を向けられていたことに気付いたようで、ギルド長が説明する。説明している側のギルド長にも戸惑いがある。

「しかも、妙に達筆すぎるというか癖字で、読解するのに苦慮する。筆という独特の筆記具を用いて書くのだとか。それならそれで口頭で報告してくれれば良いのだが、姿を見せるのは苦手だそうだ」

領都に宿を移したと聞いているものの、ギルドを訪れる姿を見ないのにも理由があったようだ。

「ともかくもだね。この報告書によると、カナタくん、あの日は、君は終始一人で冒険をしていたようだね」

「はい」

「つまりは、私達の目論見《もくろみ》は外されてしまったわけだ。君はいつも件《くだん》のパトロンといっしょに行動しているわけではないようだね」

「……」

ここは答えづらい。

下手に答えると、審議官のトマスに嘘の判定をされてしまう。

「まあ、いいだろう。だが、君が間違いなく誰かしらの強力なパトロンを得たであろうという傍証は得ることができた。まず、君は武器に何の魔法効果もないナタを使っているなど、一部の装備が貧弱である一方で、高レベルの火魔法を戦闘で使っていたと報告にある。魔法の効果それ自体は平凡な火魔法の火球に似ていたということだが、無詠唱でオークと切り結びながら使ったというではないか。火魔法の発展としてはなかなか独特の進化であるが、少なくとも火魔法のレベルは6以上ではないかね？　クズハはそれこそが君の固有スキルではないかと推測していたが、君の固有スキルは『献身』なのだから、それもあり得ない」

ギルド長は僕に推測を突きつける。

実のところ、ギルド長の考察は的はずれなのだが、彼はここまで喋《しゃべ》ってその考察が正しいことを確かめるように僕の顔色を観察してくる。僕は何も悟られないように表情を変えていないつもりだが、ギルド長はそこから何かを読み取ったのか読み取っていないのか、言葉を続けた。

「固有スキルではない以上、君の無詠唱での火魔法は一般魔法ということで決まりなのだ。普通、火魔法はレベルが上がると威力が向上する方向に進化することが多いとされているが、例外がないわけでもない。君の火魔法は威力の向上よりも、隠密性や詠唱の省略の方向で進化したということではないのかね？　ただし、君は先だって美術品を対価にそれなりの額を受け取ってはいるが、火魔法のレベリングを冒険者パーティにギルドで依頼した形跡もない。何者かからの援助があったことは疑いようもない」

（むむむ。ギルド長、頭良さそうなのになんか深く考えすぎて、推理が迷走しているでござるな。ここは、この誤解に付け込むでござるよ）

僕は内心でタナカの考えに頷く。

「確かにあの火球は固有スキルなどではありません。魔導オーブで取得したふつうの魔法スキルです」

「やはりそうか」

というか、火魔法レベル２の標準的な火球なのだけどね。

「ですが、具体的な火魔法のレベルや、どのような魔法かについては、伏せさせてもらえれば助かります。どうしてもと言われるのであれば、考慮いたしますが」

僕の言葉にギルド長は頷き、足を組み替える。

「当然だろうね。冒険者は軽々に手の内をさらすものではないのだからね。好奇心はあるが、私もそれを無為に公開しろとは言えないよ。君に教えて欲しいのは、君に件の美術品を提供し、火魔法のレベリングに力を貸した人物が誰なのかということだよ」

「……」

僕はどう答えるべきかを逡巡する。

脳内で忙《せわ》しなく方針をタナカと打ち合わせる。

「お答えすることは、可能です。ですが、僕がボロを出すまで疾風迅雷のクズハに探らせようとは思わなかったのですか？」

「君、ミスリル級冒険者を一日雇うのにどれだけ費用が掛かると思っているんだね。ちょうど君のギルド内での評価などの調査結果も上がってきていたからね。こちらが誠実に対応すれば、誠実を返してくれる人物だと思えた。直接問いただすのが手っ取り早いと判断したのだよ」

（こちらが誠実に対応しているのだから、誠実に返せと命令しているでござるな。審議官まで用意して逃げ道を塞いでおいて、誠実もないでござるが）

タナカが内心でギルド長を嘲弄する。

（向こうは準備万端のつもりでござろうが、こちらとしてはうまく逃げ切ってやるでござるよ）

「なるほど、ギルド長の誠実という言葉、よく理解しました。そうであれば、私も相応にお答えしましょう」

（相応にでござるな。でゅふふ）

その通り。相応にだ。

誠実には誠実を、非誠実には非誠実を。子供の時分にタナカが教えてくれたゲーム理論でも、それは正解と言って良いほどの常道だ。確かにギルド長のその言葉は正しかろう。

「タナカです」

「タナカ？」

ギルド長は予想外のことを聞いたというように呆《ほう》けた顔をする。タナカという名前の響きがあまりにも耳慣れないものであったからだろう。

「タナカ・サトシです。彼のおかげで、私はあの美術品を手に入れ、冒険者としてやっていくだけの実力を得ることができました」

これも当然嘘ではない。

ヘアヌード写真集はタナカの『欲望の匣』で手に入れたものだし、火魔法の魔導オーブもそのヘアヌード写真集を売り払ったお金で購入した。

「タナカ・サトシ……、聞いたことのない名ですね」

「奇妙な響きを持つ名ですね」

「北方のネーデリアス四方国の名前に少し響きが似ているかもしれません」

ギルド長ばかりでなく、他の二人も不思議そうだ。

「異国出身の方ですか？」

「はい。ニッポンという国で生まれたと聞いています」

「ニッポン、これも聞いたことがありませんね」

「例の美術品もその国のものなのでしょうか」

ニッポンという国の名にも、ギルド長たちも頭を捻《ひね》るが、聞いたこともなくて当然だ。それは、タナカが前世で生きた異世界の国の名前なのだから。

「あの、これ以上質問にお答えする前に、先に伝えておきたいことがあります」

「何ですかね？」

僕の方からそう切り出されるとは思っていなかったようだが、ギルド長は僕の発言を許す。

「ギルド長方が憂慮されてるのは、タナカがこの領地ないしは国に害をなす者ではないかということではございませんか？」

「まあ、そうですかね」

真偽はどうであれ違うとは答えられない問いかけだ。

「まずタナカはトリアスタージュ領ないしは国に仇《あだ》なす意図がある人物ではございません」

「ほう」

「どうしてそれが分かるのだ？」

「タナカのことをもっとも理解しているのは、私ですから」

「ふむ。もう既にそれだけの信頼関係を？　ひょっとして、君とそのタナカが知り合ったのは君が固有スキルを授かる前からなのかね？」

「ええ、まあ」

偶然なのだろうが、ひやりとする。鋭い質問だ。具体的にいつからの付き合いなのかと問われたら、誤魔化しようがない。

僕は余計なことを聞かれないうちにと内心の焦燥を表に出さないように気をつけながら、言葉を重ねる。

「また、タナカはもうニッポンに帰ることはできないと言っていました。彼の国からのスパイということもあり得ません」

「ふむ。そのニッポンという国はいったいどこにあるのかね、やはりトマス殿が言われるようにネーデリアス四方国の方面かね？」

「ヘイヘイホーという海に囲まれた島国だということです」

僕は以前、タナカから聞いた記憶を辿《たど》って答える。

「ヘイヘイホー？」

（違うでござるよ、太平洋でござる。……。いらぬツッコミをしてしまったでござるよ。拙者もツッコミ入れてしまう関西人の本能を抑えるべきでござったが、カナタ氏も天然すぎるでござるよ）

「間違えました、タイヘイヨウです」

「タイヘイヨー？」

「いずれにしても聞いたこともありませんな？」

「噂すら伝わらないほどの遠方なのでしょうか。それほど遠方であるのなら、何かしらの政治的意図がある可能性は薄いかもしれませんな」

ギルド長たち三人が顔を向け合い、確かめ合うがこれも誰も知らなくて当然だ。

（遠方というより、異世界でござるからなあ）

「タナカは表に出ることなく生きていくつもりでいます」

（拙者が表に出ることはできないでござるよ。感覚や意識は共有していても、表に出ているのは常にカナタ氏でござる。この肉体の持ち主はあくまでカナタ氏でござるが故）

「タナカは干渉を嫌っています。あまり干渉しすぎることがあれば、トリアスタージュ領から、あるいは王国から逃げ出してしまうでしょう」

逃げるときは、僕もいっしょなわけだけど。

「そのタナカという人物は、ニッポンという国の貴族だったのかね」

ギルド長の問いはもっともなものだ。僕もタナカの知識の深さ、品性、人徳から同じ疑いを持ったものだ。

「貴族であったとは聞いておりませんが、彼の国では『エリートニート』であったと。『エリートニート』が何であるかは、よくわかりませんが、僕なんかとは住む世界が違う方だったのは間違いないと思います」

「エリートニート？　きいたことがありませんな」

「どこか高貴な響きがある言葉ですね。貴族か王族か、あるいは神職的な立場であるという可能性も」

審議官のトマスは顎に手をあて深い洞察を述べるが、僕も同感だ。タナカのことだから、さぞかし立派な地位に就いていたに違いない。

（ツッコまない、今度こそツッコまないでござるよっ！）

「とにかくです。カナタくん、貴方の主張は理解しました」

ギルド長は話をそこでいったん区切り、トマス審議官に視線を向ける。

「この者のこれまでの答弁に、偽りはありません。保証いたします」

うまいこと嘘は口にせず話したつもりであったが、成功していたようだ。

「カナタくん、君はこう言いたいわけですね。そのタナカの存在はトリアスタージュ領にとっても利益になる。下手に追及せずに、不干渉を貫いた方が良いと」

ギルド長は僕の望んだ結論を口にしてくれる。

「そうしていただくのが良いかと存じます」

「ふむ……」

「しかし、そのような怪しげな輩《やから》、捕らえてしまった方が良いのでは」

副ギルド長が言うが、

「失礼ながら、タナカはギルドで捕らえられるような人物ではございません」

なにせ、タナカは僕の意識の中にしかいないのだから。

「仮に疾風迅雷に依頼しても不可能でしょう。ギルドとしても、穏健な関係を築いた方が利益になると愚慮いたします」

僕の断言に、驚愕《きょうがく》の表情を浮かべたのは審議官のトマスだ。

「ふむ、驚くべきことですが、この者、本当にそのタナカとやらが疾風迅雷でも捕らえることができないと信じているようですぞ」

そう保証してくれる。僕の言葉に偽りがないと分かったからこそ、驚いたのだ。そしてトマスの保証によって、驚きはギルド長と副ギルド長にも共有される。

「タナカとはそこまでの人物か」

「まさか、疾風迅雷でも不可能なんてことはありえないのでは」

狼狽《うろた》える彼らに、僕はさらに言い募る。

「僕は、タナカほど優れた人物に会ったことはございません。タナカは誰よりも優れ、誰よりも尊敬できる人物です」

これも本音だ。

（カナタ氏、言い過ぎでござるよ。てれてれ）

「以前にタナカより貰ったものですが、このようなものがございます」

僕が懐から取り出したのは、前々回の冒険で食事を出そうとして外して手に入れたボールペンだ。

それもただのボールペンではなく、赤青黒の三色ボールペンである。

（うむ。『孕《はら》ませ大体育大会～迸る青春の汗と精液とま○こ汁～』でスコアラーの全員が持っていたボールペンでござるな）

僕は三色ボールペンの性能を実演して見せる。

「おお、なんとインクを使わなくても字が書けるとは」

「いえインクを使わなくても良いというより、インクが内蔵されているのです。そのためこちらは消耗品となり、必然、先だっての美術品ほどの価値は付かないとは思います」

「いや、これは消耗品であることを差し引いても、すごいものだぞ」

「職人に渡して、模造品を作らせましょう」

「いや、見るからに精密な作りだ。下手な職人に渡しても、現物を破壊して終わりになるのではないですか」

「だが、どう価値を付ける？　難しいぞ。どんなに精緻な作りでも、実用的な消耗品に過ぎない」

喧々諤々《けんけんがくがく》の議論になるが、思った通り、ボールペンがもたらした衝撃は大きいようだ。

「定期的にというわけにもいかないでしょうし、タナカから許可を取ってのことになるでしょうが、タナカからアイテムの類を貰った場合はこれからもギルド長や副ギルド長にお譲りできることもあるでしょう」

高く評価してもらうのは望むところであるが、議論してもらっても埒《らち》が明かない。僕は話を引き戻した。

「……ふむ」

僕の言葉にギルド長は逡巡するところもあったようだが、結局のところは僕の望む言葉をくれた。

「良いでしょう。それでは、当面の間はですが、そのタナカという方には不干渉の方針といたしましょう。またカナタくん、君に無断で尾行させて探るような真似も避けましょう」

「ありがとうございます」

やった。乗り切った。

僕は内心の喜びを隠して礼を述べる。

「それで、このぼおるぺんも譲ってもらえると考えて良いのですよね？」

　ギルド長はボールペンを恭《うやうや》しく手に取りながら、尋ねる。

「はい」

「対価はどれほどお望みですか？」

　その質問で、ギルド長は僕を測ろうとしたのだろう。けれども、僕の方だってギルド長を測りたいのだ。

「希望はございません。ギルド長が良いと思われるお値段でお願いいたします。ですが、金銭の他にお願いがございます」

「言ってみなさい」

　これまでのやり取りで疑惑を躱《かわ》せただけでも、僕にとっては勝利といえるだろう。ここから先は、せっかくのチャンスなのだからとボーナス得点を狙いにいく。

（やるでござるなっ、カナタ氏っ。ピンチをチャンスに変えるその手腕、痺れるでござるぞっ）

　タナカは褒めてくれるが、すべては他ならぬタナカの手助けがあればこそだ。

「最近、想定した以上に冒険の方が捗《はかど》っており、今後そちらにより力を入れたいと考えております。先だって副ギルド長にお願いいたしまして、三日に一日の休みを頂けることになりましたが、三日に二日の休み出勤を一日として欲しいのです。また臨時で休みを取りたい場合も取りやすいように根回しをしていただけると助かります」

「ふむ。それも構いませんが、それくらいならいっそギルド職員の仕事は辞めて、冒険者業に専念しようとは思わないのですか？」

「この時点でギルドとの縁を切るのは下策だと考えております」

その問いかけを通してまだギルド長は僕を試したいのだろう。きっとギルド長はこの回答で満足してくれるだろうという確信を持って僕は答える。

「利口な判断ですね。よろしいでしょう。君の希望はすべて通しましょう」

「重ねてありがとうございます」

ギルドとしては僕を管理下に置きたいだろうし、僕としてもギルド職員としての立場は有用であるし、下手に離脱して警戒されるのは好ましくない。ギルドには僕のことをいざとなればどうとでも操ることのできる分を弁《わきま》えた一職員として侮っていてもらいたい。

「そして、ぼおるぺんの対価ですが、先だっての美術品と同じで一〇〇万マニといたしましょう」

「ありがたいですが、そんなによろしいのですか？　あの美術品と比べるとはっきりと劣る品ですが」

「良いのですよ。先だっての美術品の値付けが安すぎたのです」

ギルド長の対応からして、彼の試しには十分に応じられたようだ。いや、あるいはギルド長としては、副ギルド長とは懐の深さが違うところを見せたいということなのかもしれない。これからはギルド長と副ギルド長、うまくバランスを取ってやっていかないと、恨まれることになりかねない。

嘘を見抜くことのできる審議官を連れてこられたり、僕らの冒険に尾行が付けられていたと聞いたときは本当に危ないと思ったが、何とか乗り切れた。そして乗り切る以上の成果を得ることができた。ほんの少し何か違うところがあれば、秘密を暴かれていたかもしれない。冷や冷やものだ。

いずれ、僕とタナカがこの調子で力を付けていけば、ミスリル級を超えてオリハルコン級の最上位冒険者に並ぶ力を手に入れることができるかもしれない。

そのときはきっと神経をすり減らすような交渉なんて不要で、だいたい力ずくで物事を解決できるようになるんじゃないか。

そんな風に期待している。

6 ギルド受付職員、眼鏡を掛けて押し入りレ○プする

ギルド長らとの交渉の翌日は出勤し、その次の日は休みになった。

しかも、ギルド長との約束どおり二連休である。

連休なんて、このギルドで働くようになって初めてのことである。

(前世のブラック企業も真っ青でござるなあ。労働基準監督署が仕事をしていないでござるよ)

というより、これからは連休のあとに一日出勤というサイクルで、実に休みの方が多いというあり得ないスケジュールである。

(拙者は前世においては、日曜日がエブリデイだったでござる故、この程度では驚かないでござるがなっ！　また勝ってしまったでござるよ。拙者、敗北を知りたい所存、死刑囚並みに敗北を知らない男でござる……)

休み一日目は、いつも通りにソロで北の森に向かった。

結果は僕のレベルが上がっていることもあって、オーク十一匹を始めとして過去最大数の魔物を討伐できた。

そして僕のメインレベルは15に上がり、火魔法のスキルレベルも3にまで向上した。

実は、僕たちは予《あらかじ》めレベル15を達成したら、お祝いを兼ねて『欲望の匣《はこ》』でいつもより多

くの経験値を消費して高位のアイテムを手に入れようと打ち合わせてあった。今回消費する予定の経験値は２０００ポイントだ。

『欲望の匣』を使うのには、経験値だけではなく同ポイントのＭＰも消費する。ＭＰは経験値と違って時間経過で回復するし、いくらでも取り返しは利くのだが、僕の最大ＭＰは２０００ちょっとなので、現在のところ考えられるほぼ最大消費だ。

これにより僕のレベルは一時的に１４にまで下がってしまうが、その失った経験値も１日あれば余裕を持って取り戻せる。

うん。レベル一つ分以上の経験値をたった一日で稼げるとか、タナカの言葉を借りればチートというものだろう。

狙いはずばり、戦闘系のアイテムだ。

ＲＰＧエロゲーム『ランソ』のシリーズなどには強力な武器やアイテムが多数揃《そろ》っているとタナカは言っていた。冒険に役に立つようなアイテムなら、それを使ってさらに効率よく経験値を稼げるようになるわけだ。

もちろん、これまでのようなエロ系アイテムも欲しくないわけではないが、先に効率よく経験値を稼ぐアイテムを入手して、それによって稼いだ経験値でエロアイテムを手に入れた方が効率が良い。

これまで、一度も戦闘系アイテムは入手したことがない。

だが、それは単に投入する経験値が足りなかったせいではないかという仮説を僕とタナカは立てた。１ポイントや2ポイント、１０ポイント以下の経験値の消費では、食品や日用品が手に入りやすい。

検証件数が少ないため確実とは言えないが、２３４ポイントの『フラグポップロリポップミルクキャンディー』、１００ポイントの『催淫薬』とどちらもエロ系のアイテムだった。

では、さらに桁の上がった２０００ポイントなら、これまでにないタイプのアイテムが手に入るのではないかと、そう期待した。

僕らは下手に街に帰るより、森の中の方が人の目が無いだろうということで、北の森から帰る前に『欲望の匣』を発動させる。

そして、いつもの光る匣がゆっくりと蓋を開ける。

（どぅるるるるるるるでござるっ）

タナカがエフェクトのドラムロールに合わせて唱える。

そして匣の中から現れたのは、一本のメガネだ。

「え、ただのメガネ？」

僕は拍子抜けをした。

確かにメガネは貴重な品だ。ガラスを精密に加工しなければならないため、非常に高価で、庶民が購入できるものではない。購入できるとしたら、貴族か平民だとしても大商人などの金持ちだろう。

ただ、これまで手に入れてきたアイテムはいずれも高価とかそういう次元ではなく、常識の範

囲から逸脱したとんでもないアイテムばかりだったのだ。たった1ポイントの消費でさえ、見たこともないような絶品の料理が手に入った。それが２０００ポイントも消費して常識の範疇で手に入る品だというのは、正直がっかりである。

だが、

（うおおぉおぉおおおぉおおおおおおおおおおっっ！　きたっ！　きたーーーっ！　きたーっっ！　ｷﾀ━━━(ﾟ∀ﾟ)━━━!!　でござるーーーーっっっ！　キタキタキタキタキタキタ福がキタ！　ひゃほほほほーいって、ござるーーーーっっっっ！）

タナカが猛《たけ》っていた。

（え、何、このメガネ、こう見えて武器系のアイテムなの？）

（違うでござるよっ。エロ系アイテムでござるよっ。くぅっ、バージョン1でござるかっ。理想を言えばバージョン3か、バージョン4が理想でござったが、仕方がないでござるなぁっ。経験値をもう十倍くらい投入したら、バージョン4くらいでも手に入ったかもしれないでござる。そう考えれば惜しかったでござるなぁっ）

（落ち着いてよ、タナカ。十倍も経験値をつぎ込むにはレベル0にまでレベルを下げても足りないよ）

（そうでござったなぁ。実に惜しいでござる。また強くなって、十倍くらいの経験値でも軽く稼げるくらいになるでござるっ）

いつになくタナカはテンションが高い。

(カナタ氏《うじ》、笹食ってる場合では無いでござるよっ。早く街に戻って『安心安全眼鏡』を使うでござるよっ)

僕はタナカに急《せ》かされるようにして、町に戻った。

道々『安心安全眼鏡』についての説明を聞く。

(『安心安全眼鏡バージョン1』は『安心安全ほのぼのレ○プ―パコパコは計画的に―』の初期アイテムでござるよ)

そうタナカは説明する。

(そもそも『安心安全ほのぼのレ○プ―パコパコは計画的に―』は『合法レ○プ―無理やり犯しても、ち○ぽで堕として雌奴隷にちゃえば捕まらないよね―』『無理矢理レ○プ―嫌がるあの娘を犯したい―』に続く、モンキーソフトのレ○プ三部作の最終作にして集大成とも言える作品でござるよ)

タナカの説明は熱が入っていた。

(『安心安全ほのぼのレ○プ―パコパコは計画的に―』の主人公は悪の秘密結社をクビになったマッドサイエンティストでござるよ。主人公は正義の戦隊ヒーローを倒す怪人を作り出すように結社から命令されているのに、強さを追い求める怪人ではなく、エロ触手モンスターなどのエロ特化の怪人ばかりを作り出して、うっかり触手モンスターを暴走させて女幹部を犯させてしまうという失敗をした結果クビになってしまったでござる)

マッドサイエンティスト？

戦隊ヒーロー？

触手モンスター？

例によって難解な用語が連発するせいで、十分に理解できない。

理解できないが、アイテムを使用するのに必要な部分だけはきちんと聞いて理解したい。

（秘密結社をクビになった主人公は改心し、今度は世の中に混乱をもたらす怪人なんかではなく、世の中の役に立つ平和なアイテムを作ろうと考えたでござる。そして作られたのがこの『安心安全眼鏡バージョン1』でござるよ。主人公は考えたでござる。世の中にはレ〇プで女を犯したい男性が自分を含め数多くいる。だが、無闇に女性をレ〇プすれば警察に捕まってしまう。こんな世の中は間違っていると）

（ええっ。警官って警吏みたいなものだよね。無闇にレ〇プして捕まるのは当たり前じゃないの？）

（まあエロゲに出てくるマッドサイエンティストの発想でござるから、つっこみどころがあって当然でござるよ。そしてまた、主人公は考えたでござるよ。世の中には、被レ〇プ願望のある女性もいれば、現時点で被レ〇プ願望が無かったとしても無理矢理犯されることでそちらに目覚めてしまう女性だとか、あるいは心の底からレ〇プを嫌がっていてもいざレ〇プされても世間体を気にして世に訴えられない女性もいると。そうした女性をレ〇プしたい男性と、レ〇プしても大丈夫な女性をマッチングできれば、世の中はもっと良くなるのではないかと考えて作ったのがこの『安心安全眼鏡バージョン1』でござるよ）

（ええ、それで世の中良くなると考えるのがちょっと理解できないのだけど）

（深く考えてはいけないでござるよ。世の中を良くしたいと考えながら、結局主人公は自分でテスト使用するだけして、満足してしまうでござるし、他にもいろいろと破綻しているのでござる。さらに言えば『安心安全眼鏡』はバージョン５まで存在して、どんどん理不尽なまでに高機能になっていくでござるがなあ。くううっっ実に惜しいでござるっ）

ミッシェル・リバービレッジ（３２）★★☆☆☆

レ○プ不可（レ○プリスク特大）

娼婦　非処女・未婚　性交ユニーク人数９９２人　被膣《ちつ》出し回数１３１２回

身長１５８ｃｍ　体重５６ｋｇ

Ｂ９０　Ｗ６５　Ｈ９４

【現在の状況】　客待ち中

クラミジア感染症罹患・淋菌感染症罹患・カンジダ症罹患・子宮内膜炎他

▼【経歴】領都近郊のリバービレッジ村出身、十歳の新年式でＦ級固……

▼【性癖】性交を仕事として割り切っており、体力を使わずに男性を射……

▼【男性遍歴詳細】トーマス・ウェルチ（性交回数２５回）・アドリス……

▼【レ○プするためのヒント】レ○プ犯に対して割り切った思考をして……

『安心安全眼鏡』をかけて、道端で男を捕まえようとしている娼婦《しょうふ》を見たところ、視界の端に上記のように表示された。

▼の印のついているところは、詳しく知りたいと考えるとさらに詳しい情報を見ることができるようだ。

【経歴】のところを詳しく見たいと考えると、

【経歴】

領都近郊のリバービレッジ村出身、十歳の新年式でＦ級固有スキル『探索士』を得て、生家の蓄えを盗み、家を出て、それを元手に冒険者を志してトリアスタージュ領都に移り住む。冒険者ギルドで、先輩冒険者三名とパーティを組み冒険に出た野外で輪姦《りんかん》されるが、証拠もないため泣き寝入りする。その後、別の若い冒険者志願の女性二名とパーティを組み冒険に出るが、初の冒険でうち一名がゴブリンの不意打ちに遭って死亡、もう一名の仲間が怪我《けが》を負う。ミッシェル自身が怪我を負うことはなかったが、心が折れ、冒険者の道を諦め、街娼となる。一時期、常連に男爵家の郎党がおり、妻として迎えられることを願っていたこともあったが、現在は街娼として生きていくしかないと諦観している。またいくつかの性病に感染しており、体調が思わしくない。

なお、現在のステータスは以下の通りである。

ミッシェル・リバービレッジ
ヒューマン　３２歳
レベル　３（３２１／４００）
ＨＰ　１９８／３２０
ＭＰ　２７０／２７０
　物攻　１０　物防　１２
　魔攻　９　魔防　９
　俊敏　１５　移動　７
属性傾向
　火Ｅ　土Ｂ　水Ｂ　天Ｅ
スキル
　固有Ｆ『探索士』

うん。

なんというか、何から何まで筒抜けである。

有名なＡ級固有スキルに『鑑定』や、Ｂ級固有スキルに『人物鑑定』があるが、そのあたりを完全に超越している気がする。

（なにこれ、この眼鏡めちゃくちゃすごいじゃないか）

（まったくでござる。【経歴】欄からステータスまで覗《のぞ》けてしまうのは想定外でござった。『安心安全ほのぼのレ〇プ――パコパコは計画的に――』の世界にはステータスなどという概念はなかったでござるが）

しかし、道を歩いている男性を見ても、

男性

とだけしか、表示されない。

女性に向けて使ったときは、これでもかってくらいに個人情報を垂れ流してくれたのだが、男相手にはこれだけであった。

（あくまでも、エロゲのアイテムでござるからなあ。このあたりは仕様でござるよ）

また、できたら若い女性でと思って、宿の呼び込みをしている若い女性を見てみたが、

クリティアン・トリアスタージュ（１５）

〈１８歳未満につき閲覧不可〉

（え。どゆこと？）

（日本では十八歳未満は未成年で、えっちの対象にしてはいけないのでござるよ。十八歳未満に

手を出すのは犯罪でござるよ）

（ええっ）

僕は驚く。

普通女性は遅くても十五歳くらいには初潮を迎えて、子供を産める体になるはずだ。初潮を迎えても、あまり幼い体なのに子供を孕《はら》ませると母体に危険が及ぶというのは理解できなくもないが、十八歳というのはいくらなんでも厳しい。なんというか、適齢期を簡単に逃してしまうことになるんじゃないだろうか。

（だから、エロゲの世界では対象となるのは全員十八歳以上という設定でござる。仮に、作画がどう見ても幼女です、ありがとうございました的なキャラデザでも十八歳以上なのでござるよ）

タナカの説明が少しばかり高度になり、理解が難しくなる。

（しかしでござる。この世界にはエロフ、もといエルフなどの合法ロリも存在するでござる故、いろいろと捗《はかど》るのではないかと期待できるでござるな。でゅふふ）

僕はタナカの説明を聞きながらも、通りかかる女性を片っ端からチェックしていく。

しかし、どの女性も「レ〇プ不可（レ〇プリスク特大）」か「レ〇プ不可（レ〇プリスク大）」のどちらかで、たまに「レ〇プ不可（レ〇プリスク中）」の女性がいるくらいだ。

（うーん。けど、なかなか見つからないね。それに、もう少しで日が暮れそうだから、出歩いている女性も少ないし）

（なら、マップモードを使うでござるよ）

（マップモード？）

僕はオウム返しにタナカに問うが、タナカからの返答より前に『安心安全眼鏡』のレンズに周辺の地図が表示される。建物内部の間取りまで含めてばっちり。

「うぇっ」

そして、マップ上に表示されるいくつもの光点。

マップ中央の光点は白色。その他の光点のほとんどは赤色だが、たまにオレンジ色、黄色、緑色、青色の光点も散見された。

（想像つくと思うでござるが、中心部の白い光点が拙者たちの立ち位置でござるよ。他の光点が女性でござるな。赤色の光点がレ〇プ不可で、波長域が青色に近い光点ほどレ〇プリスクが低いでござるよ）

（なるほど。ちょっと、これ、すごすぎない？）

（すごいでござるよ。『安心安全眼鏡』は作中でも、『レ〇パー必携、レ〇プ新時代を切り開く超便利グッズ』という触れ込みだったでござるよ）

（うん、超便利というかなんというかね）

（とりあえず、近くの青い光点をチェックするでござるよ）

（うん、了解）

路地をほんの一つ先くらいの家屋の中にある少しだけ緑がかった青い光点に意識を向けると、顔写真とプロフィールがポップアップする。

マチルダ・トリアスタージュ（４８）☆☆☆☆☆
レ〇プ可（レ〇プリスク極小）
主婦　非処女・既婚・出産１回　性交ユニーク人数５人　被膣出し回数１５２回
身長１７７ｃｍ　体重９０ｋｇ
Ｂ１０３　Ｗ１０５　Ｈ１１１
【現在の状況】夕食の後片付け中
▼【経歴】領都トリアスタージュ出身、五歳の新年式でＦ級固有スキル……
▼【性癖】性欲が強いが、夫のケヴィンとの性交渉も長らくないため、……
▼【男性遍歴詳細】ケヴィン・トリアスタージュ（性交回数８９回）・……
▼【レ〇プするためのヒント】被レ〇プ願望が強いため、周囲に他者が……

（直接、視認しなくても見れるんだね……）

（そうでないと、不便でござるからなっ）

（それで、この女性はレ〇プできるっていうことでいいのかな？）

（待つでござるよ。そこは結論が早すぎるでござる。現在、夕食の後片付け中とあるでござるから、家の中に夫や家族がいる可能性が高いでござるよ。『安心安全眼鏡』で判定できるレ〇プの危険度は、女性本人に関連するところのみで、周囲の状況などまでは及ばないでござる。この女

性は諦めた方が良いでござる）

（分かった。というか、僕もわざわざ選ぼうと思わないよ）

失礼であるが、年齢もだいぶ上であるし、かなり太っている。

顔写真もとてもではないが、美人とは程遠い。あくまでも僕個人の見解としてはだけどね。

（ほとんどホンワカパッパの青色のたぬき型ロボット並みの体型でござるからなぁ……）

たぬきがたろぼっとというのは、きっとオークか何かの仲間だろう。

（それでは検索機能を使うでござるよ）

僕も今度はオウム返しに問い返したりはしない。この『安心安全眼鏡』は頭の中で考えさえすれば、それでもう使えるのだ。

案の定、『安心安全眼鏡』の表示はすぐに切り替わる。

（うみゅ。ちゃんと検索ウィンドウが表示されたでござるな。では、検索条件を入力するでござるよ。まずは、検索範囲でござるが、バージョン1は半径百キロメートル以内が上限でござるな。バージョン2なら、半径百天文単位でござる故、事実上の制限はないでござるが。ちなみに、バージョン3では百光年になるでござる）

少し分からない用語があったが、要は半径百キロメートル以内にいる女性について検索できるらしい。

（検索範囲はもっと小さくもできるでござるが、領都自体、半径十キロメートル程度しかないでござる故、デフォルトのままで良いでござるよ。それから、次にレ〇プ難易度は極小から皆無の範囲にするでござるよ。これがゲームなら敢《あ》えて難易度の高いのに挑戦するというのも醍醐味《だいごみ》でござろうが、ここは固くいくでござる）

（うん、わかった）

ここはもうタナカの指示に素直に従う。

（それから、美人度数を★四つ以上にはしておきたいでござるな。★五つが上限でござるが、★五つの女性はかなりレアでござるからな）

（うん。ねえ、タナカ。この美人度数って、どういう基準なんだろう？　どういう女性が美人かなんていうのは、個人的な趣味嗜好《しこう》で意見が分かれるのだと思うのだけど）

（みゅ？　そう言われてみれば、どうでござろうか。少なくとも原作中ではそのあたり、言及されていなかったでござるな。『安心安全眼鏡』の製作者であるマッドサイエンティストの嗜好を基準としているのか、着用者の嗜好を基準とするのか、世間の平均的評価を基準としているという可能性もあるでござろう）

タナカも答えは持っていないようだ。次の項目に進む。

（あとは、基本は好みになるでござるよ。あまり厳しい条件を付けても、ヒットしない可能性があるでござるが、ダメなら何回でもやり直せるでござる。好きな条件を入力するでござる）

（ええと、それじゃあ）

バスト九十センチ以上

ウエスト六十センチ以下

ヒップ九十センチ以上
（さすが、カナタ氏でござる。なかなかエグい検索条件でござるな、こんなスケベ体型のおにゃのこがいたらもう犯すしかないでござるよ）

そして、条件「性交経験：処女」を選択する。

（うーみゅ。やっぱり初物が良いでござるな。げへへでござるよ）

えーと、それから。

「乳首：大」

「乳輪：大」

「陰毛：薄め or 無毛」

「性格1：おとなしい」

「性格2：献身的」

「性格3：淫乱」

（それくらいにして、検索ボタンをクリックするでござる。さすがに、条件に合う女性がいなくなるでござる）

【検索条件と一致するアナは見つかりません。】

と、表示される。

（少し条件をゆるくするでござるよ）

（うん分かった。「性交経験：処女」を「性交経験：五人以下」にして。「陰毛：薄め or 無毛」を

外すよ）
【検索結果　２件】
（やったでござるっ）

【１／２：距離２・３ｋｍ】

ナナ・ウィル・アイスバーグ（１８）★★★★★
レ○プ可（レ○プリスク皆無）
愛妾　非処女・未婚　性交ユニーク人数１人　被膣出し回数１７１回
身長１５６ｃｍ　体重５８ｋｇ
Ｂ１０１　Ｗ５６　Ｈ１０２
【現在の状況】読書中
▼【経歴】トリアスタージュ領主に仕えるメイドの娘として生まれ、八……
▼【性癖】主人であり幼馴染《おさななじみ》でもある領主のレオン・フォーネ・トリア……
▼【男性遍歴詳細】レオン・フォーネ・トリアスタージュ（性交回数１……
▼【レ○プするためのヒント】臆病な性格で恫喝《どうかつ》された場合、能動的な……

【２／２：距離９・１ｋｍ】

ダヴィナ・トリアスタージュ（２５）★★★★☆
レ〇プ可（レ〇プリスク極小）
洋服店店員　非処女・未婚　性交ユニーク人数２人　被膣出し回数０回
身長１７９ｃｍ　体重６０ｋｇ
Ｂ９１　Ｗ５８　Ｈ９０
【現在の状況】編み物中
▼【経歴】トリアスタージュ領都でも老舗の洋服店の娘で、幼少期より……
▼【性癖】Ｓ属性とＭ属性がともに強い。男を蔑み甚《いた》振《ぶ》りたいという欲……
▼【男性遍歴詳細】ガオルン・トリアスタージュ（性交回数３回）・マ……
▼【レ〇プするためのヒント】自分の美しい容姿を大切にしているため……

（おおおっ。すごいでござるっ、このナナちゃんて娘めっちゃ可愛《かわい》いでござる。やばいでござるよ）

「う、うん。この娘に決めるよっ」

表示された顔写真は、タナカの言う通り、いやそれ以上であった。

まるで天使か妖精のような、儚《はかな》げで美しい容姿をした少女だ。

そして儚げな美少女を簡単に犯せるというのだ。そして、そのなんとも破廉恥すぎる体つきはまさにもう男に犯されるために存在しているといっても過言ではないだろう。

「待つでござる。周囲に他の人間がいないかどうかなど、できるだけ確認するでござるよ。【経歴】や【性癖】に有用な情報がないか目を通すでござる」

「うんっ」

【経歴】

トリアスタージュ領主に仕えるメイドの娘として生まれ、八歳年上の現領主レオン・フォーネ・トリアスタージュに仕えるべく、幼少期より厳しく育てられたが、ナナが幼くも愛らしい子供であったことから、レオンや領主家の者たちから家族のように可愛がられて育つ。固有スキルは五歳の新年式にC級固有スキル『器用』を授かる。ナナにとっては厳しくも優しい母親であったリスネイは、ナナが十歳のときに、領主一家の命を狙う賊から主人たちの命を守ろうとして死亡する。また同時に、前領主も命を落とし、レオンが十八歳の若さで領主に就任する。ナナは懸命に仕えながらも、主人であるレオンに慕情を抱き、年々美しく成長するナナと相思相愛になり、ナナが十三歳、レオンが二十一歳のときに結ばれる。ただし身分の差があるため、正妻になることは難しく、愛妾《あいしょう》として別邸を与えられ囲われることになる。継承問題を引き起こさないため、ナナとレオンが結ばれた二年後に迎えたレオンの正妻が嫡子を産むまでは避妊魔法を使っていたが、ナナが十五歳のときに正妻が嫡子を出産、ナナにも庶子を孕むことを許された。ただし、未《いま》だ妊娠は叶《かな》っていない。正妻の方は長男に続き、次男を出産したことで、ナナは自分からレオンの愛情が離れてしまうのではないかと恐れ、早く自分も子を授かりたいと願っている。しかし、領主として多忙なレオンは、ナナのことを心から愛しているものの、頻繁に愛妾であるナナのもとを訪れることは難しく、週に一度程度の逢瀬《おうせ》に留《とど》まっている。領主家においてはもともとナナはメイドとして勤勉であったが、正式に愛妾となり、通いとはいえ身の回りの世話をする女中なども手配された。また危険だからという理由で与えられた屋敷から不要な外出をすることを禁じられている。その結果、暇を持て余すようになり、そのことが将来への不安を助長させている。

また、レオンが訪れるときは、自ら厨房《ちゅうぼう》に入り、愛情を込めた手料理を振る舞うのが一番の楽しみになっている。ナナはレオンを愛《いと》しく思っているが、セックスについては満足できず、欲求不満を募らせている。

なお、現在のステータスは以下の通りである。

ナナ・ウィル・アイスバーグ
混血種（ヒューマン29／32・エルフ種1／16・淫魔種1／32）　18歳
レベル　5（21／600）
HP　322／322
MP　871／871
物攻　5　物防　3
魔攻　31　魔防　13
俊敏　9　移動　4

属性傾向
火E　土F　水A　天B
スキル
固有C『器用』

【性癖】
主人であり幼馴染でもある領主のレオン・フォーネ・トリアスタージュを愛しているが、レオン以外の見知らぬ他人に犯されたい、陵辱されたいという寝取られ願望、被レ〇プ願望を強く持っている。レオンはナナを大切に扱ってくれて、そのことにナナは感謝をしているが、ナナ自身はM属性が強く、もっと乱暴に犯してほしいと願っている。しかし、その願望を直接レオンに告げることでレオンに軽蔑され愛情が失われてしまうのではないかと恐れてもいる。またレオンの逸物《いちもつ》のサイズが足りていないことにも欲求不満を感じている。ナナ自身は自分の歪《ゆが》んだ願望を自覚しているが、自分から間男を引き込むような度胸もなく、レオン以外の男に心惹《ひ》かれることもなかった。ただ、与えられた屋敷にいつ暴漢が押し入って自分を犯しても良いように、夜は敢えて戸締まりを行っていない。しかし、屋敷が与えられた地域は治安がよく、暴漢などが押し入ってくる可能性など無きに等しいとナナは考えている。

【男性遍歴詳細】

レオン・フォーネ・トリアスタージュ（性交回数１９２回）

【レ○プするためのヒント】

臆病な性格で恫喝された場合、能動的な行動が取れなくなってしまうだろう。また、被レ○プ願望があり、夜間は屋敷の戸締まりをしていない。夜間は通いの女中も帰宅しているため、邪魔が入る可能性も低いだろう。侵入するのは、裏口からが見つかりにくい。また自身の保身のために、レ○プされたとしてもそれを公にすることはないだろう。

（なんというか、いろいろと予想外でびっくりでござる。これはなかなかすごい人物でござるな。領主様の愛妾でござるか）

『安心安全眼鏡』のもたらした、ナナという女性の情報にタナカも驚きを表現する。

（あのさ、僕たちがこのまま成り上がっていったら、領主様にお目見えすることもあるかもしれないよね）

（その可能性は高いでござるな）

（そっか）

冒険者ギルドの副ギルド長は容姿、能力、性格、どこを取ってもたいしたことのない人物であるというのに生まれ育ちの良さのおかげで権力のある地位を得ていた。その権力のおかげで横暴も許されていたし、秘書さんのような女性を好きにすることもできている。

僕にとっては雲の上すぎてそれより上を想像することもできていなかったのだけれども、権力ということでは、領主は副ギルド長やギルド長よりもずっと上をゆく。もっと言えば領主の上には王や王族がいる。上には上がいるのだ。

(暴漢が押し入っても良いように、戸締まりをしないってのは不用心だよね)

暴漢になろうとしている僕が言うセリフでもないのだけれども。

(そうでござるな。暴漢に犯されるならまだしも、命が取られる危険だってあるでござる)

(だよね)

(しかし、拙者が金目当ての強盗だったとしても、こんな牡《おす》を誘ってるとしか思えない体をした女を見つけたら、襲っちゃうと思うでござる)

(僕も)

僕たちは初めから体目当てだ。

(実際は治安の良い地域ということでござるし、このナナという女子はそういう益体のない夢想をすることで、鬱屈した感情を発散させているということなのかもしれないでござる)

(なるほど)

タナカはもっともらしい分析をする。

(避妊してないのに子供ができていないというのは、混血種だからでござろうなあ)

(ああ、混血種は子供ができにくいんだよね)

タナカの世界にはいわゆるヒューマン以外にヒトは存在していなかったそうだが、この世界には様々なヒトが存在している。混血種は同じ種同士よりも生まれにくく、さらに混血種はより血を残しにくい。そのような仕組みがあることで、この世界のヒトは種の多様性を保っている。

(そうでござる。故に、ハーフエルフは存在し得るでござるが、ハーフエルフのような混血種は稀少《きしょう》でござるよ。このおなごのように、三つ以上の混血というとかなりレアでござろう)

特に三十二分の一だけ含まれる淫魔の血。彼女の【経歴】や【性癖】を見ると、彼女は美しいだけでなく相当に淫乱な性質を持ち合わせているのが分かる。その淫乱さは、この僅かに混じった血に由来するのかもしれない。

美しく、そして淫乱な彼女を犯すことを考えると、僕自身の中に滾《たぎ》るような情欲が鎌首を擡《もた》げるのが分かる。しかし、同時に恐れもする。レ〇プというのは、どう考えても、どう言い訳しても犯罪だ。

(でも、本当にいいのかな。レ〇プなんて。このナナって娘は、領主様の事をちゃんと愛しているんだよね。セックスに満足してなくて、被レ〇プ願望があるってことだけど、ちゃんと愛情があるからそういう欲求は抑えて暮らしてるんだよね)

僕は心の中で不安を漏らす。

(そうでござるな。ひょとして、カナタ氏、怖気《おじけ》づいてしまったでござるか?)

僕の言葉にタナカが答える。

(……)

図星だ。タナカには僕の気持ちはお見通しなのだ。

（分からないではないでござるよ。拙者たちが、彼女をレ○プしてしまったら、それで彼女の人生は変わってしまうかもしれないでござるよ。けど、レ○プしなかったとしてそれで彼女は幸せといえるでござろうか。領主とのセックスに満足していないのでござろう？　拙者たちが彼女に女の歓《よろこ》びを教えてあげられるでござるよ）

（そうかもしれないいんだけど）

『安心安全眼鏡』の情報で分かる。

彼女は淫乱だ。自ら隙を作って強姦《ごうかん》されることを夢見るような女性だ。

だが、同時に領主レオンを愛してもいる。実際に強姦されたとき、彼女は不幸になってしまうのかもしれない。あるいは、ならないのかもしれない。

（けれどでござる。拙者思うのでござるよ、彼女がどうすれば幸せになれるかなんて、考えるだけ無駄ではござろうと。何をもって幸せかなんて、人によって違うでござる故。拙者たちに分かるのは、彼女が簡単にレ○プできる女性だということだけでござるよ。もちろん『安心安全眼鏡』は、周囲の状況までは判別することはできない故、最中に領主がやってきて見つかってしまうというようなリスクも１００％ないとは言い切れないでござる。可能性は低いと思うでござるが）

（うん）

（肝心なのは、カナタ氏がどうしたいかでござるよ。拙者は、あくまでカナタ氏の体に居候させてもらっているにすぎない、おまけでござる。カナタ氏が止《や》めたいというのなら、それに従うでござる。その上で訊《き》くでござるよ。カナタ氏は、レ○プしたくないでござるか？　恋人がいて、その恋人を愛しているのに、他の男に犯されたいと願っているようなスケベな娘を犯して、寝取ってやりたいとは思わないでござるか？）

大切なのは、相手のことよりもまず自分だ。

そうタナカは言っている。

（……。うん、ごめん、タナカ。僕、やっぱりレ◯プしたいよ）

（ぶひひ。拙者も、よくないことをしてるとは思うでござるよ。でも、領主も悪いでござるよ。こんなスケベで美しい牝《めす》を、欲求不満にして放置しているのだから。けれども、悪行を避けたい、他人を不幸にしたくないというカナタ氏の思いは間違いなく尊いでござるよ。己の利益を優先するにしても、過度の邪悪に陥らないようにどこか線を引いておくべきでござろうよ。聖人君子になろうとするのも危ういでござるが、自分の欲望のために形振《なりふ》りを構わないのはもっと危ないでござるよ）

（うん、そうだね）

ひょっとしたら、僕もタナカも、人として最低なことをしようとしているのかもしれない。けど、僕は覚悟を決めた。タナカと一緒に成り上がろう。そして、多くの女性を犯したい。ひどく身勝手でわがままな望みなのだけれども、それが僕の選んだ道なのだ。

僕は改めて『安心安全眼鏡』の表示を見る。

顔写真を見ただけでも分かる。この牝は、牡に犯されるために生まれてきたんだと。

僕は迷いを断ち切って、獲物の待つ屋敷へと向かう歩みを速めた。

ナナに与えられた屋敷は、貴族街と裕福な市民向けの住宅街のちょうど境界あたりに建てられていた。

僕たちは『安心安全眼鏡』のマップに従って、しがないギルド職員に過ぎない僕には縁のないこの高級住宅街にやってきた。僕が普段、生活するギルドや宿の付近と比べると、通り一つを取っても広くて清潔で、建っている住宅も小綺麗《こぎれい》で立派なものばかりだ。

日もくれかけていて人通りもなく、侵入は容易だ。『安心安全眼鏡』の情報の通り、裏口に鍵は掛かっていない。

建物内の間取りも『安心安全眼鏡』のマップ機能で分かっている。僕はナナのいる部屋に迷わずに進んでいく。

愛人である領主レオン以外のちんぽを知らない、スケベでありながらこれまでレオン以外のちんぽを受け入れなかった、そしてレオンのちんぽに満足できず欲求不満を募らせ、被レ〇プ願望を募らせた牝がそこに待っていた。

ナナは『安心安全眼鏡』の情報どおり、椅子に座って本を読んでいた。

僕は物音を立てずに、ナナの後ろに忍び寄る。

背後に立ってもまだバレていない。

ドキドキする。

自分の心臓の音で、ナナにバレてしまうのではないか。そう思ってしまう。いや、もうここまで来たら、仮にバレてしまっても、襲いかかってしまえば良い。

それにしてもなんてスケベな体だ。

数字の上ではもう見えていたが、実物を見ると圧巻としかいえない。柔らかく大きなおっぱいは背後から見ても横にはみ出して見える。大きすぎる臀部《でんぶ》。そしてそれに比して驚くほどに細い腰。牡を悦《よろこ》ばせることだけに存在しているようなその肉体が、薄い部屋着に包まれている。

(おおっ、カナタ氏っ。見るでござるよっ。読書といっても、官能小説でござるよっ。ぶひょひょっ、この娘っ、このあとオナるつもりに違いないでござるよっ)

僕はタナカの言葉を聞きながら、椅子に座ったナナに抱きついた。

「ひゃぁっ」

「声を出すな。痛い目をみたくないだろうっ」

僕は精一杯にドスを利かせるつもりで声を出したが、少しだけ上ずってしまう。

だが、それで十分だったようで、ナナの体は硬直し、手から官能小説本が床に落ちる。

「ひっ」

顔は見えないが、声は怯《おび》えに震えている。とてもではないが、内心でレ〇プを望んでいるようには聞こえない。きっと顔も恐怖で震えているはずだ。

僕の脅しが効いたのか、ナナは振り向くこともせず震えてされるがままになる。

「良い娘だ。おとなしくしていれば、気持ち良い思いをするだけで済むんだからな」

僕は椅子の後ろからナナの乳を揉《も》みしだく。

信じられないほどに大きく、信じられないほどに柔らかい。

大きさは西瓜《すいか》よりも二回りも大きいし、柔らかさは核を喪《うしな》ったスライムのように蕩《とろ》けている。

こんなスケベな体の持ち主が存在していたということが、信じられない。

『安心安全眼鏡』によると、ナナは犯され願望を持っている。陵辱されたい、寝取られたい、レ○プされたい、そう思っているはずだ。さらには被虐的な性質が強く、乱暴に犯されたいと思っているはずだ。だが、この震えはどうだ。ガクガクと震え、見るからに怯えきっている。その怯えは偽物には思えない。

おそらくこの怯えと犯され願望は矛盾しないのだ。押し入ってきた僕に強く恐怖しながらも、同時に犯されることを望んでいる。『安心安全眼鏡』を信じるなら、そういうことになる。

しかし、本当に『安心安全眼鏡』の情報は正しいのか。正しかったとして、それで目の前の怯える女性を犯すのが正しいことなのか。迷いがないわけではない。罪悪感もある。でも、もうここまで来たら、止まることはできない。突っ走るだけだ。

「あんた、犯して欲しいんだろ？」

僕は後ろからナナの耳元に囁《ささや》きかける。

「……っ」

ビクン、と驚いたようにナナの体が震える。だが、ナナは答えない。いったいナナは何を考えているのだろう。どんな表情をしているのだろう。

「答えろよっ」

「お、」

「お？」

「犯されたいだなんて……っ」

強い否定が返ってくる。

それは本気でそう思っているのか、あるいは誤魔化そうとしているのか。少なくとも声からは嘘《うそ》のようには思えない。審議官のトマスだったら、この否定の叫びをどう判断しただろう。

「思ってるだろっ」

「いやぁっ」

「じゃあ、証拠見せてみろよ」

僕はナナの正面に回り込んだ。

初めてナナのかんばせを見る。

美しい。繊細で少しでも触れたら壊れてしまいそうな、そんな美しさだ。涙が流れていて、それがまた憐《あわ》れさを誘う。そして憐れさと同時に妖艶でもある。フラジャイルな外見は、偽餌《えさ》であって迂闊《うかつ》に触れたら逆に取り込まれてしまうような妖しさだ。

（うひょーでござる。正面から見ると、また壮観でござるなっ。おっぱいおっきすぎて、だいぶタレ気味でござるが、それがまたソソるでござるよっ。部屋着が薄すぎて、乳首も透けているでござるっ。エロエロでござるっ、エロエロでござるよっっ）

タナカもまた大興奮だった。

そして僕は紐《ひも》を緩め、ズボンを脱ぎ捨てる。

ズルんッッ
自慢の逸物だ。まだ実践使用経験は少ないけれど、それに秘書さんには、我慢が利かないとか、早いとか散々に言われたけれども、大きさと精力には自信がある。

ナナは唇を震わせながら、凝視してくる。何を考えているのか、僕のちんぽに視線は釘付《くぎづ》けだ。

その凝視されるちんぽは半勃《はんだ》ち状態だ。まだ何もしてないのに勃起してしまっていては恥ずかしいと中途半端な見栄《みえ》を張って、必死になって勃起を堪《こら》えた結果だ。

それでも、少し不安に思う。変に思われてはいないだろうか。ナナを囲う領主のモノでは満足できていないという話なのだから、きっと僕の方が大きいはずだ。これから無理やりレ○プしようというのにこんなことを考えるのは馬鹿げているが、不安になってしまう。三擦《みこす》り半で放出してしまったらどうしよう、レ○プ犯としても残念すぎる。早漏だと思われないだろうか、そんな情けない不安にかられてしまうのだ。

「舐《な》めろよ」

僕は内心の不安などおくびにも出さずに、出さないように成功しているよな？　出さないように努めて、股間を見せつけるように仁王立ちして居丈高に命じる。

「……」

ナナはすぐには応じない。

「痛い目に遭いたくないんだろう。跪《ひざまず》いて、オレのちんぽを舐めろよ」

そう強く命じられて、ナナは僕の足元に膝をついた。
そこで僕はふと思い至る。僕は今日一日、北の森ダンジョンでレベリングして汗とホコリまみれだ。ちんぽなんてズボンの下でずっと蒸れていた。臭うはずだ。どうしよう。
(むしろっちんぽの臭いを嗅がせるでござるよっ、カナタ氏っ！『安心安全眼鏡』によれば、このおなごはとんでもない淫乱でござるっ、牡の臭いに発情ハァハァしてくれるでござるよっ)
僕は半信半疑ながらも、タナカの言葉に従い。股間をナナに押し付ける。ナナは顔を背ける。
「早くしろっ！」
怒鳴りつけると、ナナが動く。ナナは恐る恐るちんぽに手を添えて、舌を伸ばす。
ぺちゃ
ぺちゃぺちゃ
ぎこちない動きだ。領主がこのような行為をさせておらず経験が足りないため拙いのか、それとも怯えていて本気では奉仕できていないのか。
ぺちゃぺちゃ
ぺちゃ
拙い動きでも、それでもナナのような美しくも淫蕩《いんとう》な肉体を持つ娘に奉仕させていると考えると、そのヌメ付いた触覚に興奮が高まる。僕の薄っぺらな見栄なんかはどこかに吹っ飛んで、ちんぽはあっという間に怒張してゆき、反り返る。
ぺちゃぺちゃ

ぺちゃぺちゃ
ハァハァとナナの呼気が荒くなっているのに気付く。ひょっとして、やはりナナも発情しているのだろうか。『安心安全眼鏡』の言う通り、淫乱な娘なのだろうか。ちんぽを舐めながら、犯されたいと望んでいるのだろうか。それで息を荒くしているのだろうか。僕は必死になってナナの頭部を掴《つか》んでちんぽを突き立てた。
「もっと、気持ちよくさせろっ」
ぺろぺろぺろっ
ちゅぱちゅぱぺろっ
ぶちゅるる
指示をしたおかげなのか、舌使いがだんだん激しく貪欲なものへと変わっていく。
ナナの顔立ちは美しいが、鼻息は荒く、涎《よだれ》なのか僕の先走りの汁がついたものなのか口元は透明な粘液に塗《まみ》れていて、美しさと穢《けが》らわしさが対照的だ。
ナナはどう考えているのかは分からないが、その姿はあまりに淫蕩だ。こんなスケベな顔でちんぽを舐め回されては、すぐに限界が来てしまいそうだ。我慢しなければ。
「歯を立てるなよ」
僕はナナの頭をがっちりと掴み、その口の中に、その喉の奥まで無理矢理にちんぽを突き入れる。
ガッポ　グッポ　グッポ
頭を掴んだまま抽挿する。美しい女を気遣いすることなく、乱暴に性処理の道具として使う。

最低で下劣な行為だ。
グップ　グップ　ガップ
ナナの眦《まなじり》から、際限なく涙が流れていく。悲しいからか、苦しいからか。その両方なのか。
口を喉の奥まで塞がれているせいで、呼吸も辛《つら》いのだろう。鼻息も荒い、洟《はな》も出ている。
グップグップ　デュップデュップ
無惨なナナの姿を見ていると嗜虐《しぎゃく》心が満たされていく。
必死に堪えていたがもうダメだ。尿道を、大量の精液が駆け上がっていく。
「おらっ、全部飲めっっ」
びゅりゅっ
びゅくびゅくびゅくどぷどぷどぷっ
気持ちいい。最高だ。
喉の奥までちんぽを押し込まれ、ナナの粘液にまみれた鼻孔や口腔の僅かな隙間から、ぐぽっとかぶっなどと粘ついた音を立てて気体が漏れる。
僕は天を仰いで精液を流し続けた。こんなに溜《た》まっていたんだと、自分でも驚くほどだ。精巣に蓄えられた精液が体外に放出されることが、こんなにも清々しいなんて、それも驚かされる。
「まだ射精《で》るぞっ」
どぷりゅりゅりゅりゅりゅりゅ
どぷどぷっ

僕が法悦に浸って射精すモノを射精していたところ、ナナが身じろぎしたように感じた。僕が視線をナナに戻すと、ナナは白目を剥《む》いていた。

ジョババババ
ジョババ
(失禁でござるっ！)

脳内で、タナカの歓喜の声が響く。

(見るでござるアヘ顔でござる、きっとこのおなご精液飲まされただけでアクメ決めたでござるよっ！　乱暴にされて、精飲させられて、そんなことで気をやる淫乱女でござるよっ)

え？　絶頂《い》ったの？

僕はもちろん今まで一度も女性が性的に絶頂するところなんて見たことがない。本当に絶頂なのだろうか。

(た、たぶん、きっときっとそうでござるよっ。間違いなく、おそらくそうでござるっ！)

タナカが言うのだから、たぶんそうなのだろうが、タナカだって前世は童貞のまま亡くなったという話だから確実ではなさそうだ。

どぷぷ
僕は最後の精液まで出し切り、ゆっくりとちんぽを引き抜く。

「けほっけほっ」

ナナは崩れ落ち、えずく。

えずく声さえも可愛らしい。

その小さな口から吐き出されるのは、胃液唾液であるとか僕の精液がブレンドされた粘液だ。

そのえずきも終わって、ナナが僕を見上げる。怯えたようなウサギのような姿に庇護心と嗜虐心が同時に刺激される。

きっと、小便を漏らし、部屋着を濡《ぬ》らしながら、この極上の牝は陵辱されることを望んでいるのだ。そうだ、そのはずだ。薄い部屋着が小便に濡れて、ムチムチとした肌に張り付いて透けていて、情欲を誘う。僕のちんぽもあれだけの精液を流し込んだばかりだというのに、少しも硬さを失っていない。

僕は床に崩れ落ちたナナを抱え上げる。

いわゆるお姫様抱っこである。レベルも上がったことによるステータス補正で、女一人持ち上げるくらいは余裕だ。

「きゃっ」

僕はナナを抱えたまま、場所を移動する。

移動先は、この屋敷の寝室だ。屋敷の間取りも『安心安全眼鏡』のおかげで勝手知ったるものだ。事前にタナカと示し合って予定していた通りの行動だ。その場で犯してやりたい欲求も強かったが、ちゃんと柔らかい布団があるところの方がヤリやすいだろうし、愛人というか実質的な夫婦である領主との愛の巣である寝室で犯した方が寝取り感があって良いとタナカが言うのだ。

(辛抱堪らないでござるよっ)

寝室で犯そうというのは、タナカの意見であったが、タナカにしても移動のための僅かな時間も待ちきれないようだ。

僕は部屋の戸を足で乱暴に蹴り開けて、寝室に移動する。そこに設置された寝台は僕が見たことがないほどに立派なものだ。流石《さすが》は領主の愛人のベッドである。寝室は清潔に掃除されているが空気というか、匂いが他の部屋とは違う。これまで何度となく領主と性行為を繰り返して、それで染み付いた匂いなのだろう。

僕はナナを寝台の上に、投げ出して、

「おい、おまえ。いつもここで領主とパコパコやってるんだろ」

そう言葉を投げかけてやる。ナナはふるふると首を振って否定するのだが。

僕はナナの両膝を掴んで、股を開かせる。

「いやぁぁ」

嫌がっているわりに抵抗が弱い気がする。僕のステータスが上がったことによる気の所為《せい》だろうか。声に艶があるようにさえ感じるのだ。

「おまえ、犯されたいんだろ？」

僕もすぐにでも犯してやりたいところであったが、先に好奇心を優先することにする。

ナナの部屋着の股間部分を掴んで破る。普通に脱がせても良かったのだが、その方が乱暴にされる感があって良いんじゃないかと考えたのだ。

ついで、僕はナナの太ももを掴んで閉じられないようにして、その陰部を観察する。

（おおっ、これが美少女のおま○こでござるかぁっ）

僕もタナカも、女性の大切な部分をじっくり観察したことなどない。秘書さんとヤったときも、慌ただしかったたし、少し暗がりでじっくり観察する余裕などなかった。

（領主と経験回数が多かった故、もっと黒ずんでると予想したでござったが、意外でござるなあ）

タナカの言うとおり、ナナの肉襞《にくひだ》は綺麗《きれい》なピンク色だ。

寝室の魔導灯も高級品でかなり明るい。薄い陰毛の一本一本も、はみ出た襞の形もはっきりと見て取れる。

それに、指で押し広げるとその内部まで鮮やかなピンク色で、肉がヒクヒクと蠢《うごめ》いている。

テラテラと濡れて光っているのは、先程のお漏らしのせいという可能性もあるが、おそらくは興奮して愛液が分泌されているのだ。乱暴にされて感じる淫乱女なのだ。

「だめっ」

ナナが股を閉じようとするが、

「痛い目に遭いたくなかったら、おとなしく股広げとけ」

そう脅すとおとなしく従った。

濡れそぼって肉がひしめく隘路《あいろ》に人差し指を差し込んでみる。とたんに、指先に肉が絡みつく。

愛液が指を伝って流れてくる。ちんぽの挿入を待っている欲しがりなアナだ。指を引き抜くと、僕の指もつやつやと濡れている。

もう僕は一秒でも早く突っ込みたくて仕方がないが、事前にタナカと相談していた通りに小芝居をする。

「おい。お前、おねだりしろよ。オレのちんぽが欲しいって、媚《こ》びてみろよ。そうしたら、メチャクチャに犯してやるからよ」

精一杯に低い声で言うと、ナナはふるふると首を横に振り従わない。

「えっ、そんな」

パシッ
軽くナナの頬を叩《たた》いてやる。

本当に軽くだ。それでも、白い肌はほんのり朱に染まる。

「おねだりしたら、挿《い》れてやるって言ってるんだよ」

「わ、わたしは……」

(でゅふっ、でゅふでゅふでゅふっ、そうでござるよ。言うことに従わなかったら、暴力を振るわれるでござるよ。淫乱にスケベに懇願しても、許されるでござるよっ)

「お、犯してくださいっ」

タナカの言葉が聞こえたはずがないのだが、まるでタナカに応じるようにナナが答える。

(でゅふっでゅふふっ、カナタ氏っ、もっと追い込むでござるよっ)

「あ、それだけなの？　ちんぽ欲しいんだろ？　オレがその気になるように、強請ってみろよ」

一見すると、ナナは脅迫され、怯え、仕方がなしに僕の要求に応えている。けれど、怯えながらも牝として悦んでいるはずだ。乱暴に口にちんぽを突っ込まれ、精液を飲まされて、絶頂してしまうような女なのだ。

ナナはとろんとした瞳で、僕らが想定した以上の媚びたセリフを吐く。

「わ、私のスケベなまんまんにっ、とろとろの発情おまんまんにっ♡♡　その立派なおちんちんを挿れてくださいっっっっ♡♡♡」

(うっひょーっ、すんごいちん媚びゼリフでござるなっ！　『犯され妻美和子』の美和子や『白衣陵辱―我慢できないの―』の女医、萌香のレ○プシーンが思い出されるでござるよ！)

「へえ、オレの立派なちんちんを挿れて欲しいんだ？　領主のより立派なちんちんで串刺しにして欲しいんだ？」

「そうですっ」

答えが即座に返ってくる。さらに、ナナは自ら自分のま○こを指で広げて見せたのだ。

(この牝本気でビッチでござるよっ)

「欲しいんですっ♡♡　もうおま○こ我慢できないのですっ♡♡　レオンのよりもずっと逞《たくま》しいおちんちんでっ、ゴツゴツのおちんちんでグジュグジュになったおまんまん掻《か》き回《まわ》してくりゃしゃいぃいっっ♡♡♡」

タナカが猛っていたが、僕の方ももう我慢できない。僕はナナに覆いかぶさってちんぽを突き入れる。

「ほぉおぉおおぉおおぉおぉお♡♡♡♡」

狭い奥へとちんぽを押し入れる感触が最高だ。柔らかいのに、締め付けもすごい。押し入れるにときにはぞりぞりと肉襞が絡みつく。奥に到達して子宮を押し上げる。引き抜くときはちんぽに肉が吸い付いてくる。もうこの肉の中でちんぽを抽挿し、少しでも早く精液を流し込むことしか考えられない。

ジュップ　ジュップ　ジュップ　ジュップ　ジュップ

「あひっ♡　はひっ♡　うひっ♡♡　ほひぃ♡　はひぃ♡」

種付けしたい。精液を流し込みたい。

それだけを考えて僕は腰を動かす。計画ではちんぽを挿入しながらも言葉で甚振る予定であったが、ちんぽが気持ち良すぎて余裕がない。

ジュップ　ジュップ　ジュップ　ジュップ　ジュップ　ジュップ

「っっ♡　くっっ♡　はひぃい♡　うひぃい♡」

ちんぽを出し入れする度に、軽く絶頂しているようで、感度がよく、征服欲を満足させてくれる良い牝だ。しかも時折、強く締め付けるように膣の内部が収斂《しゅうれん》するのはその絶頂に同期しているようだ。

まあ、だが、僕の方だってそう長く我慢できるわけじゃない。

「なかなか質の良いちんぽ穴だなぁ。オレももうすぐ射精ちゃいそうだっ」

つい言い訳してしまう。

「あひっ♡　はひっ♡」

気の所為か？　ナナの方からもタイミングを合わせて、腰を打ち付けてきてるように感じる。

無意識なのだろうか。意識してなのか無意識なのか、なかなか貪欲な牝である。いったい何を考えてこうもスケベに振る舞えるのか、その心の内を覗いてみたい。

（そ、そうでござるっ！　大切なことを忘れていたでござるっ！　カナタ氏っ、『安心安全眼鏡』の吹き出し機能をオンにするでござるよっ！）

（え？）

タナカが言ってきたが、僕としては今はナナを犯すこと、ちんぽを挿れて出して以外のことは考えたくなかった。だが、他ならぬタナカの言うことなのだからと、僕は抽挿を行いながらもタナカの指示に従う。

（コンフィグ画面から、吹き出し機能をオンの方にチェックを入れるでござるっ！）

僕が意識による操作で『安心安全眼鏡』の設定を操作し、タナカの指示を完遂したところ、

〝気持ちいいっ〟〝太いっ〟〝苦しいっ〟〝すごいっっ〟〝すごいっ〟〝イグッ〟〝まだ挿れられたばかりなのに〟〝私発情してるから〟〝簡単に絶頂《い》っちゃう〟〝こんなの初めてっ〟〝子宮押し上げられる〟〝絶頂く〟〝また絶頂くっ〟〝犯されているのにっ〟〝絶頂かされるっ〟〝レオン、ごめんなさい〟〝ずんずんするっ〟〝おかしくなる〟〝また絶頂ってごめんなさいっ〟〝絶頂かされて嬉《うれ》しい〟〝私は淫乱〟〝犯されてるのにっ〟〝ごめん、レオン、また絶頂するっ〟

途端に、ナナの体からピンク色背景の吹き出しが次々とポップアップして消えていく。

（『安心安全眼鏡』の機能の一つでござる、レ〇プされる牝の内心や状態を文字列のポップアップで教えてくれるでござるっ！）

〝大きいのが擦れてっ〟〝乱暴にされるえっちがこんな気持ちいいなんてっ〟〝ちんちんが大きいから？〟〝また絶頂クッッ〟〝絶頂クッッ〟〝だめなのにっっ〟〝もっと絶頂きたいっ〟〝ちんぽ〟〝ちんぽすごい〟〝レオンのちんちん忘れちゃうっ〟

（うひょっ、うひょっ、うひょうひょ、うひょひょっっ！　これは想像以上でござるなぁっ！）

すごい、この女本当に淫乱だったのだ。レ〇プリスク皆無という『安心安全眼鏡』の判定は間違っていなかった。半信半疑だった僕はバカだ。もっと『欲望の匣』のスキルを、タナカを信じるべきだったのだ。もうこの女を犯すのに遠慮する必要はない。

やっぱり、ナナは見知らぬ他人にレ〇プされることを待ち望んでいて、ナナは精液を飲まされただけで絶頂のあまり失禁し、事実上の夫婦である領主レオンの寝室で犯され、レオンに対して罪悪感を感じながらも悦んでいるのだ。むしろ罪悪感さえも、快楽の材料にしているようだ。

僕は腰を打ち付けながらも、つい目の前の可愛らしい口を僕自身の口で塞いで貪ってしまう。口淫をしながら、膣穴射精というのが思いついた作戦だった。

あむあむぅう

〝あぁ、キスぅ〟〝えっちなキスぅ〟〝犯されながらキスされてるっ〟〝だめぇ舌入れられてる〟

口の中に舌を差し込むと、

〝舌を絡めかえさないと〟〝私がえっちなんじゃなくて、従わないとひどいことされるから〟〝仕方がないの〟〝唾液美味しい〟

向こうからも舌を絡めてくる。

反応は上々だったが、ディープなキスをしながらだと、腰振りのストロークが浅くなってしまうことに気付いて、僕はすぐにその口を解放する。この極上の肉壺《にくつぼ》にちんぽを擦り付けることを最優先にしたい。僕が女を犯すことに慣れてないことからくる失敗だ。

ジュップジュップジュップジュップジュップジュップジュップ

僕は体位を戻して、気持ちよく抽挿しやすい姿勢に改め、抽挿のペースを速くする。

〝ちんぽ速くなったっ〟〝すごいっ〟〝激しいっ〟〝絶頂かされまくるっ〟〝でも、射精させたらもう終わりっ？〟〝もっと犯してほしいのに〟〝もっといっぱい絶頂かせてほしい〟〝頭おかしくなるくらい絶頂かせてほしい〟〝きっとこれで終わり〟〝ラストスパート〟〝レオンのと違う子種流し込まれる〟〝レオンはいつも一回だけ〟〝もう犯されるのが終わってしまう〟〝このまま絶頂かされ続けたいっ〟〝ごめん、レオン、種付けされちゃう〟

驚いたことに、ナナは僕が抽挿のペースを速めたことで、射精の瞬間が近いと考え、種付けされることに喜びながらもレ〇プの時間が終わることを惜しんでいた。レ〇プされているオンナがそんな風に考えるなんて。

「一回、二回射精したくらいでっ、ちんぽ収まんねぇよっ。こんな極上のズリ穴、何度でも犯して犯して犯しぬいてやるからなっ」

〝ああ、私、何度も犯されるんだぁ〟

僕はついナナの心の声に応答してしまうが、ナナは犯され絶頂するのに忙しく、その違和感に気付かれることはなかった。

ジュップジュップジュップジュップジュップジュップ

ジュップジュップジュップジュップジュップジュップ

「なぁ、あんた、どっちが良いか?」

僕は悪戯心で問いかける。

当然、ナナは何のことだか分からない。

〝何言ってるの?〟〝おちんちん気持ちいい〟〝また絶頂かされるっ〟〝だめっ〟〝ちゃんと答えないと叩かれるかも〟〝答えないと〟

「膣穴《なか》に射精《だ》されるのと、ちんぽ抜いて外に射精されるのと、好きな方を選ばせてやるよ」

(でゅふっ、どう答えるでござるか? これだけ淫乱だと、レ○プされて膣穴出し懇願期待できそうでござるっ)

〝え、私、膣穴出しされるんじゃないの?〟〝奥に欲しいっ〟〝子宮の奥に流し込んで欲しい〟

〝牝の体が強い牡の子種で孕みたがってる〟〝違う〟〝駄目〟〝私はレオンのもの〟〝レオンを愛してる〟〝私はレオンを愛してるから〟〝ほんとうは膣穴出しして欲しい〟〝違う〟〝だめっ〟〝絶頂クッッ〟

しかし、タナカの期待は外された。

「そ、外にっっ」

〝きっと、膣内に射精されちゃう〟〝断っても、膣内出しされちゃう〟〝精液流し込まれちゃう〟

ナナは膣穴出しを言葉では拒否しつつ、それでも本音では期待している。

「ああ？」

僕は聞こえないふりをして、聞き返す。ナナの口から出る言葉と、内心のギャップがひどいことになっている。当然、表面的な言葉よりも心からの期待に応えるべきだろう。

「外に射精してくださいっ」

〝仕方ないのっ〟〝私は拒否したのっ〟〝レオンが好きなのっ〟〝レオンを愛してるのっ〟〝大きいちんぽにも負けないの〟〝レオンより気持ちよくさせてくれるちんぽにも負けないからっ〟〝無理やり膣内出しされるのは仕方がないのっ〟

「おっ射精るぞぉっ」

ナナの言葉と入れ違いに、僕のちんぽが限界になり、射精する。

どぴゅりゅっどぴゅりゅりゅりゅりゅ
「ほおぉっぉおおん♡♡♡♡」

ぼぴゅりゅぼぴゅぼぴゅ
ぼぴゅりゅりゅりゅりゅ
〝絶頂ッちゃううっ〟〝ダメェっ〟〝外に射精してくれるって言ったのに〟〝膣穴に流し込まれて嬉しい〟〝ちゃんと拒絶したのに〟〝嬉しいっ〟〝熱いっ〟〝嬉しいっ〟〝レオンよりずっと多い〟〝嬉しいっ〟

子宮口に叩きつけるように、一番深いところで精液を流し込む。

感度の良い牝の体は、精液を流し込むのと同時に深く絶頂してくれる。きゅーっと強くちんぽを締め付け、もっと精液を出せと牝の肉が強請ってくる。

「あぁっ♡　あっ♡　あっ♡　ぁっ♡」

〝熱い子種汁〟〝すごい勢いで射精されてるの分かる〟〝精液子宮に入ってくる〟〝孕む〟〝孕んじゃう〟

〝幸せで絶頂くっ〟〝絶頂くっ〟〝子種流し込まれるほどにっ絶頂っちゃうぅぅうっ〟

どっぷるどぷどぷ
どぷどぷどぷ
「あ、ほぉおぉおぉおぉぉぉぉんっ♡♡♡」

〝絶頂くっ〟〝絶頂くっ〟〝絶頂くっ〟〝絶頂くっ〟〝絶頂くっ〟〝絶頂くっ〟〝絶頂くっ〟〝絶頂くっ〟〝絶頂くっ〟〝絶頂くっ〟

普段の自慰でも、僕の射精量は普通の人よりかなり多いらしいが、確実に普段のそれを数倍する精液がちんぽから放出される。ナナの体が大きく弓なりに反り返る。

どぷっどぷどぷっ
だが、その長い射精もやがては収まり、僕はちんぽを膣穴から引き抜く。

「そ、外に射精してって、言ったのにぃ……」

うわ言のような声で、絶頂しすぎの余韻で視線を朦朧《もうろう》とさせながらもナナが文句を言う。ナナの内心を知っている僕からしたら、何を言っているのだと呆《あき》れてしまう。

「知るかよ」

大きすぎるちんぽを引き抜いた膣穴は、ちんぽの径が大きすぎて癖がついてしまい、抜いたあともぽっかりと空洞を開けて、そこからどろりとした精液が垂れている。

もっとも垂れてきている精液は、流し込んだ精液のうちのごく一部で大半は奥深くに残されている。

ヒクヒクとするサーモンピンクの膣肉がどろり精液に彩られて、実にエロい。

(これだけ膣穴出ししたら、この娘孕んじゃったかな？)

(それはまだでござるよ。精液は子宮から卵管を通って、排卵された卵子と出会って、そこでようやく受精するでござるよ。さらに受精卵も子宮内膜に潜り込んで、着床するでござるよ。受精が完了しても、無事に着床するとも限らないでござる。精液を流し込んでから受精までは、排卵のタイミングによるでござるが、着床には受精からさらに十二日前後かかるでござるよ。うまく孕ませることができるかは排卵の周期によるでござるが、周期が合っていたとしても、確率はそう高くはないでござる。特にこの世界では、混血種は受胎しにくいようでござるから、なおさらでござる)

(へえ、タナカ、詳しいね)

(拙者、前世ではちんぽを実践使用することはなかったでござるが、この手のことには興味津々であった故、日々ググりまくっていたでござるからな。人並み以上の知識はあるでござるよ)

(ふうん、よく分からないけどすごいね。それと、もしこれで孕んでいたら、やっぱ堕胎しちゃうかな)

(それはないでござろう。領主の愛人という立場を失う危険を冒して、ことを公にはしないでござろうよ。まず領主の子と偽って産んでくれるのではないかと予想するでござる。でゅふふ。托《たく》卵《らん》でござるよ)

(無責任だけど、僕の精子で孕ませたいと思っちゃうよ)

(でゅふふふふ。孕むまで犯してやれば良いでござるよ。今日が駄目なら、またレ○プしに来るでござる)

(うん、でも、また犯しに来るけど。とりあえず、今日もまだヤリ足りないよ)

(精巣が空になるまで、好きなだけ犯すでござる)

(うん)

連続絶頂の末に膣穴出しされたナナは、意識が朦朧としているようで、目も虚《うつ》ろであるが、まだちんぽを求めているようで、

〝精子温かい……〟〝なんでこんなに幸せな気持ちなの？〟

〝もっと犯されたい〟

ゆっくりとだが、吹き出しがポップアップしていた。ポップアップがゆっくりなのは放心状態で、ナナの精神の働きが鈍くなっているのだ。

お望み通り、もっと犯してやろう。何度でも何度でも犯してやろう。

そのスケベな肉体が僕のものだと刻みつけてやる。領主の粗末なモノでは二度と満足できないように調教し尽くしてやりたい。

（ちょっと待つでござる。拙者、前世より、美少女のアナルにも並々ならぬ関心があったでござるよ）

僕が二度の射精を経てもまったく力を失わないちんぽを、再びナナの膣穴に挿入しようと動き出すが、タナカがそんな言葉をかけてきた。

（タナカ、変態すぎ）

（でもカナタ氏も、やる気でござろう？）

（まあね）

とりあえず僕は、そこを触って確かめる。

〝ひゃっ〟

ナナが驚く。朦朧としていた意識も少しは覚醒したようだ。

「次は、尻穴を使わせてもらおうかな」

「そ、そんな」

〝うそっ〟〝お尻でセックスなんて〟〝けがらわしい〟〝でもっ〟〝レオンならお尻でなんて絶対しない〟〝でも、気持ち良いのかな〟〝どんな気持ちだろう〟

さすがの淫乱ビッチだ。尻穴性交の経験はなくても、すぐに犯して欲しいと期待してる。

僕はここまでナナの期待に応えてきた。この期待には当然応えてやるべきだろう。僕は期待に震える女体に手をかけ、菊穴にちんぽをあてがった。

次の日、僕たちはまた午前中から北の森ダンジョンに向かった。

あのあと、僕たちは領主の愛妾《あいしょう》のナナを深夜になるまで犯し続けた。途中、少し休憩を入れたりもしたが、結局十回以上は射精した。ナナを犯しながら普段領主とどんなセックスをしているのか説明させたり、領主の短小ちんぽと僕のちんぽの大きさの違いを説明させたりが楽しかった。

領主のちんぽは最大サイズで十センチ程度らしい。

「また犯してほしかったら、裏口の鍵は開けたままにしておけよ。お前が孕《はら》むまで種付けしに来てやるからな。ああ、領主が来る日だけは鍵を掛けておいてもいいが、それ以外の日に鍵が掛かっていたら、今日のことを世間に言いふらしたくなっちゃうかもなあ」と脅しておいた。

脅されて、罪悪感を感じながらも悦《よろこ》んでいたのだから、ナナも大概である。

そして波乱の一日の疲れを取るべく宿に戻っておとなしく寝た。

今日は『安心安全眼鏡』を使って、また別の女性を犯そうとも思っていたのだが、射精しすぎで少しだけ体調が良くなかった。ナナの体が良すぎて、昨晩ヤリすぎた。

（精巣で作られる精子は、一度空になると完全回復までに三日程度は掛かると言われているでござる故、仕方がないでござるよ。気持ちよく射精するには女を犯すのは三日に一度程度に抑える

べきかもしれないでござるな）

せっかく『安心安全眼鏡』という、卑怯《ひきょう》なほどのアイテムを手に入れたのだから毎日でも使いたいと思うところなのだが、僕もタナカの言葉には理があると認めざるを得なかったので、そうすることにしたのだ。

女を好きに犯したいという欲求はあるが、レベルを上げて成り上がりたいとも思うのだ。

ここは理性的に折り合いをつけていくべきだろう。

そういうわけで、『安心安全眼鏡』を得るために使った２０００ポイントの経験値を取り戻すために、今日も今日とて魔物狩りに勤《いそ》しむことにしたのだ。

『安心安全眼鏡』は素晴らしいアイテムであったが、武器などの戦闘用のアイテムではなかったため経験値稼ぎの効率は良くて昨日と同程度だろうと予想していた。

しかし、思いの外、この狩りが捗《はかど》った。

（『安心安全眼鏡』がこういう形で役立つとは思わなかったでござるよ）

タナカの言う通り、予定以上に捗ったのは『安心安全眼鏡』のおかげであった。

『安心安全眼鏡』にはマップ機能があり、マップ上に女性の居場所を表示してくれる。この女性の範疇《はんちゅう》に、なんと雌の魔物も含まれていたのだ。これによって、獲物となるべき魔物を探すのが大いに捗った。

欠点は性別設定なしの魔物や、雄の魔物は表示されないことだ。さらにはゴブリンやオークなどの魔力からポップする類の魔物は雌であっても発生してからの期間が年齢と設定されるようで、

基本的に未成年設定になってしまう。詳細なプロフィールを見ようとしても、

個体名なし（年齢設定なし）

〈くぁwせdrftgyふじこlp〉

というように表示され、ステータスを探ることは叶《かな》わなかった。

(魔物には年齢設定がないことで、バグってしまうようでござる)

また魔物から変異したタイプの魔物でも、十八年以上も生きた魔物なんてそうそう居ないようで、詳細なステータスまでを覗《のぞ》くことはできなかった。

そういうわけで、手に入れられるのは雌の魔物の位置情報だけであったが、しかしそれだけでも十分以上に役に立った。

普通の探索では獲物となる魔物を見つけるだけでも、時間が掛かってしまう。それを『安心安全眼鏡』のマップ機能でオークを始めとした雌の魔物を見付けて、普通ではありえない効率でそれらを狩ることができる。

大量の魔石に、ワイルドボアやフォレストウルフなどの魔物は魔石以外にも肉や毛皮を残すが、マジックバッグが満杯になってしまって、すべてを持ち帰ることはできなくなってしまった。

あと、休憩時の食事を少し贅沢《ぜいたく》をしようと5ポイントずつ『欲望の匣《はこ》』に使ったところ、二回続けて食料以外のアイテムが出て、三回目に『牡蠣《かき》とニンニクのスタミナ定食』を得ることがで

きた。これがまた控えめにいっても極上の美味しさだった。こんな素晴らしい料理は、王侯貴族でも味わえないと思う。

（『牡蠣とニンニクのスタミナ定食』は『おいしく召し上がれ♪』のメインヒロインの一人で、食堂の看板娘である辻堂紗耶香ちゃんが主人公に精力をつけて欲しいと言って、愛情たっぷりに作ってくれる特別メニューでござるよ。紗耶香ちゃんは料理上手設定だったでござるが、これは三ツ星シェフレベルでござるな。拙者、三ツ星シェフの料理など食べたことないでござるが）

びっくりするぐらいに美味しい前世の世界の食べ物を食べることができて、レベルもガンガン上げることができ、女もいくらでも犯すことができる。

順調すぎて怖いぐらいだ。

この日、結局、『安心安全眼鏡』で使った２０００ポイントのさらに二倍以上にもなる４３０９ポイントを稼ぎ出して、レベルは１７にまで上がった。毎回冒険に出るたびに、一回の冒険で取得できる経験値は自己最高記録を更新している。このままレベル３０くらいになれば、ソロでもワンランク上のダンジョンにも潜れる目処《めど》がつく。その日は想定していたよりもずっと近そうだ。

そしてさらに翌日であるが、この日は予定通りギルドに働きに出た。

少し前までは連日の勤務で休みなんてなかったが、今や三日に一日だけの出勤である。それも、僕が休みを取りたいといえばもっと休みを取ることもできるのだ。良い身分である。

「くそーっ、カナタが休みを取るようになったおかげで、こっちの仕事が増えてるんだぜ。どうしてくれるんだ、この野郎っ」

冗談めかして、そんな風に言ってくれる同僚もいるのだが、実のところ僕一人抜けたところで仕事は問題なく回っている。

僕自身、これまでプライドを持ってギルドの仕事に携わってきたが、それでも所詮は替えの利く歯車の一つでしかなかったのだという現実を突きつけられたような気がした。僕は他の職員二、三人分の仕事を熟《こな》してきたと自負していたが、逆を言えば二、三人が働けば穴は埋められるのだ。

心中、少しばかり複雑ではあるが、同僚たちに迷惑を掛けているのも間違いのないことなので、仕事には全力で取り組む。

(そうでござるよ。誰でもできる仕事を、誰かに替わってすることに誇りを持って働くべきでござるよ。雑用だとか、誰にでもできる仕事を馬鹿にするようでは、社会人失格でござる)

「カナタがいてくれると、仕事が捗って助かるぜ」

比較的仲の良かった同僚などはそう言ってくれるのは嬉《うれ》しいのだが、ギルド長や副ギルド長にコネを持つようになった僕に忖度《そんたく》してくれているというのもあるのだろう。

以前であれば、好きなだけ仕事を押し付けられる僕のことを便利なものとして扱い、感謝の言葉を貰《もら》うことなどまずなかった。

やはりこれも少し複雑なところだが、歓迎すべき変化なのだろう。

「それはそうとして、お前、眼鏡なんて買ったのか。視力悪かったんだな。高かっただろ?」

同僚からの指摘から分かるように、実は業務中も『安心安全眼鏡』を掛けたまま仕事をしている。

メリーナ・トリアスタージュ（２３）★★★☆☆
レ〇プ不可（レ〇プリスク中）
ギルド職員　非処女・未婚　性交ユニーク人数４人　被膣《ちつ》出し回数３回
身長１６９ｃｍ　体重４４ｋｇ
Ｂ８２　Ｗ６２　Ｈ８７
【現在の状況】業務中
▼【経歴】トリアスタージュ領を拠点として活動するミスリル級冒険者……
▼【性癖】性欲は強い方で、一日に一回はクリトリスを触って自慰をす……
▼【男性遍歴詳細】トルキア・メサルム（性交回数５回）・アスラット……
▼【レ〇プするためのヒント】レ〇プに対する嫌悪感は強いが、力は弱……

イリス・トリプティアン（１９）★★★☆☆
レ〇プ不可（レ〇プリスク大）
ギルド職員　処女・未婚　性交ユニーク人数０人　被膣出し回数０回
身長１６９ｃｍ　体重４８ｋｇ
Ｂ８０　Ｗ５９　Ｈ８４
【現在の状況】業務中
▼【経歴】トリプティアン領都で営業する小さな商家の次女として生ま……

▼【性癖】恋愛欲求は強く、王子様のような男性と結ばれたいと夢見て……
▼【男性遍歴詳細】なし
▼【レ〇プするためのヒント】暴力や犯罪を行う者に対しては強い隔意……

こんな風に、これまで一緒に働いてきた受付嬢たちのプロフィールを覗き見ることができるのだ。

以前は、彼女たち受付嬢の大半は、仕事はそこそこできるものの生まれが卑しいおかげで最底辺の扱いに甘んじている僕のことを、少しばかり下に見て相手にもしていなかったと思う。

そんな彼女たちからの扱いも良くなってきている。

現金なものだとは思うが、これも好ましい変化と受け入れるべきだ。

そんな彼女たちのプロフィールなりステータスなりを、こっそり覗き見るというのはやはり背徳的な歓《よろこ》びがある。

また、客としてやってくる女冒険者のステータスを覗き見ることもできる。

シャノア・フォレティア・シャフラティン（３１１）★★★★☆
レ〇プ不可（レ〇プリスク極大）
冒険者　非処女・未婚　性交ユニーク人数４５９９人　被膣出し回数７２４１回
身長１３２ｃｍ　体重２４ｋｇ

B65　W49　H74
【現在の状況】冒険者活動中
▼【経歴】神聖エルフ自治区フォレティアのシャフラティン氏族に生ま……
▼【性癖】S属性が強く、男を自分の思うがままに翻弄することに楽し……
▼【男性遍歴詳細】ラスタ・フォレティア・シャフラティン（性交回数……
▼【レ○プするためのヒント】レ○プに限らず自分を支配しようとする……

【経歴】

神聖エルフ自治区フォレティアのシャフラティン氏族に生まれる。強い魔法適性を持つとされるエルフの中でも、高い才能を持つ。シャノアがエルフとして特別であったのは、その高い才能よりもその性質であり、内向的で保守的、怠惰な性質を標準とするエルフの中でシャノアは好奇心と向上心が強かった。三十五歳のときに授かったC級固有スキル『並列思考』は使いこなすのが極めて困難なスキルと言われるが、たゆまぬ訓練の末に『並列思考』によって同時に複数の魔法を操ることができるようになる。二百歳の誕生日に、変化の少ない自治区での生活に見切りをつけ、冒険者として外世界へと飛び出す。その後、ソロ冒険者として活動する中で、実践で魔法技術を磨いていき、二百三十歳でミスリル級の冒険者の認定を受け、二百四十二歳でたまたま知遇を得たアマンダと下級竜三匹を討伐したことでオリハルコン級冒険者に到達し、後に王国有数のパーティと呼ばれる『暁の光』を結成する。傲慢で気まぐれな性格で、自分の気に入った依頼しか受けないことで昇進が遅れたが、本来ならもっと早くオリハルコン級冒険者に到達したとみなされている。その後、王都にて猫獣人のニャーニャを仲間に加え活動を続け、聖女と名高いユリティに見込まれ、『暁の光』のリーダーの座を譲りその傘下に入っている。男性関係については享楽的で、決まった相手を持つことはない。アマンダやニャーニャ、ユリティとはレズビアンセックスをする間柄である。

なお、現在のステータスは以下の通りである。

シャノア・フォレティア・シャフラティン
森エルフ　311歳
レベル　201（8411／20200）
HP　9110／9110
MP　79180／79180
　物攻　4　物防　2
　魔攻　97　魔防　42
　俊敏　13　移動　12
属性傾向
　火F　土A　水A　天A
スキル

固有C『並列思考』
戦闘スキル　土の短剣術レベル２
戦闘スキル　水の短剣術レベル４
戦闘スキル　天の短剣術レベル４
戦闘スキル　天の剣術レベル１

魔法
生活魔法レベル１０（才能限界）
戦闘魔法　火魔法レベル２（才能限界）
戦闘魔法　土魔法レベル９
戦闘魔法　水魔法レベル８
戦闘魔法　天魔法レベル９

以前『欲望の匣』で初めて手に入れたエロゲアイテムの『フラグポップロリポップミルクキャンディー』のフラグ作成効果と、本人の気まぐれによって、僕のちんぽをおしゃぶりしてくれたオリハルコン級冒険者のシャノアの個人情報だ。

ヒューマン種とは比べ物にならない長命種ならではの年齢を加味して考えても、とんでもないビッチである。

性交ユニーク人数４５９９人って、なんというかもう桁違いとしか言えない。

さらに、【経歴】の項目から盗み見ることのできるステータスについては、別の意味でとんでもない。

一般的に、冒険者のおよその戦闘能力は『物攻』『物防』『魔攻』『魔防』『俊敏』『移動』の六つの基礎ステータスとレベルの乗算で求められると言われている。２０１という常識外れのレベルに加え、圧倒的な基礎ステータス。基礎ステータスは持って生まれた才能で後天的に上げることはできないのだが、一般人の各項の平均は１０程度だと言われている。とりわけ『魔攻９７』『魔防４２』については隔絶している。

固有スキルこそ、最上位とは言えないC級の『並列思考』だが、その難しいスキルと高い魔法適性の相乗効果でここまでの強さに至ったのであろう。

これが魔法金属級でも上位と言われる高位冒険者なのかと思い知らされる。

かつて彼女は僕にこう言い残した。

『あ。でも、誤解はしないでねー。初めから、本番までさせて上げるつもりはなかったんだよね。私たちって、強い牡の子種以外に興味ないの。おじさん、レベル低いでしょ？　私と良いことしたかったら、もっとレベル上げしたら良いと思うよ。無理だと思うけど』

タナカは美少女の罵倒はご褒美だと言っていたし、その意見にも少しだけ賛成してしまうところであるが、いつか見返して彼女に種付けしてやりたいと思う。

予想以上のシャノアの強さを考えると道のりは遠いが、僕とタナカが力を合わせていけば、不可能ではないと思えてくる。

彼女の仲間もまたシャノアに迫るとんでもない強者で、そしてまた美女ばかりだ。

アマゾネスの美しき戦士アマンダ。

獣人奴隷のスカウト、ニャーニャ。

聖女にして性女、淫魔の血を隠した貴族、ユリティ。

シャノアだけでなく『暁の光』はいずれも美しい女性ばかりである。

特に聖女ユリティなどは、領主の愛妾であるナナと同様に淫魔種の血を引くスケベボディの持ち主である。『安心安全眼鏡』の美人判定も、これまでナナ以外には見たことがない星五つだ。

いつかはその肉体を味わってみたい。

さて。

この日は、一日中仕事をしてそれで終わりのはずだった。

誰か女を犯す予定もなかった。

だが、終業間際の時間に、来客があった。

アンナ・ミラージュ。

ギルドの後輩であり、新年式ではともにスキルを授かった女性。

彼女はC級固有スキル『収納倉庫』を授かったことで、先にギルドを退職していた。

◇

僕がB級固有スキル『献身』を、タナカがS級固有スキル『欲望の匣』を授かったあの新年式で、後輩のアンナはC級固有スキル『収納倉庫』を授かった。

『収納倉庫』は『マジックバッグ』などとは比べものにならない圧倒的な大容量や利便性によって、冒険者や商人、さらには軍事利用に高い人気を持つ。なまじのB級スキルなどよりもずっと人気が高い。

この人気スキルを手に入れたことで、アンナの人生が変わった。

彼女は没落気味の男爵家の生まれなのだそうだ。

嫡男はアンナの弟なのだそうだが、主に経済的な意味で貴族の義務を果たすことができずに爵位は受け継がれることなく返上されることになるだろうとアンナは考えていたそうだ。現当主である父親はそれを回避しようと頑《かたく》なだったそうだが、どうしようもないだろうというのがアンナの予想だった。

嫡子になりえないアンナを貴族向けの学園に通わせる余裕はなかったし、家を出て独り立ちできるようにと冒険者ギルドで受付嬢の仕事についた。受付嬢として働き、成り上がりの冒険者の中から配偶者を見付けても良かったし、自分の力で食べていくというのも選択肢の一つであった。

だが、アンナが『収納倉庫』のスキルを授かったことで話が変わった。

アンナは貴族家の嫁としてギリギリ許容できる二十歳という年齢で、絶世の美女とは言えないまでも愛らしく整った容姿をしている。背丈が小さく、おっぱいが大きな世の男たちの多くが好む体型だ。

アンナがある伯爵家に嫁ぐことを条件に、男爵家を維持できるだけの経済的な援助を得る約束が交わされた。そのため、アンナはギルドの職員としての仕事を辞めたのだ。

条件は悪くなかった。

夫となる伯爵様は四十歳と親子ほどに年齢が離れていてさらに第二夫人の立場ではあるが、この世界においても珍しい年の差というわけではない。伯爵は悪い評判のあるような人物ではなく、むしろ公正で実直な人物として知られている。スキル目当てで打算ずくの政略結婚であるが、打算ずくだからこそ愛が無かったとしても冷遇されることもないだろう。

伯爵家は領地の運営が良好で経済的に恵まれているため、落ち目の男爵家とは比べ物にならない贅沢な暮らしが約束されている。

本当に条件は悪くないのだ。

アンナ自身の気持ちを除けば。

アンナは冒険者ギルドの先輩である僕のことを好きだったのだそうだ。

冒険者ギルドに働きに出て、親切に仕事を教えてくれた僕に思いを寄せてくれていたのだ。実際、僕は彼女に親切にした記憶はあるし、好かれていたんじゃないかという心当たりもある。

アンナが冒険者ギルドに働きにきたのは彼女が十五歳で、僕も今よりも若い二十五歳のときであった。アンナは今でこそ一人前の職員でバリバリ戦力になってくれているのだけれども、当時の彼女は曲がりなりにも男爵家の箱入り娘で働き方も、何をしたら良いのかも、それが分からないときに周囲にどう頼れば良いのかも分からずに途方に暮れていた。彼女が就労したとき、ちょうど業務が立て込んでいて、誰もが使い物にならない新人にかまっている余裕がなかったのも運が悪かった。

その彼女を助けたのが、僕だ。僕もご多分に漏れずに大量の仕事を抱えていて、日々睡眠時間を削って仕事をしているような有様で、本来なら彼女を助ける余裕はなかった。けれども、

(子供は助けてやるべきでござるよ)

タナカの言葉もあって無理をした。タナカの口癖の一つに『情けは人の為ならず』というものがある。その考えは僕の身にも染み付いている。実際、ギルドの内外を問わず周囲に対し思いやりをもった行動を心がけると、少しずつ自分に対する周囲の振る舞いも変わってきていた。アンナ以外にも新人職員を手助けしたことも何度もある。必ずしも親切を親切で返してくれるような者ばかりでなく、僕を踏み台にして踏み付けていくような人もいないではなかったが、僕の行いが無駄であったとは思わない。出自に不利を持つ僕は、自分が信頼に値する人物であると周囲に表明し続ける必要があったのだ。

僕の親切に対して初めは親切で返してくれるような人であっても、僕が卑しい貧農出身であると知ると距離を取られてしまうことは珍しくなかった。卑しい貧農出身の僕と下手に親しくなっては、いつ不義理を働かれるか、いつ裏切られるか分かったものではない。盗みを働かれたり、騙《だま》されたりするかもしれない。そう思われていたのだ。

実際、総じて貧民の倫理観なんていうのはひどいものであるのだし、警戒されるのも仕方がない。それでも、少しずつ信頼を積み重ねていくしかなかった。それが僕にとって必要な行いだっ

たのだ。

そんな苦労を重ねる中でほんの短い期間で僕のことを信頼し、懐いてくれたのがアンナなのだ。アンナはいつの間にか奇妙に蓮《はす》っ葉《ぱ》な口調を使うようになって、しょっちゅう僕の後を追いかけてくれるようになった。

アンナは僕に事あるごとに感謝の言葉を伝えてくれたが、本当は感謝の言葉を伝えるべきは僕の方だ。貧農の出身ということで差別され、人付き合いに苦慮する僕にとって、彼女の伝えてくれるまっすぐな好意がどれだけ救いになったことだろう。今の僕がここにこうしていられるのは、一番には間違いなくタナカのおかげなのだが、敢《あ》えて二番めを挙げるとするなら、アンナのおかげだ。

アンナが僕に向けてくれる好意が恋愛感情を含むものであることは、最初から気付いていた。初めのうちは十歳の年齢差に加えアンナはまだ子供っぽかったこともあって、微笑《ほほえ》ましいようなくすぐったいような気持ちで受け止められていたのだけれども、この五年の間、月日を重ねることによってアンナはどんどん大人の女性に変わっていった。背丈だけはあまり伸びなかったが、体は丸みを帯び、色気を持つようになった。化粧も上手になったし、立ち振る舞いも嫋《たお》やかになった。それに、なによりおっぱいが驚愕《きょうがく》の大成長を遂げていた。

冒険者やギルドを訪《と》う男たちがこぞって、蛹《さなぎ》が蝶《ちょう》になるかのような変貌を遂げたアンナに媚《こ》びるようになっていた。ギルドの受付嬢には美女が揃《そろ》っているのだが、その中でもアンナが上位の人気を集めるようになったのはたぶんおっぱいパワーのおかげだ。

それでも僕がこれまで彼女に手を出していなかったのは、僕自身がヘタレであったことと、純粋に慕ってくれているであろう彼女を幸せにしてあげられるだけの甲斐性《かいしょう》を、僕が持ち合わせていなかったからだ。曲がりなりにも貴族家の出身の彼女と、貧農の出である僕とでは釣り合いが取れていない。

そんな彼女が、仕事終わりの夕刻に、僕に会うために久々にギルドを訪れてきた。

見慣れた制服姿ではなく、いかにも貴族の子女といった出《い》で立《た》ちで、見慣れた姿よりも化粧もしっかりしていた。

可愛い。控えめに言っても、かなり可愛い。

僕は定時で仕事を切り上げると、アンナを連れて外へ出た。

以前の立場の弱い僕なら、他の職員より先に仕事を切り上げるなんてできるはずもなかったが、僕の立場もだいぶ変わった。

「先輩、お忙しいところごめんなさい……です」

いつも元気だったアンナの声は弱々しかった。

そして道々、僕はアンナの話を聞いた。そこで聞くことができたのが、支援金目当てで格上の伯爵家に嫁ぐという話であり、彼女がこれまで僕のことを慕っていたという話であった。

仕事が忙しくて朝から食事を取っていなかったので、屋台で具入り包子《パン》を買って歩きながら食べる。アンナもお腹《なか》が空《す》いているというので、彼女の分も買ってやる。

彼女の纏《まと》っているドレスが汚れないものを選んだつもりだ。僕は女性をエスコートすることに慣れていないが、自分なりに精一杯の気遣いをする。

小さな口でハムハムと包子を齧《かじ》るアンナはウサギのような愛らしさがある。

アンナが一つの包子を食べ終えるより先に、僕は三つ平らげてしまう。

「アンナ、もう一つ食べるか？」

彼女は以前から少食だったよなと思い返しながら僕は問うが、案の定アンナは首を横に振る。

「もうお腹《なか》いっぱいッス。あの、先輩」

「なに」

「私、先輩のこと好きでした」

アンナは何でもない風を装って言うが、僕はそれが彼女の精一杯の告白だと分かっている。

「うん、知ってた、かな」

僕も彼女に合わせて何でもない風に応じる。

「あ、ばれてました？」

「なんとなくね」

「あの、ばれてたというとですね。先輩、よく私のおっぱい見てましたよね？」

「え、ばれてた？」

これは本当に予想外だ。普段から視線が露骨にならないように、気遣っていたぐらいなのだ。

「えへ、ばれてましたよ。よく男のチラ見は女性にはガン見だって言いますけど、あれって本当なんッスよ」

「はは」

笑って誤魔化すしかない。頬をポリポリ掻《か》く真似をする。

「あの、それでですね、先輩。言いにくいんですけど、その」

アンナはなんて言ってくれるのだろう。

ある程度の察しをつけながら、僕は彼女の言葉を待った。

「私、思い出が欲しいんです。先輩、私のこと抱いてください」

アンナは冗談まじりに伝えてくれたが、それが真剣な思いであると僕は知っていた。

僕はアンナを常宿に連れ込んだ。

タナカの知識によると、ニッポンでは日払いの宿より月払いの宿の方が不思議と値が安いようなのだが、この世界において宿は日払いが基本だ。貴族や大店《おおだな》の商人なんかは屋敷を構えるものだし、そうでない者は月払いで宿を借りるには信頼が足りない。

僕の常宿も、どこにでもある日払い宿の類のその一つだ。

小さな一部屋に寝台が置かれているだけの粗末な部屋だ。保安上の信頼性なんてゼロに等しいため、財産のほとんどはギルドに預けてあるし、盗まれて困るようなものは何一つ部屋に置かないようにしている。それでも、布団はこまめに干すようにして、シーツも替えてある。生活環境を整えることは大切だというタナカの忠告に従って、清潔にはしているつもりだ。

「これが、先輩の部屋……」

「何もない部屋で恥ずかしいけどね」

「ベッドがあれば十分です」

アンナはすっかりすぐに行為に入るつもりのようであった。

もちろん僕に否やはない。嫁入り前の可愛《かわい》い後輩をこれから好きに陵辱することができると考えると、ズボンの中でちんぽは痛いくらいに怒張している。

僕が隣を空けて、寝台の端に腰を下ろすと、アンナに隣に座るように促したつもりであったが、アンナは僕の膝の上に体を置いた。

「お、おい」

アンナの小さな体が、僕の膝の上にすっぽりと収まる。

「えへへ、ずっと座ってみたいと思っていたんです」

膝の上で、アンナが体を捻《ひね》って見上げてくる。

直近で見下ろすことで、アンナの胸の谷間の大きさがこれでもかというほどに伝わってくる。

アンナ・ミラージュ（20）★★★☆☆

レ〇プ可（レ〇プリスク皆無）

貴族令嬢・元ギルド職員　処女・未婚　性交ユニーク人数0人　被膣出し回数0回

身長135cm　体重40kg

B111　W55　H78

【現在の状況】休暇中

▼【経歴】トリアスタージュ領の寄り子の法衣貴族であるミラージュ男……
▼【性癖】勤務していた冒険者ギルドの先輩に犯されることを思って日……
▼【男性遍歴詳細】なし
▼【レ〇プするためのヒント】好きな相手と添い遂げたいと考えるロマ……

『安心安全眼鏡』で覗いたアンナのステータスだ。

小さく未成熟な体に、アンバランスなおっぱい。極端なまでに出るところは出て引っ込むところは引っ込む、全身が男を誘うためにあるようだったナナともまた違うエロさがあった。

「あの、先輩。私のおっぱい、好きにしていいんですよ」

アンナはそう言って、自らおっぱいを持ち上げて誘惑する。

遠慮なく僕は服の上からその胸を鷲掴《わしづか》みにする。鷲掴みにするといっても、とてもではないが手に収まるようなものではない。どちらかというと、手の方がおっぱいの中に埋まる。

柔らかい。

びっくりするくらいに柔らかい。まるでスライムの粘液を袋詰にしたような柔らかさだ。

服の上からでもこんなに柔らかいのだから、直接触ったらどんなに柔らかいのだろう。これが人体の一部だというのが、不思議なくらいだ。

「あっ♡」

だが、スライム袋がアンナのおっぱいであることは、揉《も》みしだき練り上げるたびに、アンナが堪《こら》えられず嬌声《きょうせい》を漏らすことからはっきりしている。

「アンナ……」

「あのですね、先輩。私、今日は精一杯、先輩のこと誘惑させていただきますね。全力でえっちな私のことを、先輩に知ってもらって、たっぷり先輩にかわいがってもらうんです」

アンナの言葉に、またちんぽが更に滾《たぎ》ってしまう。

「生で揉みたい」

「良いッスよ」

僕の破廉恥な要求にも、アンナは唯々諾々と応じる。アンナは僕の上に乗ったまま、上衣を脱いでいく。

「上に引っ張ってください」

「後ろのホック外してください」

僕もアンナの指示に従いながら手伝って、脱がせていく。

そして脱いでみると、それまで彼女のおっぱいは服によって縛られ押し固められていたのだと分かる。

脱いでみるとさらに大きい。重力によって、柔らかすぎるスライム袋は垂れ下がり、広がってしまっている。

肌は透き通るように白く、触ると吸い付くようでさえある。手で掴むと指の一本一本が埋まって、ほとんど見えなくなる。

乳輪も大きくて、乳首だって普通よりは大きいサイズのはずだが、乳房や乳輪が大きすぎるせいでむしろ小さく見える。そしてそれに、これは何だ？　乳首のまわりが濡《ぬ》れているように見える。

「私、昔からえっちな気分になると、母乳が出ちゃう体質なんです」

アンナが僕の心を読んだかのように答える。

「ひっ♡」

湿った両乳首をつまむと、アンナが良い声をあげる。

「昔からって、いつから？」

「私が先輩のことを思って初めて自慰したのって、ギルドに入って先輩に親切にしてもらったときですから、もう五年も前ですね。その頃に自分の体質にも気付きました。あっ、んんっ♡　先輩っ、触り方いやらしいですよぉ♡」

「あの頃から、アンナはおっぱい大きかったからなぁ。それにしても、アンナの自慰のおかずが僕で、その時からえっちで母乳がでちゃういやらしい体質だったとは驚いたよ」

僕はおっぱいを弄びながら言うが、

「あっ♡　あっ♡　いやらしいだなんて、言わないで欲しいッスよぉお♡♡」

アンナは嬌声交じりに僕の言葉を退けようとする。

「それに、あの頃はもっと小さかったですよっ。あれから、何度もサイズが変わりましたから。ああんっ♡」

「そうなんだ」

言葉を交わしながらも、僕はスライム袋を撫《な》で回《まわ》し、握って潰したり、乳首をつまんだり、ひっぱったりする。

「先輩、まだ我慢するんですか？」

いつまでも乳袋を弄んでいると、アンナが言う。

「えっ？」

「だって、先輩。私のお尻の下で、ずっと硬いの当たってますもん。そうだ先輩、私のおっぱいで挟んで、シコシコしてあげるッスよ♡」

「おっぱいでって、そんなのどこで？」

『安心安全眼鏡』でも、アンナは処女のはずだ。

「先輩のために、一生懸命勉強したんですよ。いろいろ教えてもらったりして」

「教えてもらったって、誰に？」

「あーえーと、ほら、メリーナ先輩とかトリシュ先輩とか」

アンナの言葉に、ギルドの同僚である女性受付嬢たちの姿を思い浮かべる。

ギルドの受付嬢は見目の良い者たちが多い。

「ほら、先輩、それでどうなんですか？」

アンナは小さな尻をグネグネと捩《よじ》って問いかける。尻の下で硬くなったままのちんぽはたまったものではない。

「じゃあ、お願いしようかな」

なるべく平静を装って答える。

「はい、わかりましたぁ」

同僚たちにいろいろ教えてもらっているという話だが、経験不足なのは否めない。アンナの動きはぎこちない。それでも、一生懸命に尽くしてくれようとする。僕の膝の上を降りて、足下に跪《ひざまず》いたと思ったら、手間取りながらもズボンの前を開けてちんぽを露出させる。

「うわぁ。硬くなったおちんちんが、グロい形してるって本当だったんッスね。なんかビクンビクンしてますし、血管浮き出てますよ。すごく大きいですし、これ、本当に私の膣穴に入るんスかね……？」

「怖くなった？」

「そ、そんなことないです」

言葉とは裏腹に、アンナはだいぶびびってしまっている。

「な、なんかメリーナ先輩とかトリシュ先輩に教えてもらっていたより、大きそうな気がするんですけど、気の所為《せい》ですかね……？」

アンナはおっかなびっくり、僕のちんぽに手の伸ばしては、指先に触れては引っ込める。

「ちょ、ちょっとだけですけど、ホントは少し怖いかもしれないッス」

「アンナ、無理しなくていいよ。その気持ちだけで十分だよ」

僕も女慣れしてるとまではいかないけれども、ここはアンナに無理させるのではなく、僕がリードしてあげるべきだと思った。

「だ、だめですっ。私、先輩には私のこと、いい感じに覚えておいて欲しいんッス。だから、私、初めてですけど一生懸命やりますから、ご奉仕させてください」

そんな風に健気《けなげ》に言ってくるのだ。

「そ、それでですね。このあと具体的にどう奉仕したら良いのか、先輩に教えて欲しいッス」

僕はアンナの言葉に首を傾《かし》げる。

「メリーナたちに聞いて、勉強してきたんじゃないの？」

「メリーナ先輩には、詳しいやり方は男に聞く方が良いって教えられたッス。オトコは、自分の手でオンナを開発することを喜ぶって聞いたッス。先輩、どうやってシたらいいのか、教えてくれませんか？」

(ぬおおっ、ここで上目遣いでござるかっ、アンナ氏、わざとやってるんじゃなかろうかでござるよっ。でゅふぅっ、クリティカルでござるよっ！)

今まで黙っていたタナカが思わず叫んでしまうのも仕方がない。

このアンナはすごく可愛くて、すごくえっちだ。

「駄目ッスか？」

(ぐぬうっ、こんなのもう強引に押し倒して、乱暴にめちゃくちゃに犯してやりたくなってしまうでござるよっ！)

本当にそう思う。

けれど、アンナが自分のことをいい感じに覚えておいて欲しいと思ってくれるのと同様に、僕もアンナには良い形で記憶しておいてもらいたい。彼女の心に傷は残せない。乱暴にすることはできない。

「ありがとう、アンナ。すごく嬉しい」

自然と感謝の言葉が口に出る。

「えへへ。がんばってご奉仕するッス。メリーナ先輩には、どんなエッチなことでも、どんな破廉恥に思えることでもオトコの言うことに従うのが良いオンナの条件だと聞いたッス。どんなスゴイことでもやり遂げて見せるッス。私、先輩に私のおっぱいでおちんちん気持ちよくなって欲しいッス。先輩、命令して欲しいッス」

ここまで言われては、アンナの言うとおりにするしかない。

「じゃあ、アンナ、僕のちんぽ、舐《な》めてもらえるかな……？」

「はいッス。私、先輩のおちんちん舐めます。ちょっと怖いですけど先輩のなら、大丈夫です」

そう言って、アンナは僕のちんぽの上に顔を持ってきて、

ちろ

ちろちろ

たどたどしい舌使いで、竿《さお》に舌を這《は》わす。稚拙な刺激であるが、我慢を続けている僕にはそれだけでも射精してしまいそうなほどに気持ちが良い。なにより、一生懸命なアンナの気持ちが伝わってくる。

「ど、どうですか……？」

不安そうに、尋ねてくる。

「うん、気持ちいいよ」

「えへ。もっと、どうしたら良いとか言って欲しいッス」

「僕も可愛いアンナに舐めてもらえてるって考えるだけで興奮しちゃうんだけど、もっと激しく舐めて欲しいかな」

れろん
「こうですか？」

「んっ、上手だよ」

れろん
れろんれろん
僕に認められたアンナの動きが、少しずつ確かなものになっていく。

「先輩、おちんちんの先っちょから出てる透明な汁、これが精液ッスかね？」

アンナが不思議そうに尋ねる。

「違うよ。先走り汁。気持ちよくなってくると出るんだ」

「へえ、女の愛液みたいなものッスかね。……あの、恥ずかしいけど言いますね。こういうことは正直に申告した方がオトコの人に興奮してもらえるって聞いたんで」

いったい何を言うつもりだろうか。

「あの、私の処女ま○こも、もう濡れ濡れになっちゃってます」

（アンナ氏は、よほど拙者たちの理性を試したいようでござるよ……）

タナカに激しく同意する。もう前戯だとが、そういうのは全部すっ飛ばして襲いかかってしまいたくなる。

アンナには優しくしてあげて良い思い出にしてもらいたいという思いとは別に、行為はするにしても膣内に射精《だ》すわけにはいかない。彼女は貴族の家に嫁ぐ身で、孕ませるわけにはいかないのだ。もちろん、膣穴出ししたら必ず孕むと決まっているわけではないのだが、危険は冒せない。

しかし、今の状況で膣内に挿入してしまっては、我慢が利かずに膣穴に射精してしまいそうだ。

ここは先に前戯のうちに一度くらい放出して、膣内に挿入するのは二回目以降にした方が少しは堪えが利くと思う。

「先輩、おっぱいずりって知っていますか？」

「え？」

僕は思わずアンナの言葉に聞き返した。

「おっぱいずりッス。ええとですね、先輩のおちんちんを私のおっぱいで挟んでずりずりするんです。おっぱいの大きい私がしたら、オトコの人は誰だって喜んでくれるって聞いたんですけど、どう思います？」

ごくり

僕は自分のちんぽがアンナの豊満すぎる柔らかな胸肉に包まれるところを想像する。

（うひょっっ、ぱいずりでござるかっ、アンナ氏のもちもちおっぱいでぱいずりしてもらえるでござるかっ）

タナカも狂喜乱舞だ。僕もきっとすごい目で、アンナの乳を睨《にら》んでしまっていただろう。

アンナに口で奉仕してもらえるのも嬉しかったが、おっぱいの魅力は圧倒的だ。

僕は言葉に出しては何も答えられなかったのだけれども、その視線が十分にアンナの質問への回答になっていたのだろう。

「それじゃあ、先輩。おっぱいずりしちゃいますね？　えっと、おっぱいで先輩のおちんちん挟めば良いんですよね……？」

そうアンナが言い出す。

「う、うん、お願いするよ」

期待に声が上ずってしまったが、アンナにも気付かれてしまったかもしれない。

「それじゃ、先輩のカチンカチン、私のおっぱいで挟んじゃいますねっ♡」

むにゅん

ちんぽが柔らかな感触に包まれる。

「うふ♡　先輩のおっきなの、私のおっぱいに全部隠れちゃいました♡　先輩、このあとどうしたら良いッスか？」

アンナが僕を見上げて尋ねてくる。

「お、おっぱいで、ちんぽをずりずり擦《こす》って欲しいっ」

「分かりました。それじゃ、いきますよー。ずーりずりっ」

「おふぅっ」

圧倒的な柔らかな肉に包まれ、擦られる感触に思わず声が漏れる。

「あ、今、先輩すごく気持ちよさそうな顔してくれました♡」

「か、眺《からか》わないでくれよ」

処女で、経験のまるでないはずのアンナに翻弄されてしまう。

(し、仕方ないでござるよっ！　アンナ氏のおっぱいは、反則でござるっ！　柔らかむちむちで最高すぎでござるよっ！)

「おちんちんって、オンナのクリトリスと同じで擦るのが気持ち良いんですよね？　それと、私、気付きました。おっぱいに挟む前におちんちん舐めていたんで、唾液でぬるぬるしてずりずりしやすくなってます。もっと滑りが良くなるように、唾液を追加しますね」

そう言って、アンナは舌を出して唾液をおっぱいの間に落とす。

「先輩には、私のおっぱいでもっと気持ちよくなって欲しいッス」

たっぷたっぷ　たっぷたっぷ　たっぷたっぷ　たっぷたっぷ

アンナは自らの唾液でぬるぬるの豊満な乳房をもって上下させ、ちんぽをしごく。

「先輩っ、すっごい顔してます♡　おちんちん気持ちいいときって、先輩、そんな顔して、声も出しちゃうんですねー。やっぱり、なんか可愛いですっ♡」

あまりの気持ちよさに顔が歪《ゆが》んでしまう。

「んぁっ」

どんなに声を殺そうとしても、耐えきれないのだ。

「ほらぁ♡　こんなのはどうですかぁ？」

にゅぐにゅぐ

「あっ、ぐっ」

「次は激しくいきますよぉ♡♡」

たぱんっ　たぱんっ　たぱんっ　たぱんっ　たぱんっ　たぱんっ　たぱんっ

たぱんっ　たぱんっ　たぱんっ　たぱんっ　たぱんっ　たぱんっ　たぱんっ

アンナの言葉通り、激しすぎだ。我慢し続けていたちんぽが暴発に導かれる。

「おおっ射精ちゃうぅっ」

「射精してくださいっ♡　先輩のおちんちん、私のおっぱいで気持ちよくピュッピュしちゃってくださいっっ♡♡」

どぴゅりゅっ

どぴゅどぴゅっっ

どぴゅりゅっ

「きゃっ」

激しすぎる放出に、アンナが目を丸くする。

「すごいぃぃ……、これが、精液？　わたしのおっぱいでぇ♡」

「あぁっ」
どぴゅどぴゅっ
どぴゅりゅりゅ
僕は恍惚《こうこつ》のままに大量の精液を谷間の奥に流し込んだ。
「先輩、憧れの先輩が私のおっぱいで気持ちよくなって精液出してくれたんですね♡
あぁ♡　先輩のちんぽがおっぱいの中でビクンビクン暴れてます♡　おっぱいから外れないように、しっかり押さえておきますね♡」
どぴゅどぴゅっ
どぴゅ
僕は自分でもびっくりしてしまうような大量の精液を放出する。想定以上に大量に出たのは、あんまり早く放出してしまっては恥ずかしいという思いで、限界まで我慢した反動かもしれない。
「ぴゅっぴゅ終わりましたかね？」
射精が完全にとまって、それでもアンナはおっぱいを両腕で挟んでちんぽを保持していたが、ようやく射精の終了を確信してアンナはちんぽを乳圧から解放する。
しかし、あれだけ射精したというのにちんぽの怒張は少しも失われていない。
一回射精したくらいでは収まらないのだ。
「うわぁ、谷間の奥がぐちょぐちょです♡　すごくたくさんで、それにすごい匂い♡♡♡」
おっぱいの谷間に濃厚でどろりとした精液がいっぱいにベタついて、それでも足りずにアンナの腹に垂れる。

「あ、そうでした。射精してもらったら、精液を掬《すく》って舐め取るのが良いんですよね？」

（誰でござるっ、純粋無垢《むく》なアンナ氏にそんな破廉恥なことを教えたのは？　グッジョブでござるよぉぉっっ！）

「うふっ♡　先輩の精液おいしぃ♡」

アンナは谷間の精液を指で掬って舐め取って蠱惑《こわく》的に言う。きっと、そのセリフもメリーナあたりに教え込まれていたのだろうが、童顔で幼く見えるアンナに痴女めいた言葉を言わせることに背徳感が募る。どんなに幼い容貌であろうと、目の前の牝《めす》が僕に犯されたがっているのだという事実が思い知らされる。アンナは僕に犯されたくて挑発しているのだ。

「アンナ、僕は君のことを犯すよ」

「嬉しいです。メチャクチャにしてください♡　あ、でも、ちょっと怖いですから、優しくしてくれると嬉しいかも……」

僕はアンナの軽い体を持ち上げて、ベッドに押し上げる。スカートを捲《まく》りあげて、タイツとショーツを足から抜き取る。本当はビリビリに破り捨ててしまいたいくらいに、気が急《せ》いていたが、そこは理性をフル動員する。まあ、ほんとに理性が十分であればスカートも捲りあげるのではなく、きちんと脱がせていただろうが。

アンナ自身の申告のとおり、ま○こはショーツがびしょびしょになる程に濡れそぼっている。ま○この形状は、その容姿の通りに未発達でいかにも割れ目という感じだ。この幼い肉壺《にくつぼ》に、僕の大きなちんぽを挿入すると考えると罪悪感が強いが、いまさら止まれない。

「恥ずかしっ……」

アンナが何か言いかけたが、僕はアンナの両足を上に持ち上げてちんぽを一気に突き刺す。

「おほぉん♡♡」

アンナが幼さなんてまるでない、獣声をあげる。

「すごぉぉ、おっき♡　おっきぃぃい♡　裂けちゃうぅぅぅ♡♡」

僕は理解する。

アンナが幼く見えるのは表面上の話にすぎない。ま〇この表層がただの割れ目で、一見は未成熟に見えても、その奥は完全に成熟し、牡のちんぽを待ちわび、完全に熟成しきっているのだと。

肉壺の内部で肉襞《にくひだ》がざわめき、竿を絞り上げるように締め付ける。

「アンナ、動くぞっ」

優しくして欲しいという彼女の要望は聞いてあげられそうにない。

でゅっぷ　でゅっぷ　でゅっぷ　でゅっぷ　でゅっぷ　でゅっぷ　でゅっぷ　でゅっぷ
でゅっぷ　でゅっぷ　でゅっぷ　でゅっぷ　でゅっぷ　でゅっぷ　でゅっぷ
初性交からの高速ピストン。

アンナが処女であることは、頭の端に残っていたが、止まれなかった。申し訳ないと思うが、アンナだって悪いのだ。いくらなんでも、挑発しすぎだ。

「すごいっ♡♡　はげしっ♡　自慰と違っっ♡♡　あひっっっ♡　あひっっっ♡　あひっっっ♡」

アンナが叫ぶ。その声が悪かったのだろう。

「おいっ、うるせえぞっ」

ドンッツ

隣の部屋から、壁を叩《たた》く音とクレームの声が届く。

仕方がない。この部屋は、僕のような人間が使う宿としてはわりかしまともな造りをしているが、夜中にアンナの声は少しばかり大きすぎた。隣の部屋は黒鉄級の冒険者で外泊していることも多いのだが、今日は運が悪く在宅していたらしい。

僕はとっさにアンナの口を塞ぐ。アンナの口に手を突っ込んで、声を防ぐ。悲鳴をあげようとするアンナの歯に噛《か》まれてしまうが、我慢するしかない。

だが、腰の動きは止められない。アンナの膣穴でちんぽを擦り上げ、射精したくて仕方がないのだ。

でゅっぷ　でゅっぷ　でゅっぷ　でゅっぷ　でゅっぷ　でゅっぷ　でゅっぷ　でゅっぷ

でゅっぷ　でゅっぷ　でゅっぷ　でゅっぷ　でゅっぷ　でゅっぷ　でゅっぷ

僕の杭打《くいう》ちに合わせて巨大なおっぱいが揺れる。破瓜《はか》の痛みだけでなく、口に手を突っ込まれているせいで呼吸が苦しいのもあるのだろう、彼女の目には大粒の涙が溜《た》まる。

だが苦しいばかりではないはずだ。僕ももうだいぶ女性経験を積んできたことで、分かるようになってきている。アンナは僕にちんぽを抜き挿しされることで気持ちよくなっている。

さらに言えば、彼女の体がときどきガクンガクンと痙攣《けいれん》したり、膣内の締め付けが強くなっているのはアンナが性的に絶頂している証拠なのだ。

自分自身が射精したいという欲求。

アンナをもっと絶頂《い》き狂わせてやりたいという欲求。

その二つの欲求に支配されて、僕は激しく腰を打ち付け続けた。

気持ちの良い蕩《とろ》けるような膣内。

だが、それでも一度射精したあとであったから、少しばかりは保《も》った方だ。

ギリギリまでちんぽを挿入しておきたかったが間に合わなくなってはまずい。射精感が込み上げてきて、僕は慌ててちんぽを引き抜こうとする。だが、アンナの脚が僕の背中に回され、腰がホールドされる。

このままではやばいっ。

貴族に嫁ぐアンナを孕ませるわけにはいかない。僕はとっさにアンナの口を塞いでいた唾液まみれの手を引き抜くが、

「膣穴にっ♡　くださいっっ♡♡♡」

アンナの言葉と同時に、上ってきていた精液が決壊する。

どっぴゅっーっっ
どぴゅどぴゅどぴゅーっっっ
どぴゅどぴゅどぴゅーっ
膣穴出ししてしまっていた。

十歳も年下で、まだ十五歳の頃から面倒を見てきた後輩のアンナに種付け射精してしまっていた。

それもアンナが腰を脚でホールドしてくるので、一番奥深くの子宮口に向かって。

「幸せぇぇ♡♡　せんぱぃぃ♡♡♡　好きぃぃい♡♡」

アンナは蕩けた顔で、僕の精液を受け入れる。

まずいまずいまずい

そう思っても、

どぴゅりゅっどぴゅどぴゅどぴゅっ

どぴゅどぷどぷどぷー

どぷどぷ

溢《あふ》れるほどに精液を注ぎこんでも、僕の射精は止まらなかった。

聞けば、アンナは初めから僕の子種で孕むつもりだったのだという。

今日も排卵周期から考えて、子供を授かりやすい日なのだという。

「先輩、黙っていてごめんなさい」

アンナは明後日には、アンナ自身の意思に拘《かか》わらず伯爵家の第二夫人に納まる。アンナのスキル目当ての結婚で、夫人としての働きは求められていないこともあって略式となる結婚式はわずか一週間後だ。そしてその結婚式の晩には、四十歳と親子ほどにも年の離れた伯爵との初夜が待っているのだという。

　アンナはその前に、僕との子を孕みたかったのだという。

「うちの実家も伯爵家も、私のことを良い様に利用するつもりッス。だったら、私も伯爵家を良い様に利用して、伯爵家のお金で先輩との愛の結晶を育てたかったッス。先輩にはご迷惑をおかけするつもりはございませんッス！」

　そうアンナは述べた。

（托卵《たくらん》でござるなあ。アンナ殿は、なかなかの曲者《くせもの》でござるよ。それにしてもカナタ氏は、アンナ殿にベタぼれに惚《ほ》れられているでござるなあ。ひゅーひゅーでござるよ）

　アンナの説明を聞いて、タナカが言う。

（タナカ、でも排卵周期に合わせて膣穴出ししても、子供ができる可能性はそんなに高くないよね？）

（そうでござるなあ。一般には、一回の行為で孕む可能性は一割から二割程度だと言われているでござるよ。カナタ氏の精力が強くて射精量が多いことなども考慮しても、三割はどうやっても超えないでござろうよ）

（詳しいね）

（エロゲがすべてを教えてくれるでござるよ。『托卵町内会～奥様たちはみんな僕の子供を産んでくれる～』の作中で言及されていたでござる。そうでござるっ！　こないだ『欲望の匣』で昼食を出そうとして、外したアイテムが『托卵町内会～奥様たちはみんな僕の子供を産んでくれる

～』のだったでござるよ。アレを使うでござるっ！)

(えっ、昼食で外したというと、『元気一発タフビタンE』という瓶入りのポーションのこと？)

(違うでござるよ。『元気一発タフビタンE』は『精霊天使モエモール2』のお助けアイテムの精力剤でござる。なんなら、そっちも一緒に使ってもいいでござるが、拙者が言いたいのは『牝猫製薬ハラマセールA錠』のことでござるよ。ハラマセールA錠は、精子の生命力を高め、受胎確率を百倍にまで高めるでござるよ)

(百倍！　それはすごいね)

(うみゅでござる。タイミング良く膣穴出しすれば、ほぼ確実に孕ませることができるでござるよ。けれど、上位互換のアイテムの『牝猫製薬ハラマセールEX錠』はもっとすごいでござるよ。危険日以外での膣穴出しでも、この薬を服用した男の精液を膣穴出しされると強制的に排卵されて、孕ませることができるでござる。ついでに言うと、初潮前の幼い娘でも閉経した年配女性でも孕ませてしまうでござる。『托卵町内会～奥様たちはみんな僕の子供を産んでくれる～』をフルコンプするには、『A錠』だけでなく『EX錠』も使わないと普通は難しいでござるよ。『EX錠』なしの縛りプレイで完全攻略できるのは、プロのエリートニートだった拙者の前世くらいでござろうなあ)

だが、アンナに無断で『牝猫製薬ハラマセールA錠』を使うのはフェアではない。

僕は入手経路を明かせないと断った上で、アンナに『牝猫製薬ハラマセールA錠』について説明をした。

「使って欲しいッス」

アンナは即答した。

「私、先輩のこと好きッス。こんなことになっちゃったけど、愛してるッス。先輩の子種で赤ちゃん欲しいッス。ですから、先輩、その薬飲んで、もう一度、私のこと犯してください」

『牝猫製薬ハラマセールA錠』は一回犯せば、ほぼ確実に孕ませることができるのだが、僕はうかつにも『元気一発タフビタンE』を合わせて服用してしまった。

『牝猫製薬ハラマセールA錠』は10ポイントのアイテムで、『元気一発タフビタンE』は3ポイントのアイテムに過ぎない。だが、その効果は覿面《てきめん》で、正確な回数は数えられてないのだが少なくとも二十回以上も僕はアンナに膣穴出しすることになった。その他、アンナのお尻の穴も犯して直腸にも精液を何度も流し込んだし、口にも射精したし、再度その大きすぎるおっぱいに挟んで射精したりもした。

とにかく朝まで犯して、犯して、犯しぬいた。

おかげで、『元気一発タフビタンE』の効果時間六時間が切れて僕が我に返ったときには、夜が明けていて、ベッドもアンナもどろどろで酷《ひど》い有様であった。

ベッドはもうシーツだけでなく布団は買い替えた方が良さそうだ。

できるだけ声やら物音は抑えるように努めたが、隣人には何度も壁を叩かせてしまった。また近いうちに手土産でも持って謝罪しておいた方が良いだろう。

アンナといえば、意識朦朧《もうろう》の有様で、絶頂の余韻でビクンビクンと時折痙攣するばかりである。

なんども絶頂しすぎたせいで、脳の回路がおかしくなったのかいつまで経《た》ってもビクンビクンしていた。その股間から広がっている布団の上の白い水たまりがすべて僕の精液であるというのは信じられない。性欲の代名詞にもされるオークだって、こんなには射精さないだろう。

この惨状をなんとかしないとと、『欲望の匣』に頼ったのだが、5ポイントを十回消費したところで、『ヒーリングドリンク』が手に入った。都合よく目的のアイテムが手に入るというのは、なんともツイてる。

(『ヒーリングドリンク』は『ランソ』シリーズの基本アイテムの一つでござるな。HPが小回復するでござるよ)

この『ヒーリングドリンク』を飲ませたところ、アンナはすっかり元気になった。

夜を徹してセックスしていたのに、眠気も疲れもまるで感じさせない。

「ずっと股間がヒリヒリしてたのも楽になったッス。このポーション、すごい効き目ですね！最上級のハイポーションでもこんな効き目はないですよ！」

アンナが驚いていた。

(『ヒーリングドリンク』はゲーム中では最下級の回復アイテムでござるがなあ。低レベルのうちは重宝するでござるが、ゲーム後半になってきたら回復量が足りずに役に立たないでござる。アンナ殿はまだまだ低レベルということでござろうなあ)

その日は結局、朝から夕方までアンナと街をデートして、服だとかアクセサリーなんかをプレゼントした。

服についてはだいぶ汚してしまったというのもある。僕もスキルに目覚めて以来実入りがよくなっていて、ちょっと見栄《みえ》を張れるくらいの贈り物ができたのは良かった。ただ、これから伯爵様の第二夫人になるアンナにとっては安物になってしまうのかもしれない。

「私、明後日にはもうこの街を出る予定です」

寂しくなる。

心の底からそう思った。

「私、先輩の赤ちゃん、立派に育てちゃいますよ。立派に育てすぎて、伯爵家の跡継ぎにしちゃうかもしれませんから」

「アンナは逞《たくま》しいね」

「そうッスよ。それじゃ、先輩。いろいろとありがとうございました」

アンナは最後までいつもの蓮っ葉な調子であったが、僕は知っている。こんな調子でアンナが言葉を交わす相手は僕一人であると。

ああ、私は怒っているんだ。

アンナはそう自覚していた。アンナは生まれながら穏和な性格で、子供の時分からついぞ腹を立てたという記憶がまるでない。子供の時分に弟に夕食の主菜を奪われたときも、幼学校で理不尽ないじめを受けたときも、ギルドで受付嬢として働くようになったばかりの頃に粗暴な冒険者に乱暴を働かれそうになったときだって、悲しく思うことはあっても腹を立てるようなことはなかった。

アンナの生まれ育った男爵家は、男爵家とは名ばかりの貧乏所帯だ。二、三代前までは爵位に相応で小さいながらも領地も持っていたという話だし、アンナの父である男爵がまだ幼い頃くらいはまだだいぶマシだったようで、邸《やしき》もあれば、使用人も雇っていたそうだ。だが、今代の男爵は役職の一つも持たず俸禄《ほうろく》も雀《すずめ》の涙で、とてもではないが使用人を雇うことなどできようもない。住まいも、借り住居でこそないものの邸というよりはまあ普通の家だ。それならば、爵位を返上して平民として働いたらどうだとアンナは思うのだが男爵の考えは違うらしい。

分からないではない。男爵位といえども、爵位には価値がある。曲がりなりにも貴族でなければ得られない役職もある。幸いなことに、嫡男である弟はそれなりに優秀で、現在は領軍に騎士として出仕している。まだまだ出仕し始めたばかりでこれからなのだが、順調に出世していけばそれなりの役職も得られるのではないかと期待されている。もともと弟が爵位を継げる年齢になるまで、爵位を維持できるかどうかさえ微妙だったのだが、アンナのギルドでの稼ぎの大半を家に入れたこともあってなんとか乗り切れそうだった。うまくいけば男爵位を弟が継ぐことで過去の栄光を取り戻すとまではいかなくても、生活にも少しは余裕ができるはずだ。

十五歳の新年式で固有スキルを授からなかったあとで、家計を支えるために、冒険者ギルドで受付嬢として働くように男爵から言い渡されたときも、腹が立ったりはしなかった。

「下賤《げせん》の仕事ではあるが、お前はいずれ男爵家を出ていく身だから」

そう男爵は言ったが、アンナ自身は幼い頃より平民と交じって育ってきたため、男爵のような平民に対する蔑視はない。冷静に考えれば、家を出ていく予定のアンナに金を稼いで家を支えろというのだから、少しくらいは怒ってもよかったのかもしれない。だが家のために働くことにも、これまで育ててもらった恩もあるし、嫡男である弟のことも可愛《かわい》いし、否やはなかった。三つ年下の弟は最近めっきり体が大きくなって、アンナも背丈で追い抜かれてしまったが、可愛い弟であることは変わりないのだ。

アンナはそうして冒険者ギルドで働くことになった。アンナは使用人も雇えない男爵家で家事はいつも行っていたし、箱入りのお嬢様というわけではなかった。だが、働き始めてすぐの頃はあまり仕事がうまくいっていたとは言えない。

失敗ばかりして、そして怒られての辛《つら》い日々であった。仕事を教えてもらおうとした受付嬢などの先輩職員は、皆冷たくて、親切に教えてくれようという者は、ただ一人を除いていなかった。

後になって思えば、タイミングが悪かっただけなのだとアンナには理解できる。たまたま人手が不足していて、たまたま業務が立て込んでいる時期にアンナが勤め始めたのだ。どの職員も自分の領分をこなすので精一杯で、たいして役にも立たない若い新人を教育する余裕がなかっただけなのだ。

そんな中で、唯一アンナに親切に指導してくれたのがカナタだった。

カナタ・ヴィレッジストーンというその青年は、誰よりも多くの業務をこなし、誰よりも遅くまでギルドに残って仕事をする。そうでありながら、ギルド内での扱いは最底辺だ。同僚からくだらない雑用を押し付けられても文句の一つも言わず黙々と効率よくこなしていく。仕事は丁寧で、早い。気も回り、自分の仕事を十全に執り行いながらも、周囲への気配り、フォローを忘れない。困っているアンナの仕事も手伝い、ギルドでの仕事のいろはを教えてくれた。

やがてカナタの指導のおかげもあって、アンナも仕事を問題なくこなしていけるようになった。

そうなると周囲を見る余裕ができる。

アンナには誰よりも仕事ができるカナタが職場で軽んじられているのが不思議でならなかった。

それを別の職員に尋ねても、

「あ、彼、彼はまあアレだから」

「カナタ？　あいつは良いんだよ」

などと要領を得ない。

　それでもしばらくして、アンナはカナタが軽んじられているのは、カナタが領都の出身ではなく貧農の出身だからなのだと知る。それも領都近くの村ではなく、辺境の開拓村の出身なのだという。

　ふつうギルドの職員として働くのは、アンナのような下位の貴族家の非嫡出子や平民でも豊かな家の出身者が大半だ。職員として働くには読み書きに算術など、最低限の学が必要なのだから当然なのだ。

　たしかに、領都には農村なり別の街から子供なり食い詰め者が流れ着いてくる。だがそうした者たちは総じて能力が低く、貧民街に住み着いて領都に迷惑をかけるようになるのが大概であった。カナタも子供の時分に領都にやってきた流れ者の一人なのだそうだ。カナタは周囲からスラムの食い詰め者と同一視されているのだ。

　カナタはアンナが仕事を覚えてくると、アンナから距離を置こうとするようになった。周囲から蔑まれるカナタがアンナの近くにいては、アンナの評価も下がってしまうという気遣いからだ。けれども、アンナはカナタの側《そば》を離れるつもりはなかった。アンナはカナタの後を付いて回った。

　アンナはカナタが軽んじられていることは、不当な差別だと思った。たしかにスラムの住人というのは、知性にも品性にも欠け、問題ばかりを起こす領都に住み着く寄生虫のような者たちだという評価をアンナも否定するつもりはない。彼らは何ら領都に貢献しないにも拘《かか》わらず、治安を悪化させ、問題ばかりを起こすのだ。

　だが、それとこれとは話が別だ。カナタ自身は高い知性と品性を持ち、ギルドの誰よりも仕事

がいこと凄《すご》いことができる。むしろ、カナタが貧農出身だというのにそれだけの能力を持っていることは凄《すご》いこと

なのではないかと、アンナは思う。貧農の出身者は総じて幼学校にも通っていない。だから読み書きも算術もできないのが当たり前なのだ。

アンナは勉学はわりと得意な方で、貴族向けの学校には行けなかったが、街の幼学校や淑女学校では良い成績を修めていた。だが、カナタはそんなアンナよりも明らかに高い学があった。算術は早いし、政治や、哲学、軍事について語ることさえもできた。淑女学校に通っていた時分にたまたま知り合った高位貴族の子弟にだって負けないような深い才知を、カナタは持っていた。

カナタはある種の天才なのだとアンナは思った。

だが、持って生まれた才能だけでもない。カナタは日々を忙《せわ》しく働き、少ない休日や休憩時間には何を遊ぶでもなく、ギルドの図書室に籠もって専門的な本を読み、学んでいるのだ。

「知識は生きる上で役立つ強力な武器だからね。ギルド職員の特権で、無料でこれだけの資料を自由に読むことができるというのは、ほんとうにありがたいことだよ」

カナタは六歳の時分に貧農の家を出て、日銭を稼いで食いつなぎ、十四歳で冒険者ギルドの下働きになり、すぐに能力を示して正規の職員の立場を得たのだそうだ。

何の教育も受けることもできない貧農の子供が普通できることではないし、カナタの語る思想は貧農上がりが普通持てるようなものではない。

アンナはカナタを尊敬し、そして当たり前のように好きになった。

アンナはカナタに好意を隠すことなく接した。カナタは鈍感な人間ではないので、アンナの示

す好意に気付いていたはずだが、気付かないふりをしていた。

カナタは、もはや一人前になったアンナと比べても三倍近くの業務を日々こなしているというのにその職位はあいも変わらず最下級で、与えられる給金もアンナよりも少ないほどだ。

おそらくカナタは自らの甲斐性《かいしょう》に鑑み、アンナに手を出しても責任を取り切れないとでも考えているのだろう。

アンナはそんなことを気にせず手を出して欲しいと思ったが、アンナの方から明確に愛を伝えることもしなかった。先輩、後輩という立場で隔意無く過ごす日々が嬉《うれ》しすぎて、まだいいやいいやと日々を重ねてしまっていた。

家族には想い人がいることは伝えていた。

「良いのではないか。受付嬢など、卑しい仕事をしたお前などを娶《めと》ってくれる貴族はいないからな」

父親である男爵の古臭い考え方は不愉快であったが、障害がないことは嬉しかった。

「あなたが幸せになることが一番ですよ」

母親は男爵に逆らうことのできるような女性ではなかったが、応援してくれた。

「ふーん、いいんじゃない」

弟は無関心という感じだったが、反対もしなかった。弟については、幼い頃からしっかり可愛がってきたし、弟が貴族としての教育を受けることができたのもアンナの稼ぎのおかげが大きいのだから、もう少し感謝して、こちらに関心を持って欲しいと思った。

カナタもアンナも稼ぎが良いわけではないが、いつか結婚して二人で支え合っていけばなんとかやっていくことはできるだろう。アンナはそんな未来を夢見ていた。少し運命が違っていたら、実際にそういう未来もあり得たはずだ。

だが、二十歳の新年式でアンナには転機が訪れる。C級の固有スキル『収納倉庫』が手に入ったのだ。

固有スキルは授かる年齢が遅いほど高ランクのものを授かる可能性が高くなる傾向にあるのだが、反面、固有スキルの多くはその真価を発揮するのに十分な習熟が必要となることが多いため、常命種であるヒューマン種の場合は十歳あたりで固有スキルを授かるのが当たりで、二十歳まで固有スキルを授からないというのはハズレだとみなされていた。

だが、『収納倉庫』は比較的習熟の必要性が低く、かつその価値はB級にも劣らないとさえ見なされている。

そして、暫《しばら》くして、

「お前の結婚が決まった。隣領の一つである、デュラクス伯爵様だ。第二夫人の立場ではあるが、うちのような男爵家にはもったいない相手だ」

父親が縁談を決めてきた。冒険者ギルドからも、固有スキルを活《い》かせる部署へ異動の上より良い条件での雇い直しも打診されていたのだが断ることになった。

デュラクス家はほんの三代ほど前に商家から成り上がったばかりの、金回りの良いことで有名な新興伯爵家だ。

そして、デュラクス伯爵家からは男爵家を立て直すに足る資金援助が受けられるのだという。家長である男爵の決定である。さらには、既には遥《はる》か格上である伯爵家が関わっている。一介の受付嬢でしかないアンナにできるのはただ受け入れることのみであった。

そこからはトントン拍子だった。

見合いの席で会ったデュラクス伯爵は穏和な男性で、アンナのことを大切にすると約束してくれた。『収納倉庫』のスキルを伯爵家のために使って欲しいと直截《ちょくさい》に頼まれもした。

父親である男爵と同年代なのはちょっと考えさせられるところであるが、貴族の政略結婚では珍しいことではない。伯爵は自領の発展のために、アンナの『収納倉庫』を求め、然《しか》るべき代償としてミラージュ男爵家に少なくない援助を行っている。貴族として誠実な人物なのだろう。

だが、アンナは怒っていた。

アンナはこれまで家族にとって都合が良いように生きてきた。少しばかり病弱気味な母親に代わって、家事のほとんどはアンナが担当したし、幼い頃は弟の面倒だって見た。冒険者ギルドに勤めるようになってからは、その収入の大半を五年にわたって家に入れてきた。弟は高い費用がかかる貴族学校にも通わせ、アンナ自身は庶民の通う淑女学校にしか通わなかった。アンナは我慢に我慢を重ねてきた。想い人がいると家族に打ち明けていたのは、アンナが幼年時代から通して初めて望んだ我儘《わがまま》だった。

それなのに、家族はアンナを売ったのだ。

アンナの望みを無視し、アンナの存在をお金に変えて、男爵家の立て直しに使おうというのだ。

それを決めてきたのは男爵だが、夫人である母親もそれに反対しないし、可愛がってきた弟も何を言うでもない。伯爵家との縁談について、相談すらされることなく、決定事項として通達された。

理解はできるのだ。男爵にとって、家の立て直しは長年の悲願である。アンナが使える駒になったなら、使うというのが当然の判断だ。母親や弟が、家長である男爵に異を唱えられないのも当たり前である。弟が騎士として出世していくためにも、資金的なバックアップが必要になることも理解できる。必要なことではあるのだ。

しかし、理解できることと受け入れられることは別だ。

すべての不都合、すべてのしわ寄せをなぜ自分一人が被《かぶ》らなければならないのだ。

しかも、家族の誰もがアンナがその決定に従うことを当然と見なしていた。想い人を諦めてくれと、家の為に理不尽を呑み込んでくれと頼まれることさえなかった。ただ、いつもの通りにアンナが家に尽くすだろうと誰もが考えていた。どうか家のために呑み込んでくれと、頭を下げられることすらない。せめて、地面に頭を付けて詫《わ》びた上で許しを請うべきではないのか。

これまでこんなにも家族に尽くしてきた自分が、どうしてこうも蔑《ないがし》ろにされなければならないのだ。

それは紛れもない理不尽に対する怒りだ。

その怒りはアンナの中の家族に対する愛情を燃やし尽くした。アンナは従順であることをやめ、好きに振る舞うことにした。

アンナはデュラクス伯爵家に嫁ぐ準備をするための忙しい日々の中で、無理矢理に時間を作り、カナタに会いにギルドに向かった。決意を決めて、カナタに抱かれるためにだ。

格上の伯爵家に嫁ぐことが決まった令嬢が、不義を行う。

露見すれば、自らの命どころか男爵家にまで責任が及び取り潰しまでまったなし一直線の危険な行為だ。だが、知ったことじゃなかった。

カナタに愛を告白し、ギルドの先輩受付嬢らから教わった手管を使って、必死に誘惑した。上目遣いも有効だったし、数々のえっちな言い回しもカナタには効果的だった。おっぱいは最終兵器になると言われたが、それもその通りだった。

精一杯背伸びをしての誘惑だったが、結果的にその誘惑はうまくいって、カナタに処女を捧《ささ》げることができた。

教えを請うた先輩受付嬢たちには感謝しかない。教えを受けているときには、だいぶ面白がられて、誂《からか》われてしまったので、素直に感謝を言うのは少し躊躇《ちゅうちょ》してしまうのだけれども。

誤算だったのは、カナタが想定以上の性豪だったことだ。

「男なんてのは、二回か三回も射精してしまえば、それでフニャフニャになっちゃうって」

「サイズ？　そんなのは人それぞれでしょうね。指先ほどの短小だったとしても、がっかりしないようにした方が良いですよ」

「相手も童貞くさいし、そんなに期待しない方が良いだろうね」

「下手くそな腰振りにも、感じてるフリくらいはしてあげなよ。それで男は喜ぶから」

「にゃー、ミケーネは下手くそな男は嫌いにゃ。短小な男もきらいにゃ」

メリーナたち、先輩受付嬢から貰《もら》った忠告とはまるで違った。

カナタの股間のモノははっきりいって凶悪すぎる凶器で、それで秘所を貫かれたときは、灼熱《しゃくねつ》の鉄杭《てっくい》で体を串刺しにされたようにさえ感じた。そして激しく犯された、何度も繰り返し杭打ちされた。痛みがあったが、愛する男に犯されることに肉体が喜んでいた。処女喪失の性交では、ふつう快楽を得ることは難しいと聞いていたが、間違いなくアンナの肉体は悦《よろこ》んでいた。そしてなにより子宮奥深くに注がれた牡蠣《かき》汁はアンナの渇いた肉体を潤した。

「女が孕《はら》む可能性を百倍にまで高める薬」というものをカナタは持っていて、カナタはアンナにそれを服用するかどうかを尋ねた。

見たことも聞いたこともないような薬だが、それが偽物なんかではないと、何故か当たり前に信用できた。なぜカナタがそんな薬を持っているかも分からなかったが、アンナは迷うこと無く頷《うなず》いていた。

「使って欲しいッス」

アンナは即答した。

「私、先輩のこと好きッス。こんなことになっちゃったけど、愛してるッス。先輩の子種で赤ちゃん欲しいッス。ですから、先輩、その薬飲んで、もう一度、私のこと犯してください」

そしてそれからは犯されまくった。乱暴に犯され、犯され、何度も犯され、子種を子宮の奥深くに打ち込まれ、さらに犯され、犯され、女としての悦びを教え込まれた。カナタは何回だってアンナの膣《ちつ》をちんぽで串刺しにし、何回だって精液を流し込んだ。犯されることは悦びであったが、数回も放出すれば男の子種は涸《か》れてしまうなどというデマを教えたメリーナたちを恨めしく思いもした。

一晩中犯されて、アンナの意識は朦朧《もうろう》としたし、腰砕けになって立てなくなるほどだった。

だが、カナタはギルド職員であったアンナでも見たことがないほどの高位のポーションを飲ませてくれた。

見たこともない色のポーションで、初めはそれがポーションであるということさえ分からなかったのだが、それを飲めば股間の痛みも夜を徹してセックスしていた疲れも、眠気さえも消《き》え失《う》せてしまった。

「女が孕む可能性を百倍にまで高める薬」のことといい、カナタにはアンナが知らない何か秘密があるのだと、アンナは気付いた。しかし、この後伯爵家に嫁いでいかなければならないアンナにはそれを問いただす権利はないと、何も尋ねることはしなかった。

翌日、アンナはカナタとデートしてもらった。

アンナはカナタとギルドで働き始めて以来、五年にも及ぶ付き合いになるがちゃんとしたデートは初めてのことだ。街を巡って、服だとかアクセサリーであるとかを買ってもらってしまった。

ギルド職員としてのカナタの薄給ではとても軽々しく購入できるようなものではなかったはずだが、あの新年式でアンナが『収納倉庫』を手に入れたように、カナタもB級固有スキル『献身』を手に入れている。その固有スキルが転機となって、カナタも新しい道を歩み始めたのだろうと想像がついた。アンナが伯爵家に嫁ぐことが決まったように、カナタもまた新しい道を歩み始めているのだ。

カナタとデートで回ったのは見慣れた領都でしかなかったが、愛するカナタといっしょに回るだけでまるで違った場所に思えた。

きっともうこの先、アンナとカナタの人生が交わることはない。

万が一、何かの偶然があってその道が交わることがあったとしても、そのときのアンナの立場は伯爵家の第二夫人だ。

別れは、寂しくて、辛かった。

けど、この思い出があれば、アンナは生きていける。どんな辛い目にあっても歯を食いしばって生きていけるとアンナは思った。

アンナはその後、日を置かずに領都を離れ、伯爵家領に向かった。

伯爵家領には、アンナは好意的に迎えられた。

伯爵の第一夫人にも、

「アンナさん、これからは家族としてよろしくおねがいしますね」

そう言って迎えられた。

第一夫人は穏和で美しい女性で、聞けばアンナの母親と同い年だという話であったが、肌も綺《き》麗《れい》でとてもそうは見えなかった。二児を産んでいるはずだが、二十代後半と言っても通じてしまいそうだ。

「こんにちは」

「よろしくおねがいします」

第一夫人の後ろから、まだ五歳と七歳の長男と長女が顔を覗《のぞ》かせる。まだ人見知りされてるようだ。

伯爵自身も同年代のはずだが、若々しいナイスミドルだ。商家から成り上がった伯爵家で、今も物流によって家格を保つ家なのだそうだが、伯爵自身は剣術が得意なのだという。

「ウチのことを、商人出の成り上がりだと蔑む者もいるからね。それだけではないってことを、見せるようにしたくてね」

カナタのことがなければ、結婚相手としては理想に近いのではないだろうか。

何人もいる使用人たちにも丁寧に遇された。使用人たちの名前も聞いたが、人数が多すぎて一度には覚えきれなかった。アンナに専属のメイドもつけてもらえた。専属のメイドが三人もいる第一夫人よりは劣る扱いであるが、これまで身の回りのことは自分でやってきたというか、むしろ家族の面倒を見てきたアンナにとっては十分すぎる。使用人やメイドたちに、「奥様」と呼ばれ傅《かしず》かれることに慣れるのには苦労しそうだった。何せうっかり掃除なんかの簡単な家事を手伝おうものなら、逆に叱られてしまうのだ。

結婚式は略式で、パーティなどは行われなかった。家格があまりにも違う嫁入りであるため、アンナの固有スキル目当ての政略結婚だというのが露骨すぎて、積極的に醜聞を広めることになりかねないからだそうだ。アンナにとっても否やはない。それでも初夜は行われるようで、嫁いだその日の晩にアンナは伯爵の寝室に呼ばれた。

優しくして貰ったと思う。

行為の回数は二回。

アレの大きさも小さい。小さいといっても、メリーナたちから聞いた標準サイズなのだが。

カナタ以外の男に犯されるのは少しだけ不快だったが、怖《おそ》れていたような身悶《みもだ》えするような嫌悪感は感じなかった。ただ、カナタとの乱暴に犯されながらも多幸感に包まれた激しくて、でも夢のようなあの一夜と比べればほんとうに詰まらない行為だと感じた。

カナタに犯されて、アンナはメリーナたち先輩受付嬢たちの忠告はまるでデタラメだと思っていたが、そうではなかった。カナタの方が特別だったのだとアンナは誤解を正すことになった。

「あなたの言うことが本当なら、カナタは異常ね。よほど性欲の強い若い男でも、五回とか六回が限界のはずよ。男、それも三十歳や四十歳のおっさんなら、ふつう一回戦で終了でしょ。二回がんばったら、褒めてあげなきゃってレベルよ」

カナタと別れたあと、事後報告のために訪れたアンナにメリーナはそう説明した。説明されたときは半信半疑だったが、その説明が正しかった。メリーナの言葉を信じるなら、四十路《よそじ》で二回がんばった伯爵は褒められるべきなのだ。

ひょっとしたらというか、多分なのだけど、メリーナやミケーネはこのあとカナタを誘惑するんじゃないかと思う。いや、もうとっくに行為に至っている可能性は高いだろう。

自分だけの先輩であったカナタが、他の女性と体を重ねることを思うと少し悲しい。

アンナはこれから再びカナタに犯してもらうことは、二度とないだろう。だから女としての悦びを得ることも二度とないと思う。

伯爵には、アンナが処女でなかったことについては何も言及されなかった。

気付かなかったのかもしれない。あるいは、初めから処女だとは期待されていなかったのかもしれない。きっと後者なのだとアンナは思う。

アンナの父親などは、自分の娘の職業である冒険者ギルドの受付嬢のことを、

「男漁《あさ》りをするような、卑しい仕事」

と言って憚《はばか》らなかった。

伯爵はそんな暴言を吐くような人物ではなかったが、まともな貴族が受付嬢に下す評価は似たようなものだ。伯爵も口にこそ出さないが、同様に考えていたのだろう。

アンナはその翌日から、伯爵家にとってどのような役割を期待されているかを説明された。

「基本的には、私の仕事に同行して欲しいと思っている」

そう伯爵は言った。

アンナには意外であった。軍に同行して軍事物資を輸送したり、商品の流通のために常に多量の物資の運搬を任されるのではないかと予想していたからだ。

「ははは、君はウチの従業員ではなくて、僕の妻でウチの嫁だよ。それをさせたいのなら、妻として迎え入れるのではなく、従業員として雇うよ」

伯爵はそう嗤《わら》った。

「もっとも、必要があればそうした仕事をお願いするかもしれないがね。だがそうした仕事に君を常用して使い潰すつもりはないよ。常用するのではなく、いざという時の手札の一つとして手元に置いておきたいというのが私の目論見《もくろみ》だね。確かに、君のような優れた固有スキルの持ち主を前提として商売の組み立てをすれば、一時的に利益は大きくなるだろう。しかし、たった一人の個人的能力に依存した商売は、その一人が失われたときに容易に損なわれる。曲がりなりにも伯爵家としては、その程度で失われる小さな商売に汲々《きゅうきゅう》とするつもりはないよ」

話を交わすと、伯爵が領主として、あるいは商売人として優秀な人間であることが理解された。

「また君は、私の妻であり、人生のパートナーでもある。私は君のことを大切にするつもりであるし、君にもそれに応えて欲しいと思っている。私の子を産んで欲しいとも思っている。君を金で買うような真似をして、何を言うと思うかもしれないがね」

家庭人としても誠実で、尊敬できる人物のようだ。

アンナはそんな尊敬できる人物を裏切り、カナタの子を伯爵家の子と偽って産もうとしている。罪悪感を感じる。

アンナは受付嬢時代、まだ受付嬢の仕事に慣れておらずカナタに何かと助けてもらっていた頃のカナタとの会話を思い出す。

「『情けは人の為ならず』という言葉があってね。人に対して情けを掛けておけば、巡り巡って自分に良い報いが返ってくるという意味だよ」

当時、アンナは聞いたことない言葉であり、その後もついぞカナタ以外の口から聞くことのなかった言葉だ。

カナタが言うには、人が他人に親切にしたり誠実であることは、他人からの信頼を得ることに繋《つな》がり、最終的には自分自身の利となって返って来るのだという。特に賢い人ほどそのことを理解しているんだという。だから、ある人物が親切で誠実であったとしても、その人物の性根が善良であるとは限らないのだと、カナタは語った。

そして、だから普段の行いがまったく善良な人物であったとしても、絶対に悪行が露見しないと確信されるときには躊躇なく悪行をなしたとしてもおかしくないのだと語った。

なるほど、たしかにカナタにしろ伯爵にしろ、心根が善良だからではなく、賢いからこそ善良に振る舞っているだけなのかもしれない。だが、その心根は別として振る舞いこそが善良であるのなら、その善良さの恩恵を受ける周囲の人間にとっては、その者を善良であるとみなしても間違いないのではないか。

少なくとも、アンナにとってカナタは絶対の善であり、正義であった。

「君にはこれから伯爵家の夫人として、学んでもらうことも多いと思う。君は貴族家の生まれとはいえ、男爵家と伯爵家では身につけるべきマナーも教養も、言ってしまっては悪いが求められるレベルが違う。明日からは君に教師や第一夫人のもとで学んでもらうことになっている。苦労をかけることになるとは思うが、呑み込んで欲しい。また、私の仕事に同行してもらうことも多いだろう。初めのうちは失敗の許されない王族や高位貴族と立ち会うような場はできるだけ避けるが、少しずつ慣れていってもらわなければならない」

期待されている、と思った。

その期待にはできるだけ応えよう。

さっそく翌日からアンナは忙しい日々を送ることになる。学ぶこと、身につけることは本当に多い。

だが、辛いとは感じなかった。

教師たちも、第一夫人も厳しくはあるが同時に優しくもあった。アンナが成果を見せれば褒めてくれたし、理不尽を言われることもない。

伯爵家の夫人として求められる知識や技能が身についていくことに、やり甲斐だって感じた。辛いということなら、社会のいろはも知らない十五歳で突然冒険者ギルドで働き始めたときの方が、ずっと辛かった。

また、伯爵の夜の相手としても三日に一度は呼ばれた。

アンナの固有スキル目当ての婚姻だといっても、やはり伯爵も男である。アンナの若い肉体を貪りたいという欲望はあるのだろう。ただ、やはり回数としてはだいたいが一回戦まで。頑張ってもらっても二回というのが常であった。

これはカナタの子供を伯爵家の子と偽って産みたいアンナにとっても望むところだ。たった一回の行為で孕んだというよりは、繰り返しシた方が説得力は増す。

メリーナたちにしてもらったアドバイスに従って、少しずつ伯爵の行為に対して感じるようになった風を装って、少しずつ嬌声《きょうせい》をあげるようにもした。それには面白いように伯爵も騙《だま》されて気をよくしているのが見て取れた。

そうした日々を送っていると、少しずつ伯爵からの愛情も深くなってきているように感じる。

仕事の面でも、求められている夫人としての振る舞いも少しずつ身についていく。

本格的に『収納倉庫』でなければならないような仕事はなかなかないが、マジックバッグ代わりのような仕事もいくつかはこなした。これは、アンナの『収納倉庫』が本当に使えるかどうかのお試しの仕事というところなのだろう。

これは夫人としての仕事とは違うが、伯爵の書類仕事も手伝ったりもした。書類仕事に関しては冒険者ギルドで鳴らしたもので、ものによっては伯爵自身より手際よく片付けて、伯爵や家人を驚かせもした。カナタに叩《たた》き込まれた事務能力の高さはアンナの誇りだ。

「良い妻を貰った」

伯爵は言った。

「来てくれたのがあなたでよかったわ」

第一夫人が言った。

「アンナ様にお仕えできてよかったです。でも、私の仕事はもう取らないでくださいね」

専属になってくれたメイドは言った。

「第二夫人は覚えがよく、教え甲斐があります」

マナーの教師が言った。

「本日の晩餐《ばんさん》には、アンナ様のお好きなソテーをお出ししますよ」

料理人や使用人たちとの関係も良好だ。

「ねー、アンナ様、遊んでよ」

「私も。私もー」

初めは人見知りされた長男と長女にも懐かれた。

好意を示されれば絆《ほだ》されるのが人間という生き物だ。

カナタに対する狂おしいような想いとは違うが、アンナは彼らに対して穏やかな愛情を抱くようになっていった。そしてこれから日々を過ごしていくなかで、その穏やかな愛情は確たるものになっていくだろう。彼らこそがアンナにとって大切なものに少しずつなっていくのだ。

父親である男爵に、母親に、弟に、かつて家族に売り払われたと知ったときの怒りは、消え失せてはいないものの、もはや燻《くすぶ》る程度だ。

アンナはたった一つの裏切りを除いて、新しい家族に対して誠実で親切で善良な人間であろうと思った。いつか胸の奥で小さく燻るその怒りが、いつか完全に消え失せる日もくるのかもしれない。

たぶん、これからの人生でカナタと再会することはないだろう。彼とは住む世界が違いすぎる。

もしかして、またいつか両者の人生が交わり、万が一カナタと再会することがあっても、あの頃のように蓮《はす》っ葉《ぱ》な口調で話しかけることはきっとできない。

書き下ろし番外編

冒険者ニャーニャの一日

ニャーニャはいつも夜明けよりも前に一度、目が覚める。猫獣人の種族的特性で、ヒューマン種よりも少しばかり睡眠時間が短いのだ。その代わり、日中のちょっとした隙間時間に仮眠を取る。

今日もいつものように、ニャーニャは日の出の一時間ほど前に宿の一室で目を覚ました。けれども、ニャーニャはまだ寝台を抜け出して活動を始めることはしない。ニャーニャの腕の中には小さな体躯《たいく》の少女がすやすやと眠っているからだ。

柔らかな布団と、ニャーニャに包まれながら眠っている少女こそ、シャノア・フォレティア・シャフラティン。ニャーニャが属する冒険者パーティ『暁の光』の実質的なリーダーであり、ニャーニャの主人である。あどけない寝顔を見るととてもそうは思えないが、実年齢は三百歳を超える古エルフである。

ニャーニャは間違っても主人であるシャノアの眠りを妨げないように身じろぎもせず、ただ肌に触れるシャノアの体温を感じる。睡眠時はもっとも寛《くつろ》いで眠りたいというシャノアの意向で、寝台の中ではシャノアもニャーニャも全裸だ。貴族向けの宿は堅苦しくて嫌いだというシャノアの嗜好《しこう》で、一般向けの宿ではあるものの一般向けの宿の中では提供される食事や調度品に質が良いものを揃《そろ》えている宿を選んでいる。寝具は柔らかいし、シーツも清潔だ。ニャーニャは目を閉じて、微睡《まどろ》みの時間を過ごす。そうしているとまた自然に眠くなっていくのだ。

次にニャーニャが目を覚ますのは、日が昇る頃、シャノアが目を覚ます時間だ。この日は、シャノアが目を覚ましたことは、シャノアがニャーニャの乳首に吸い付いていたことで分かった。

「おはようございますにゃ」

語尾に『にゃ』を付けるのはシャノアからの命令だ。可愛《かわい》いからだそうだが、ふつうはそんな話し方をするのは、猫獣人でも牡《おす》に媚《こ》びる娼婦《しょうふ》くらいだ。ニャーニャとしてはシャノアに媚びることに何の躊躇《ちゅうちょ》もないが、ふつうに暮らす猫獣人は語尾を飾ったりしない。今でこそ慣れてしまって何も思わないが、初めのうちはかなり気恥ずかしかった。ただ最近では『暁の光』でミスリル級冒険者までに成り上がったニャーニャに憧れて、一般の猫獣人にも語尾を飾る者が出ているというのは、当のニャーニャからしたら複雑な気持ちだ。

「んっ」

挨拶をするニャーニャに対し、シャノアの返事はそっけない。シャノアはニャーニャの体を撫《な》で回《まわ》し、弄《まさぐ》る。即座にニャーニャは「今朝は可愛がってもらえるのだ」と悟り、牝《めす》として発情する。

もともと、ニャーニャは奴隷の子として生まれ、持って生まれた高いステータスと整った容姿を見込まれて、戦闘奴隷兼性奴隷として育てられた。奴隷の子供は、固有スキルを授かってその価値が定まってから売りに出される。九割の者は五歳で固有スキルを授かるため、ほとんどの子供は五歳から商品棚に載るわけだが、ニャーニャの場合は十五歳になって初めて固有スキルを手に入れたため、それまでは小間使いとして働かせながら奴隷商で育てられ、十五歳でようやく商品になった。もともとの能力の高さに加え、授かった固有スキルのレア度がBと高かったこと、奴隷としての様々な心得、性奴隷としての技能を仕込まれていたことも合わさってニャーニャは高額であったが、それを買い取ったのがシャノアなのだ。だから、主人に望まれれば即座に発情し応じられるようにもともと仕込まれていたし、購入後はすっかりシャノアに開発しつくされていて、感度はすこぶるよくなっているのだ。

「にゃぁぁ♡」

シャノアの指先が、ニャーニャの淫核に優しく触れた。

声をあげたのは、感じたのならばそれを素直に声に出すようにとシャノアに命じられているからだ。宿の者や、隣室の者などに聞かれてしまうのではないかと恥ずかしいという思いは、シャノアに何度可愛がってもらっても消えることがないのだが、シャノアがそう望むのだから仕方がない。

「うにゃっ♡　にゃぁっ♡　にゃぁっ♡」

シャノアの手技は巧みだ。小柄なニャーニャと比べても、半分ほどの体重しかない子供のような体をしていても、長命種のシャノアの淫技は数百年の熟練の技だ。とりわけ性奴隷として仕込まれ、感度の高いニャーニャは、シャノアの思うがままにもてあそばれる。

小半時もしない間に、ニャーニャは何度も絶頂させられる。

シャノアが気まぐれに朝っぱらから行為を求めるのは珍しいことではない。日によってはニャーニャにも反撃の機会を与え、ニャーニャがシャノアに奉仕することを許してもらえることもあるのだが、今日はそういう気分ではないようで、ニャーニャばかりが一方的に何度も絶頂させられる。それはそれで嬉《うれ》しいのだけれども、ニャーニャとしては自分の奉仕でシャノアに気持ちよくなってもらえるというのはもっと大きな喜びであって、一方的に絶頂かされ続けるのは本意ではない。受け身になったとき主人はなんとも可愛らしく、主人に対して不敬ではあるのだけれども、ニャーニャは庇護欲を掻《か》き立《た》てられるのだ。

結局、ニャーニャが動けなくなるまで絶頂かせ続け、シャノアは全裸で寝台の上で大の字になるニャーニャを後目《しりめ》に着替えをして、さっさと部屋を出て行ってしまう。この主人は猫獣人のニャーニャよりも、猫のように気まぐれなのだ。

ニャーニャは暫《しばら》くして絶頂の余韻から立ち直り、なんとか身を起こすと身支度を整えて食堂に向かう。向かう途中で中庭を見ると、パーティメンバーのアマゾネスの戦士アマンダが剣を振るい汗を流していた。魔物も倒さず訓練で得られる経験値なんて微々たるものだというのに熱心なことだ。アマンダほどの高レベルになると、レベルを一つ上げるのに必要な経験値は莫大《ばくだい》で、訓練による経験値は砂漠に水を撒《ま》く程度のものでしかない。

ニャーニャの首には、黒いベルトのようなものが巻き付けられている。奴隷の首輪と呼ばれる魔導具だ。主人の死とともに絞まり、奴隷を縊《くび》り殺すというだけの機能を持った魔導具なのだが、製作には多量の魔石と熟練の職人の技能が必要で、それなりに高価な品だ。この国で奴隷が少なく、諸外国と比べて高額なのは、奴隷に奴隷の首輪の着用が義務付けられていて、奴隷の首輪の価格も込みとなっているのが理由の一つだ。

奴隷によっては己の命を奪う忌まわしき枷《かせ》でしかない首輪であるが、主人を敬愛するニャーニャにとっては、この奴隷の首輪こそがニャーニャがシャノアの所有物であるという証《あかし》であり、誇りでもある。ニャーニャは手持ち無沙汰になると、この奴隷の首輪に指先を這《は》わせてその存在を確認し幸せに浸る癖がある。こういうとき、ニャーニャの口元は莞爾《かんじ》と弓を描き、本物の猫のように目が細められ、時としてゴロゴロと喉が鳴る。

食堂で食事を終えて寛いでいると、聖女ユリティが降りてくる。このときもニャーニャは無意識に指先で奴隷の首輪をなぞっていて、喉は鳴っていないものの目は細められていた。

「ニャーニャさん、おはようございます」

「おはようにゃ」

だいたいいつも一番遅くに起きてくるのは、最後のパーティメンバーであるユリティだ。貴族の娘である彼女が公的には『暁の光』のパーティリーダーということになっている。起きるのがもっとも遅いといっても、ユリティがとりわけ寝穢《いぎたな》いというわけでもない。ユリティはいつも夜遅くまで本を読んだり、書類仕事をしているのだ。睡眠時間ということでは、たぶんユリティが一番短い。ニャーニャにしてみれば、知ったことではないのだが、貴族様にもいろいろあるのだと思う。

ニャーニャは食事を取るユリティの様子を見るに、その所作を美しいと感じる。ニャーニャ自身も高級奴隷として、主人を不快にさせないよう一通りの作法は教え込まれているが、洗練されのは貴族というのはニャーニャは貴族というのは具合が違う。とても真似できないと思う。ユリティと出会うまで、ニャーニャは貴族というのは平民を人とも思わない傲慢な人種ばかりだと思いこんでいたのだが、ユリティは違った。いつも礼儀正しいし、言葉遣いも丁寧だが、獣人でさらに奴隷でもあるニャーニャにも隔意なく接するし、気遣いもある。

「ニャーニャさんもどうぞ」

「ありがとにゃ」

食事を終えたユリティは手づから茶を淹れて、ニャーニャの分も用意してくれる。本当にお貴族様だとは思えない気配りだ。ニャーニャはカップの中の紅茶を生活魔法で冷やして、十分に冷たくなったところで舌をつける。

ユリティの視線が少しだけ険しくなる。言いたいことは分かる。ユリティの茶を淹れる技能は高い。最高の温度、最高のタイミングで紅茶を淹れている。せっかく良い温度で淹れた紅茶が台無しだと言いたいのだ。けれど猫舌なのだから仕方がない。猫獣人だけに。

熱い紅茶は苦手だが、それでもニャーニャも最近は紅茶が美味しいと思えるようになってきている。もともとニャーニャは水分補給なんて生活魔法で出す水があれば十分だと思っていたのだが、今では一人でいても高い金を払って茶を飲むことを選んでしまう。

スキルを授かってシャノアに買い取られる前は、紅茶なんていう贅沢品《ぜいたく》を味わう機会は無かった。ニャーニャは身分としては未《いま》だに奴隷のままだが、貴族もかくやという贅沢な生活をさせてもらっている。買い取られた後と前を比べたなら、境遇はまさに天国と地獄だ。

今こうしてニャーニャに対面するユリティは『暁の光』のパーティリーダーとして国やギルドには登録されているが、実のところ彼女の実家である子爵家の依頼で形式的にその立場に置いているにすぎない。

子爵家は庶子であるユリティが『聖処女』という誉れあるスキルを得たことを最大限有効活用するために、ユリティを冒険者として市井を回らせ、名声を稼ごうと考えたのだ。庶子にすぎないユリティを政略結婚の駒として利用するよりも、その方が利益になると判断したのだそうだ。それで『暁の光』に依頼し、ユリティをパーティリーダーとして登録させ、ユリティのレベリングを行うとともに冒険者活動の実績を稼ぎ、また各地を旅をするなかで『聖処女』のスキルを利用し慈善活動を行うのだ。

シャノアの奴隷のニャーニャと、秘密の依頼者である子爵家のユリティ。同じパーティのメンバーでありながら、一見すると二者はまるで違う立場でパーティに加わっているように見える。けれども、ニャーニャは二者の本質的な立場は近しいと思っている。

結局のところ、ニャーニャにしろユリティにしろ、シャノアに拾われたペットなのだ。ニャーニャはシャノアに気に入ってもらえたから買い上げてもらえた。ユリティはシャノアに気に入ってもらえたから依頼として引き受けてもらえた。

オリハルコン級という超越者であるシャノアを長期の依頼で拘束するには、たかだか子爵家の権力あるいは子爵家の差し出す報酬ではとても足りるものではないのだ。

「今日は朝から、北の山岳地帯でのレベリングの予定でしたわね」

「そうにゃ」

紅茶についての不満は呑み込んだらしいユリティの問いかけに、ニャーニャは応じる。

「アマンダ様はいつものように訓練されておりますわね」

「にゃ」

「シャノア様はどちらにいらっしゃいますでしょうか？」

「知らないにゃ」

本当にニャーニャはシャノアの行方を知らない。

シャノアは原則的に自由気儘《きまま》だ。予定はシャノアを含めて共有されているはずだが、シャノアがその予定の通りに行動するかはシャノアの気持ち一つなのだ。今日もどこかに行っているシャノアが戻ってきてくれるかもしれないし、戻ってこないかもしれない。

「はあ、シャノア様は困った方です」

ユリティが嘆息して言うが、真面目ぶって的外れな感想を漏らすユリティの様子にニャーニャの中に嗜虐《しぎゃく》心がもたげる。この眼の前の貴族女は悪い人間ではないが、立場というものを弁《わきま》えていない。

「ユリティのくせに生意気にゃ。いつもベッドの上では、アンアン啼《な》いてばかりのユリティの言葉とは思えないにゃ。またシャノアとニャー苛《いじ》めてやるにゃ」

「なっ」

ニャーニャの暴言に、ユリティは顔を赤くし、ガタンと椅子の音をたて立ち上がる。

「なんていうことを言うのですかっ」

ユリティは外聞をはばかり、この会話を盗み聞いた者がいないかとあたりを見回す。ニャーニャも立場は弁えていて、外野がいる状況で迂闊《うかつ》な言葉を発したりはしないのだから、当然周囲に人はいない。

「……。ニャーニャさんだって、シャノア様相手では攻められっぱなしではないですか」

ユリティは安全を確認した上で、それでも声を潜めて精一杯の反撃をする。

「ニャーとユリティじゃ、ニャーの勝ちにゃ。ベッドの上じゃ、ユリティの方がにゃんにゃん啼いて、ニャーよりも猫みたいにゃ」

「そっ、それはっ」

この手の言い合いでは、いちいち真に受けて恥じらってしまうユリティに勝ち目があろうはずもない。

「ユリティも初めのうちは、初心《うぶ》だったものだにゃ。えっちの意味も知らないで、シャノアとニャーに開発されていくユリティは可愛かったにゃ。

それが今じゃちょっと触っただけで、お股をびしょ濡《ぬ》れにする淫乱にゃ。『聖女』が聞いて呆《あき》れるにゃ。むしろ『性女』と呼ばれるのが相応《ふさわ》しいのではないかにゃ？」

「なっ、なななななっ」

とんでもない言われように、ユリティは真っ赤になって怒りを露《あら》わにする。

「冗談にゃ。ニャーは、ユリティのことを大切に思ってるにゃ。

それに淫乱なのはニャーも同じにゃ。ユリティもニャーも、シャノアのペットにゃ。ペット同士仲良くやるにゃ」

ニャーニャの言葉に、ユリティは怒りは収まらないようであったが、誂《からか》われていると理解し、静かに椅子に腰を下ろす。

「ニャーニャさん、あまり巫山戯《ふざけ》たことは言わないでください」

ユリティが文句を言うが、

「怒らないで欲しいにゃ。本当にユリティは可愛いにゃ。とても処女だとは思えないにゃ」

「しょっ」

ニャーニャの暴露にまたしてもユリティは言葉を詰まらせる。

周囲に余人がいないと分かっていても、ユリティは自身の恥ずかしい秘密を大声で語られるのに平気では居られない。

「ユリティが処女なのは世間のみんなが知ってるにゃ。そうでなければ、『聖処女』のスキルがろくに働かないにゃ」

ユリティはいわゆる聖女・聖人系と呼ばれるレア固有スキルを持つ。この系統のスキルは、敬《けい》虔《けん》な信仰心や、体が処女ないしは童貞であることを前提に強い効果を発揮するのだそうだ。特にユリティの持つ『聖処女』のスキルは処女性が重要になる。だから、シャノアもユリティを調教するのに、ニャーニャに対してそうしたように張り型を使って処女膜を破るような真似はしない。挿入に頼らずに愛撫《あいぶ》によって、ユリティは調教されている。聖女・聖人系のスキルは、処女や童貞でさえあれば良くて、挿入さえ伴わなければ効果が減衰することもないのだそうだ。挿入さえしてなければ、どんなに淫乱でも良いというのはニャーニャには不思議に思えるのだが、事実そうなのだから仕方がない。

聖女・聖人系スキルのこの特性は広く世間に知られていて、そしてユリティが『暁の光』の聖女として活躍している以上、ユリティが処女であることは世間に広く知られていると言って間違いないのだ。

「でも、世間の人たちは知らないにゃ。ユリティは処女なのにお豆を軽くつまれただけで、ベッドの上ではすごい声で泣き叫ぶにゃ」

「ニャーニャさん」

ユリティはジトッとした目でニャーニャを睨《ね》めつける。

「わざと私を怒らせようとしていますよね」

「なんのことかにゃ。ニャーはそんなことしないにゃ」

ニャーニャは空とぼける。

そんな風に食堂できゃいきゃいやっていると、ニャーニャは後頭部をコツンと小突かれる。

「何をやっている。もう出るぞ」

アマンダであった。いつの間にか戻ってきたようで、シャノアの姿もある。どうやら予定通り冒険に出ることができるようだ。予《あらかじ》め宿の厨房《ちゅうぼう》に頼んでおいた冒険中の腹ごなしに食べるための軽食を受け取って、宿を出る。

トリアスタージュ領のような辺境では、ダンジョンというともっぱらフィールド系のダンジョンが主になる。レベリングのことだけを考えるなら、王都の階層型の完全異界化ダンジョンの方がずっと効率が良いのだけれども、ユリティの聖女としての功績を稼ぐという目的から考えると地方を回る方が望ましいのだ。ただし、浅い領域で戦っていてもレベリングにならないから、普通の冒険者が立ち入らない未開区域まで入り込んで高レベルの魔物と戦うことになる。トリアスタージュ領都周辺でなら、北の森ダンジョンと呼ばれるフィールドのさらに奥地になる山岳地帯だ。森林資源を目当てに多くの冒険者が出入りして魔物を狩る北の森は魔素も薄く、せいぜいがオーク程度の魔物しかポップしないが、その奥はミノタウルスやオーガ、ワイバーンといった高レベルの魔物が跋扈《ばっこ》する魔境だ。辺境に拠点を構えるような普通の冒険者が出入りできる場所ではない。

『暁の光』における魔物討伐は、原則的にニャーニャとユリティの二人で行う。

オークなどの雑魚を除いて、本日の討伐で最初に遭遇した強敵は、四匹のオーガだ。オーガはゴブリンやオークと同様のヒト型の魔物であるが、その強さは段違いだ。巨体という意味では、オークと同様だが、筋肉質で力が強く、動きも素早い。火の魔力や天の魔力に秀でた固体が多く、攻撃に魔力を纏《まと》わせてくる。

「ニャーニャさん」

「うにゃ」

お互いに声を掛け合い、敵に向かう。

斥候職であるニャーニャが素早さを活《い》かしてショートソードで敵を牽制《けんせい》し動き回り、四匹のうち三匹までを引き付ける、その間にユリティが残る一匹を片付ける。宿に戻っては口喧嘩《くちげんか》を繰り返す二人であるが、戦闘の場での呼吸は合っている。これまで何度も繰り返してきた連携だ。オーガの四匹までなら、不意でも衝かれない限り、安全に倒すことができる。

ユリティは俊敏と移動のステータスだけはイマイチだが、物攻・魔攻・物防・魔防の残るステータスはバランス良く高い。打撃武器であるメイスの扱いにも習熟している。オーガ相手でもそれが一匹であるのなら、敵ではない。ほんの数合《すうごう》の間に、オーガの顔面を陥没させる。オーガが崩れ落ちるのに合わせ、その側頭部にメイスを叩きつけて頭蓋骨を完全に破壊し、ここで強い生命力を持つオーガもHPが尽きてその姿が虹になって消える。

ユリティが一匹を屠《ほふ》り、次の一匹に取り掛かるとニャーニャの負担も減る。ニャーニャは敏捷《びんしょう》重視のステータスで、攻撃は得意ではないのだが、それでもニャーニャはユリティよりもレベルが高い。ユリティが二匹目のオーガを沈める前に、もう二匹のオーガのHPを削り切る。

「いえーいにゃ」

「やりましたね」

ニャーニャはユリティとハイタッチを交わす。ユリティが『暁の光』に加わったばかりの頃は、ユリティはハイタッチという文化を知らなかったが、今では魔物に快勝したあとのお約束だ。

「二人ともよくやった。ニャーニャ、動きは良くなっている。だが、まだ引き付けが足りないな。ユリティが一匹目を倒すのがもう少し遅かったら、危なかったかもしれない。ユリティも安定してきているが、やはりまだ動きが雑だ。敏捷が足りない分、無駄な動きは致命的だぞ」

アマンダが寸評する。

シャノアとアマンダが戦闘に参加しないのは、レベルが離れすぎているからだ。シャノアやアマンダがオーガとの戦闘に参加すれば、瞬殺で勝利できたであろうが、彼女たちにはオーガなどを倒してもわずかの経験値も得られない。あまりにも格下すぎるのだ。

シャノアやアマンダが手を出すのは、ニャーニャとユリティが相手にするには敵の数が多すぎるときや強すぎるときだけだ。

ニャーニャとユリティは冒険者としてはミスリル級だ。シャノアはその上のオリハルコン級でも上位、アマンダはオリハルコン級の中位の冒険者だ。階級としては一つしか離れてないことになるのだが、その実力差は天と地だ。ニャーニャはシャノアとアマンダにレベリングをしてもらって、なんとかミスリル級に手が届いた。ユリティについていえば聖女としての箔付けのため、子爵家のゴリ押しがありミスリル級ということになっているが、純粋な実力でいえば黄金級がせいぜいだろう。

ニャーニャもユリティも、まだ少しレベルアップの余地は残しているものの、仮に才能の限界までレベルを上げたとしても、シャノアとアマンダとは隔絶した才能の違いがある。どんなに頑張っても、どうレベルを上げても、ニャーニャもユリティも『暁の光』においては足手まといでしかない。

だから、世間的には『暁の光』は四人パーティということになっているが、その実体は四人ではなく二人＋二人なのだ。その意味は無論、『暁の光』の真のメンバーがシャノアとアマンダの二人であり、ニャーニャとユリティがおんぶにだっこでレベリングしてもらっているということだ。二人は、『暁の光』の本当の持ち主であるシャノアの気まぐれで、恩恵を得ているのだ。

次に遭遇したオーガは六匹の群れで、ニャーニャとシャノアが無理なく対応できる四匹にまでアマンダが間引いてくれる。なお、アマンダが二匹のオーガを屠るのに用いたのはたったの一振りだ。二匹で、一振り、たったの一閃《いっせん》で並んだ二つの首を大剣で切って落として見せたのだ。アマンダは戦士であり、ニャーニャは斥候でユリティは援護職だ。正面切っての戦闘が、戦士の真骨頂とはいってもその差はあまりにも大きい。

「次はこっちに魔物がいそうかな」

戦闘技能の指導については、もっぱらアマンダが請け負ってくれるが、パーティの進むべきルートを先導してくれるのはシャノアだ。一般的に周囲を観察し、魔物を見つけ出してパーティを先導するのはニャーニャのような斥候の役目だ。だが、『暁の光』においては、それはシャノアが行う。

シャノアは生粋の魔法職で、索敵に役立つような固有スキルを持つわけでも、何か特別な技能があるわけでもない。それなのに、なぜ魔物がどちらにいると分かるのか。

「なんとなく？」

以前、ニャーニャが何故かを問いただしたときには、シャノアはそう答えた。

古エルフは長命種だ。短命種はレベルを上げて強くなっても、健康になるくらいのことが多少あっても寿命自体が大きく変わることはない。だが、長命種は高レベルになるとただでさえ長い寿命がさらに大きく伸びるのだそうだ。一見すると幼女のようにしか見えないが、実年齢は三百十一歳だ。過去の事例から類推して、おそらく現在とほとんど変わらない容姿で千歳になるくらいまで生きて、そこから急激な老いを経て寿命に至ると予測されるのだそうだ。シャノアは若すぎる段階でレベルを大きく上げてしまったことで、現在の幼女の姿で長い人生のほとんどの期間を過ごすことになったのだ。

シャノアは短命種ではありえない百年を超える戦いの経験から、言語化することのできない何か特別な技能を身に付けて、それによって魔物の気配を察知しているのだろう。

索敵の技能ばかりではない。ステータスこそ魔法系統に偏っているが、技能という意味では物理戦闘でもシャノアは卓越している。ショートソードで戦うニャーニャの短刀術も、もともとはシャノアの仕込みなのだ。

「あちゃ、ワイバーンだったみたい」

シャノアが先導していった先にいた魔物は、亜竜とも呼ばれるワイバーンだ。しかも、それが三四、空を舞っている。学術的な魔物の分類法からすると竜とはまったく異なる系統の魔物なのだそうだが、姿形は竜種に似ていて、その戦闘力も竜種に次ぐ。とてもではないが、ニャーニャやユリティには荷が重すぎる相手だ。

幸いにも、ワイバーンの方はこちらに気付いていていない。

シャノアが早口で呪文を紡ぐ。

大きな魔力の収束に、ワイバーンも脅威に気付いたのだろう。大きな膜翼をはためかせ、襲いかかってくる。

だが、ワイバーンの行動は遅すぎた。

暴風が吹き荒れる。いや、ニャーニャが暴風と感じたのは、魔法の余波に過ぎない。

幾つもの巨大な風の刃が、空飛ぶトカゲどもを切り裂いていく。

たった一発の魔法が、ワイバーン三匹を瞬殺する。

ズドン、ズドンと大きな音を立てて、三匹のワイバーンの体が墜落する。

「ワイバーンって、体が残るから倒しても魔石を回収するのが面倒なんだよねー」

シャノアはそんな文句を言って、あれだけの大魔法を使っても、疲れた素振りも見せない。

ニャーニャにとっては大魔法であっても、シャノア自身にとっては当たり前の魔法でしかないのだ。それも決して本気の戦闘というわけではない。シャノアの強みはC級固有スキル『並列思考』を用いた戦闘技能だ。

「魔石だけになって落ちてきたら、その方が探すのが大変だろう」

シャノアと言葉を交わすアマンダも平然としている。

「たしかにー」

ふつう、魔法使いは魔法を使うために呪文を唱えるときには、それだけに集中しなければならない。魔法攻撃は威力は大きいが、それを放つためには無防備な時間ができてしまい、その間は仲間に守ってもらう必要があるのだ。だが、シャノアだけは違う。『並列思考』を用いることで、武器で戦いながら、あるいは逃げながら、呪文を唱えられるのだ。今回は敵の不意を衝いたことで『並列思考』の出番はなかったが、不意を衝くことができていなかったとしても、余裕の勝利が確約されていただろう。

『並列思考』は同時に二つ以上の物事を考えるのを補助するというスキルだ。C級というだけあって、レアではあるけれども特別というほどのスキルではない。使いこなすことが難しく、仮に使いこなせても恩恵は小さいスキルということで、C級の固有スキルの中では不人気の部類だ。

シャノアはその難しいスキルと二百年もの間、向き合い続け漸《ようや》く戦闘に『並列思考』を組み入れて戦う術《すべ》を身に付けたのだ。『並列思考』を授かったのが短命種であったなら、シャノアのように『並列思考』を使いこなすことはできないだろうし、同じ長命種でもシャノアほどは粘り強く己のスキルに向き合い続けることなんてできようはずもない。それは、シャノアだから成し遂げられたことなのだ。

結局、シャノアの倒したワイバーンはその場で解体することもなく、そのままマジックバッグに収納して持ち帰り、解体はギルドに任せることにする。ワイバーンの皮は素材としても重宝されるし、肉も食用に適する。

ギルドで貸し出されるような一般的なマジックバッグは、ワイバーンを一匹も収納したら満タンになり、重量も十分の一程度に軽減するのが精一杯だ。だが、シャノアの複数所有するマジックバッグには、重量を千分の一以下に軽減して容量も桁外れだ。はっきり言って国宝級のアイテムになる。

もっとも、千分の一になってもワイバーンは重かったようで、その国宝級のマジックバッグはアマンダに持たせることになる。

「ワイバーンの肉が手に入るとは幸運だったな。魔物の肉の中でも、旨《うま》みが強くなかなかのものだ。宿の料理人に調理させよう」

「アマンダは、ほんと肉が好きよね」

「肉も野菜もバランス良く摂《と》るように心がけているぞ。戦士は体が資本だからな」

オリハルコン級の二人にとってはワイバーンも食糧でしかないようで、気負いのない会話が交わされる。

その後、日が暮れるまで山岳地帯でレベリングを行った。幸いにも、ワイバーンのような化物とは遭遇しなかったが、オーガのほかに、キルディアやヒュージバイパーなどの強敵と遭遇した。特に、ヒュージバイパーはニャーニャやユリティからしたら格上の魔物だ。少しだけアマンダにアシストしてもらったが、勝利は勝利である。経験値の面でも、レベルアップこそなかったがかなり実入りは良かった。

冒険を終えて、ギルドに帰り着く頃には深夜になっていた。夕方には依頼帰りの冒険者で賑《にぎ》わうギルドも、この時間には人がまばらだ。ギルドは二十四時間営業ではあるが、メインのホールは既に閉められていて、深夜用の窓口に男性職員が一人座っているだけだった。本当なら、納品も人目のある昼間に行った方が売名という意味では好ましいわけだが、ワイバーンの素材は腐りやすい。解体自体は明日以降になるにしても、早めに引き取ってもらって冷蔵機能のある倉庫に収めてもらった方が良い。幸いにも、人数は多くないもののまだギルドにいくらかの冒険者は残っている。彼らの目がある以上、明日には噂《うわさ》になっていることだろう。

マジックバッグからワイバーンを取り出してやったときの、ギルドの深夜窓口の受付嬢の驚いた様は滑稽だった。

「すごいですね。キルディアにヒュージバイパーですか。流石《さすが》は名高い『暁の光』です。って、え？　あえ？　ワイバーンですか、そ、それも三匹、う、うそ。こ、これを『暁の光』の皆様が討伐なされたのですか？」

狼狽《ろうばい》ぶりがあまりに酷《ひど》くて、ニャーニャはいつもなら笑ってやるところだが、疲れすぎていてその余裕もない。ギルド職員の狼狽のおかげで、居合わせた冒険者たちからの注目を十分以上に惹《ひ》きつけることができ、倉庫に移送するために職員がワイバーンをギルドのマジックバッグに移し替えるのにも手間取ったため、しっかりと目撃してもらうこともできた。

「ええ、わたくしたち『暁の光』は住民の皆様から少しでも脅威を遠ざけることこそが、神より与えられた使命なのです」

実際のところは、ワイバーンはシャノアが一人で倒したわけだが、ユリティはいかにも自分の手柄だとばかりに堂々と胸を張る。

なお、ワイバーンが領都に近い領域まで下りてきていたというなら、住人を脅威から遠ざけたといえなくもないだろうが、実際のところはこちらが勝手に山岳地帯にまで分け入って討伐したのだから、住人を脅威から遠ざけたというのは適切でない。無理に解釈するなら、強い魔物を倒せばそこの魔素濃度が低下するわけで、山岳地帯から北の森に流入する魔素の流れもいくらかは減衰するのだから、そういう意味で少しくらいは恩恵があるのかもしれない。けれども、それで脅威を遠ざけたというにはあまりにも間接的すぎる。

終日を通してのハードな討伐で、疲れ果てているのはユリティも同じはずだ。むしろユリティの方がレベルやステータスが低い分だけ疲労も重いはずなのだが、疲労など少しも感じさせない凛々《りり》しさでギルドの職員と遣《や》り取《と》りする。討伐から戻る道程では、歩いていてもユリティのまぶたはトロンと落ちかけるほどだったのに、たいした演技力と根性だとニャーニャは呆れる。貴族というのは、外面を取り繕う能力によって貴族たりえるのかもしれない。

面倒だったことに、大物ぞろいの納品ということで対価はその場ではすぐに計算できなかった。ギルドの預かりの後の精算ということになり、何枚もの書類の記入が必要だった。それをユリティ、アマンダ、ニャーニャの三人で手分けして行う。このとき、もはやニャーニャは一刻も早く面倒な作業を終えて、宿の布団に潜り込むことしか考えていない。今日はさぞかしぐっすり眠れるだろう。

実のところ、この手の書類仕事は『暁の光』の中では、シャノア、アマンダ、ユリティ、ニャーニャの順に秀でている。ニャーニャにしたところで、奴隷商時代に読み書きは仕込まれていて普通の冒険者の基準ならずいぶんと優秀なのだが、ユリティには及ばない。アマンダも立ち振る舞いは男勝りなのだが、長命種の血を半分だけだが受け継いでいて人生経験の量が根本的に違うのである。ただし、書類仕事が一番得意なはずのシャノアは、作業を他のメンバーに押し付けて、どこかに消えた。

疲労困憊《こんぱい》のニャーニャやユリティとは違い、シャノアは疲れなんて微塵《みじん》も感じていないようで、鼻歌まじりでうろちょろとどこかに行ってしまったのだ。過去の事例から類推して、きっと無聊《ぶりょう》を慰める男でも漁《あさ》りにいったのだろうとニャーニャはシャノアの行動を予測する。

実際、その類推はおよそ当たっていた。深夜時間帯であるため、先に閉鎖されていたギルドのメインホールにシャノアは入り込んで、仕事終わりに休憩していた、うらびれたあるギルド職員にちょっかいをかけて誂い、そのちんぽを舐《ねぶ》って射精させていたのだ。だが、そのことについてニャーニャは知るよしもない。

シャノアは性癖としてはバイセクシャルで『暁の光』のパーティメンバー全員と関係を持っている。むしろシャノアのそういう関係の相手だけを選んで、作ったハーレムパーティがメンバーの全員が女性となる『暁の光』だ。ただ、シャノアが行きずりの相手として行為をするのは逆に男性であることが多い。シャノアは性に奔放で、少しでも気に入った男がいれば簡単に股を開く。

ニャーニャはこれまでもその現場を、何度と目撃している。だが、それを見るたびに、あるいは想像するだけでも胸にモヤモヤとした思いを抱くのだ。

その思いは嫉妬と呼ばれる種類のものであることをニャーニャはきちんと理解している。本当はニャーニャにとってシャノアがアマンダやユリティと行為をすることだって、歓迎できない。もしシャノアが自分だけに愛情を注いでくれたらと思わないではないのだ。

しかし、ニャーニャはシャノアの恋人ではなく奴隷だ。奴隷、あるいはシャノアのペットだ。

だから、どんな男と性行為をしようと文句を言える立場ではない。文句を言う権利を持っていないのだ。

ニャーニャにとって、少しでも慰めとなる事実があるとするなら、『暁の光』のメンバーはシャノアにとって少しは特別な存在だということだろう。ニャーニャにしろユリティにしろ、シャノアにとっては長命種の長すぎる人生の無聊を慰めるためのペットにすぎないのだろう。しかし、その場で使い捨てられる男どもと違い、きっとお気に入りのペットというくらいの価値はあるはずなのだ。

この問題について考えることはニャーニャにとって苦痛でしかない。ニャーニャは深く考えることを避け、淡々と書類を消化する。

書類を片付けたところで、

「シャノアはオレが連れて帰る。お前らは先に帰って寝ろ」

アマンダもシャノアほどではないが、ニャーニャたちからすれば圧倒的な上位者だ。シャノアと同様に冒険の疲れはない。

明日は冒険は休みであるものの、ユリティの偽善に付き合って、孤児院に慰問に訪《と》う予定だ。アマンダの厚意に甘えて、ニャーニャはユリティを連れて宿に帰り、布団の中に飛び込んだ。そして飛び込んで三秒後には、意識は帳《とばり》に包まれる。

オリハルコン級の冒険者パーティ『暁の光』の斥候として名高い猫獣人ニャーニャのありふれた一日はこうして終わった。

あとがき

はじめまして。木林林太郎と申します。

昨今、ラノベ界隈では異世界転生チートで俺ＴＵＥＥＥな話が大流行です。当作も、そうした流行に乗っかった一作であるのですが、もし実際にチートなスキルを手に入れたとき、人はチートに振り回されずに、使いこなすことができるものでしょうか。

知人に宝くじを高額当選し、会社を辞め、女遊びとギャンブルに大金を注ぎ込んだり他にもいろいろとやらかしてしまい、あげくに離婚、子供にも縁を切られて一家離散と、なかなか絵に書いたような転落をされた方がおります。宝くじに当選するまでは、仕事もできて愛妻家で評判の方でした。たかだか高額のお金を手に入れただけで簡単に道を誤ってしまうのですから、ましてチートなスキルを手に入れてしまったら凡人ならばそれに振り回されてしまうのが普通なのではないでしょうか。

当作の主人公カナタ及びタナカは二人とも凡人ですので、身に余るスキルに振り回されっぱなしになってしまいます。私たちもいつチートなスキルを手に入れたり異世界転生しても良いように心の準備だけはしっかりしておきたいものです。

ギルド受付職員兼《うけつけしょくいんけん》パートタイム冒険者《ぼうけんしゃ》な僕《ぼく》のえっちな日常《にちじょう》
—前世《ぜんせ》の記憶《きおく》とチートスキルで成《な》り上《あ》がりたく候《そうろう》—

初出……「ギルド受付職員兼パートタイム冒険者な僕のえっちな日常　—前世の記憶とチートスキルで成り上がりたく候—」
小説投稿サイト「ノクターンノベルズ」で掲載

2023年8月5日　初版発行

【著　　者】木林林太郎《きばやしりんたろう》

【イラスト】トモゼロ

【発 行 者】野内雅宏

【発 行 所】株式会社一迅社
〒160-0022
東京都新宿区新宿3-1-13　京王新宿追分ビル5F
電話　03-5312-7432（編集）
電話　03-5312-6150（販売）

発売元：株式会社講談社（講談社・一迅社）

【印刷所・製本】大日本印刷株式会社

【D T P】株式会社三協美術

【装　　幀】AFTERGLOW

ISBN978-4-7580-9573-0

おたよりの宛先
〒160-0022
東京都新宿区新宿3-1-13　京王新宿追分ビル5F
株式会社一迅社　ノベル編集部
木林林太郎先生・トモゼロ先生